ハヤカワ・ミステリ

DAVID GORDON

用心棒

THE BOUNCER

デイヴィッド・ゴードン
青木千鶴訳

TOKYO HAYAKAWA BOOKS

A HAYAKAWA
POCKET MYSTERY BOOK

THE BOUNCER
by
DAVID GORDON

Translated by
CHIZURU AOKI
First published 2018 in Japan by
HAYAKAWA PUBLISHING, INC.
This book is published in Japan by
arrangement with
STERLING LORD LITERISTIC, INC.
through TUTTLE-MORI AGENCY, INC., TOKYO.

装幀／水戸部 功

家族と友人たちに

用心棒

おもな登場人物

ジョー（ジョーゼフ）・ブロディー……〈クラブ・ランデブー〉の用心棒
ジオ（ジョヴァンニ）・カプリッシ……イタリア系マフィアのドン。ジョーの友人
ドナ・ザモーラ……………………………ＦＢＩ捜査官
デレク・チェン……………………………ジョーの顔なじみ。中国系犯罪組織の若者
アンクル・チェン…………………………中国系犯罪組織のボス。デレクの伯父
アロンゾ……………………………………黒人ギャング団のボス
メナヘム・〝ラビ〟・ストーン…………ユダヤ系裏社会の重鎮
マイク・パウエル…………………………ＣＩＡ局員。ドナの元夫
キャロル……………………………………ジオの妻。開業精神科医
クラレンス…………………………………武装強盗のプロ
ドン…………………………………………クラレンスの仲間のイギリス人
ジュノ………………………………………クラレンスの仲間の黒人少年
エレーナ……………………………………クラレンスの仲間のロシア系美女
グラディス…………………………………ジョーの祖母
エリック……………………………………ジュノの兄
エイドリアン・カーン……………………テロリスト
ヘザー………………………………………エイドリアンの妻

第一部

1

泥酔したアメフト選手が狂暴化して、店のストリッパーを攫《さら》いだそうとしたとき、その場に居合わせた全員が大声をあげて、用心棒に助けを求めた。このアメフト選手はばかでかい図体と赤毛の持ち主で、雲突くばかりの大男だった。大男は、食べ放題の料理を前にした腹ぺこの蛮人さながら、まっしぐらにステージへ突進し、キンバリーにつかみかかった。イタリア未来派の彫刻を思わせる肉体を持つ、長身でブロンドのストリッパー、キンバリーの腰をむんずとつかみ、キングコングのようにひょいと肩にかつぐと、それを制止しようとしたウェイトレスをハエのように易々と払いのけた。クロスフィット・トレーニングに日々励む筋骨隆々のバーテンダーが駆けつけてきて、みぞおちにこぶしを叩きこんだが、大男はふとアイデアが浮かびでもしたかのように、ほんのちょっと目をしばたたかせると、腕のひと振りでバーテンダーを叩きのめした。一緒に入店した仲間たちがなだめようとしても、へべれけに酔っぱらった大男はその全員を薙《な》ぎ払いながら、こうわめいた。「誰が結婚なんかするもんか！」どうやら、独身最後のお楽しみ会がとんでもない方向に進んでしまったらしい。

そこで、クリスタル——フィラデルフィアからニューヨークへ出てきたばかりの新顔のストリッパー——が、用心棒のジョーを捜しに走った。そのときジョーは休憩中で、店の奥のボックス席にすわってコーヒーを飲みながら、ぼろぼろに読み古された分厚い本——ドストエフスキーの『白痴』——を読んでいるところだった。ひと目見たかぎりでは、特に感銘は受けなかった。たしかに、魅力的な男ではある。長身で、痩せぎすで、むさくるしい身なりの白人がタイプだと言うなら。クリスタルとて、そういう男を好きになったことがないわけではないけれど、ボディーガードとして考えるなら、ナイトクラブの出入口に立ちはだかる山のように巨大な黒ずくめの男たちとは、まるで比べ物にならない。この店の用心棒であるジョーは、コンバースの古ぼけたハイカット・スニーカーとジーンズの上に、〝セキュリティー〟とロゴの入ったTシャツをいちおう着てはいるものの、アメフト選手である大男の胸板は、ジョーの四倍もの厚みがある。もしもあの大男を一本の木にたとえるなら、その幹をノコギリでまっぷたつにしてなかをくりぬいたあと、温かい湯と入浴剤をなみなみと注ぎこめば、ジョーとクリスタルのふたりともが楽々と泡風呂を楽しめることだろう。

「ちょっと、あんた！　何やってんのよ、このばか！　いまこそあんたの出番じゃない！」

ジョーはクリスタルの声に顔をあげると、穏やかな笑みのようなものをたたえたまま、読みかけの本のページを折った。それからおもむろに、クリスタルが指差している方向へ目を向けた。そこでは、巨体のアメフト選手が人込みを掻き分けて、猛然と出口へ向かっているところだった。あとからゆっくりキンバリーを食らうため、巣穴へ連れ去るつもりらしい。すると、ジョーは悠然と通路に進みでて、こう叫んだ。

「おい！　そこのデブ助！　こっちへ来い！」

大男は顔をゆがめ、赤い布を見つけた闘牛のように、ジョーを睨みつけた。「おれのことをそんなふうに呼ぶんじゃねえ！」

ジョーはにやりとして言った。「膝の上でダンスしてほしいなら、おれが相手をしてやるぞ？」

大男は唸り声をあげながら、アジア人観光客のテーブルの上にキンバリーを放りだし、ジョーをめがけて突進した。クリスタルはいささか胸が痛んだ。あのハンサムな顔が醜く腫れあがるさまを、目にしなくちゃならないなんて。大男は腕を大きく振りかぶり、ぶんとこぶしを突きだした。それはさながら、杭打ち用の巨大なハンマーが振りおろされたかのようだった。ところが、ジョーは優雅な身ごなしでひょいと腰を屈め、親指の付け根あたりに体重をかけて、迫りくるこぶしの内側をするりとすりぬけた。そして、次の瞬間には蹴りを繰りだし、大男の向こう脛《ずね》に叩きこんだ。大男がぐらりとよろめくと、ジョーはすかさず腕を伸ばし、大男のぶっとい喉首の急所をつかんで締めあげた。

「うがぁぁぁっ！」深手を負った怪物さながらに、大男は苦悶の声をあげ、ジョーの手を振りほどこうとしたが、締めつけはますます強まるばかりだった。

「どう、どう、落ちつけ。ちょいと散歩でもしようじゃないか」ジョーはそう言うと、腰をくの字に折り曲げて唸り声やうめき声を漏らす大男を連れて歩きだした。ふたつに割れた人垣のあいだを抜けて、ふたりは出口の向こうへ姿を消した。キンバリーがテーブルのアジア人観光客に支えられて、ゆっくりと起きあがった。

「驚いたわね」クリスタルのもとへと歩みながら、キンバリーは言った。「どうやらあのひと、腕っこきの用心棒だったみたい」

クリスタルはこくんとうなずいて、こう返した。

「おばかさんに関する本を読みこんでいるだけのことはあるようね」

2

〈クラブ・ランデブー〉——〝クイーンズ随一の紳士クラブ、空港へも楽々アクセス〟——の外階段の上で、ジョーと巨体のアメフト選手はいま、肩を並べてすわっていた。それは暖かな夏の晩だった。風は穏やかでみずみずしく、田園地帯からトラックで運ばれてきたかのようだった。上空を飛び交う飛行機は、流星群かと見まがうほどだった。大男は泣いていた。ちなみに、男の名はジェリーといった。いまやジェリーは、がっくりと肩を落として泣きじゃくっていた。すっかりしょげかえっていた。ジョーはその傍《かたわ》らで、背中を優しくさすってやっていた。いまのジェリーの姿はまるで、ピンク色をした巨大な赤ん坊のように見えた。そして、まさしく赤ん坊のように、ジェリーはひどく御しやすかった。さほど聡明とは言えないところも、そのつもりがなくとも他人に甚大な被害を与えてしまうところも、赤ん坊にそっくりだった。

「酒を飲むと、どうなっちまうか、おれにもわからないんだ」〝巨大な赤ん坊〟のジェリーが言って、鼻をぬぐった。「まったく自制心がきかなくなっちまう。だけど、おれは悪党なんかじゃない。婚約者のことだって、ちゃんと愛してるんだぜ」

ジョーはこくりとうなずいた。「ああ、わかるよ、ジェリー。おれも以前はそうだった。だが、助けが必要なとき、それを求めることを恐れてはいけない」

ジェリーは顔をあげてジョーを見つめ、ネオンサインの光に涙をきらめかせながら言った。「あんたでも、何かを恐れることがあるのかい、ジョー」

ジョーは短く、乾いた笑い声をあげた。「ああ、ジェリー。おれは来る日も来る日も、恐怖に震えながら目を覚ましてるよ」

「本当かい？　あんたみたいな男が、いったい何を恐れるっていうんだ？」

ジョーはしばらく黙りこんだ。顎を掻きつつ、上空を飛ぶ飛行機（ジョーは存ぜぬことだが、ちなみにヴェネツィア行き）を見あげ、軽く微笑みながらジェリーに顔を向けた。するとそのとき、警察がやってきた。

いや、やってきたなどという生易しいものではなく、警察はまさに急襲を仕掛けてきた。あれよという間に、全方向から、銃を抜いて近づいてきた。それは完全なる猛攻撃だった。ボディアーマーに身を包んだＳＷＡＴ部隊が建物を包囲し、あれこれ指示を飛ばしはじめた。定員オーバーのピエロの車みたいに、ＦＢＩ捜査官を満載した黒塗りのＳＵＶ車が何台も到着して、きれいに髪を整えた男たちがぞろぞろと車をおりてきた。ニューヨーク市警の制服警官たちを乗せたパトカーがけたたましいブレーキ音を響かせながら急停止して、分不相応な額の給料をもらっている警備員さながらに、やけにてきぱきと交通を遮断したり、駐車場を封鎖したりしはじめた。

「おいおい、ちょっと待ってくれ」落ちつき払いながらも大きな声で、両手を上にあげながらもそれ以外は微動だにせずに、ジョーは言った。「ここには何の問題もない。武装している者もいない」

いまや本物の恐怖に襲われて、大男のジェリーはジョーを見やってから、自分も同様に両手をあげた。

ＳＷＡＴ部隊が駆け寄ってきて、ジョーとジェリーを地面に組み伏せたあとも、なぜか指示はやまなかった。「次だ！　行け！」と叫ぶ声が聞こえた。

無音の回転灯があたりを真っ赤に染めながら、どくどくと脈打っている。無数のヘッドライトが闇を剝ぎとって、真っ白い光のなかにジョーとジェリーをさらしている。ふたりは視力を奪われて困惑しきったまま、まばゆい光に目をしばたたいた。

「別に何も問題はない！　誤った通報が行ったんだ！　おたくらの助けは必要ない！」大声でジョーは訴えた。誰が警察を呼んだのかは知らないが、まずまちがいなく、騒ぎに怯えた客の誰かにちがいない。ここはジオの店だ。ジオはけっして警察に助けを求めない。店の者はみな、ジョーを呼ぶ。

するとそこへ、ドナ・ザモーラ捜査官がつかつかと進みでてきた。ドナはFBIのロゴ入りウィンドブレーカーを着ていた。髪はアップにして、同じくロゴ入りのキャップのなかに押しこんであり、ベルトにはバッジをとめている。そのいでたちは要するに、〝誤ってわたしを撃つな〟と告げるためのものだが、それでもどうにか見られる姿にはなっているはずだった。

「ご足労には感謝する！　だが、すでに問題は解決した！」と、ジョーはさらに続けた。

「それは何よりね」ドナはさも愉快げに言って、銃をホルスターにおさめた。

ジョーはにっこりと微笑んだ。すてきな目をしているなとドナは思った。それに、なんだか楽しげにも見える。何が楽しいのかは知らないけれど。

「そうだとも」とジョーは続けた。「どうやら行きちがいがあったようだ。おたくらの助けは、これっぽっちも必要ない」

こうなると、ドナは笑わざるをえなかった。「まさにあなたの言うとおり。行きちがいがあるようね」ドナは言って、手錠を持ちあげてみせた。「わたしたちがここへ来たのは、あなたたちを助けるためじゃない。逮捕するためだもの」

それを聞いたジョーは地面から立ちあがり、ジェリーにも手を貸して立ちあがらせた。ドナに向きなおり、両手をさしだしてきたときには、忍び笑いまで漏らしていた。

3

電話の呼出し音に、ジオは眠りを破られた。鳴っているのはプリペイドの携帯電話――つまりは、仕事用の電話――頻繁に取りかえるようにしている使い捨ての電話だった。電話口で重要な何かを口走るようなまねは絶対にするわけがないが、妻と話したり、子供たちにメールを送ったり、クルーザーで釣った魚の写真を撮ったりするときに使う電話とは、別にしておくのが賢明というものだ。鳴っているのは、家の固定電話でもない。家の電話にかけてくるのは基本的に、身内や義父母に限られる。しかも、こんな夜更け（ベッド脇の時計によると、なんと午前二時であるらしい）にかけてくるということは、誰かが死んだか、病院送りになったかということだ。傍らで、キャロルがうめき声を漏らすのが聞こえた。

「……どうかしたの？」

「なんでもないよ、ベイビー。起きなくていい。仕事の電話が入っただけだ」ジオは言って、妻の肩に優しく手を添えてから、携帯電話を手に取り、足早に主寝室のバスルームへ向かった。キャロルがベッドから起きだして瞑想をしたり、ピラティスをしたり、そのあと子供たちを起こしたりするまで、あと四時間は眠らせてやりたい。バスルームに入ると、ジオはそっと扉を閉め、便器の蓋に腰をおろした。足の裏に触れる大理石のタイルが、ひんやりと冷たい。

「どうした？」とジオは第一声に訊いた。

返ってきたのはフスコの声だった。「おれだ。至急、伝えておきたいことがある」

「いまからか？」

「早いほうがよさそうだ」

「すぐに向かう。例の場所で会おう」
ジオは赤いボタンを押して、通話を切った。家を出たら、できるだけすみやかにこの電話を処分しなければ。

ジオは暗黒街の住人だった。マフィアの一員だった。裏社会では知らぬ者のいないファミリーを取り仕切る、三代目のドンだった。だが、もしも誰かがジオをどこかで目にしたり、近しくなったり、自宅に招かれたりしたとしても、ジオがマフィアの一員だとは夢にも思わないことだろう。ジオの自宅は、ロングアイランドの緑豊かで閑静な一角にある。一ブロックまるまるを占める広大な敷地には、巨大だけれども趣味のいい、白いこけら板張りの屋敷が建っていて、だだっ広い芝生の庭や、有機野菜の家庭菜園や、プールまで備わっている。妻のキャロルは児童心理を専門とする精神科医で、子供たちがある程度大きくなったいまは、自身の心療内科クリニックを開業している。その子供たちはといえば、良くも悪くも、典型的なアメリカ人の子供だと言えよう。要は、キュートで、利口で、愚かで、能天気で、怠惰で、わがままで、愛すべき存在なのだ。子供たちが思い描くギャングのイメージは、ヒップホップのミュージックビデオから得たものにすぎないし、ジオの息子が殺してやりたいと願っている人間は、数学の教師ただひとり。子供たちはふたりとも、父親は家業を継いだものとばかり思っている。たしかにそのとおりではあるのだが、ふたりが知っているのは、そのうちの合法的な部分にすぎない。たとえば、方々へ伸び広がる不動産帝国。その大部分は商業地区だが、近年、地価が高騰しているブルックリンやクイーンズのアパートメントも含まれる。それから、かなりの目方になるであろう有価証券。その内容はといえば、優良安定株だの、技術振興基金だの、海外投資だの、公債だのから、ヘッジファンドやベンチャーキャピタルに至るまでと、多岐に渡る。さらには、ハイウェイや一般道の舗装を請け負う会社や、長距離運送会社や、ゼネコンは、いずれもジオの監督のもと、いとこたちや姪たちや甥たちが経営にあたっている。それに加えて、古くから受け継がれる一族の〝遺産〟もいくつかある。たとえば、シーフードレストラン。一族の子供たちはひとりの例外もなく全員が、夏のあいだそこで働かなくてはならない決まりになっていて、ひとりの例外もなく全員がそれをいやがっている。ご多分に漏れずジオ自身もまた、エビを茹でたり、レッドソースを拭きとったりといった作業を嫌悪していたものだ。そのレストランが建っているウォーターフロントの土地には、何ものにも勝る価値があったのだが、もしも店を売りはらおうものなら、いや、壁に飾られたシナトラの写真を一枚はずしただけでも、未亡人となったジオの母親が子殺しに手を染めようとするにちがいない。その店は、ジオの母親の祖父がアメリカへ渡ってきて、最初に開いた店だった。ジオの正式な名であるジョヴァンニは、その曾祖父から譲りうけたものなのだ。

　ジオがマフィアの一員であるとは誰も思わないだろう理由は、もうひとつある。いかにもまっとうな市民に見えるよう、本人が努めているからだ。若いころは、大学と大学院で経営学を学び、ウォールストリートでインターンとして勤務までした。組織のトップに就いてからは、事業の重点を移行することに取り組んできた。賭博や性風俗や強請《ゆすり》や高利貸しといった、刺激と活気がみなぎる昔ながらの世界から、インターネットを介したクレジットカード詐欺や、株価の操作や、資金洗浄といった、より現代的でありながら華やかさには欠ける生業《なりわい》へと、移行を進めた。それから、身につけるスーツは、リトル・イタリーであつらえたシルク製ではなく、ブルックス・ブラザーズのものを選んだ。車はアウディを購入した。医者や判事とゴルフに出かけた。コレステロール値が急上昇し、妻のキャロルが震えあがったときには、二週間ほどのあいだではあるが、ベジタリアンになろうとしたことさえあった。とはいえ、ジオがマフィアの成員であることに変わりはない。そんなわけで、ジオが夜更けに〈パークビュー・ダイナー〉まで車を走らせて落ちあったのは、ギャンブルに取り憑かれているせいで膨れあがるばかりの借金を返済するために情報を横流ししている、ニューヨーク市警のジミー・フスコという刑事だった。そして、ジオのストリップクラブが警察の手入れを受けたこと、その理由は、VIPルームでときおり特別なハンドマッサージが提供されているとの通報があったためだということを知らされたとき、ジオが最初に考えたのは、こんなことだった——このおれを裏切った密告屋をかならずや突きとめて、真一文字に切り裂いた喉から舌を引っこぬいてやる。袖の下として毎月支払っている金をふいにしやがって。

「いったいぜんたい、どういうことだ、ジミー。その手のくそ面倒なごたごたが、おれには降りかからない手筈になってるんじゃなかったのか？　そのために大枚を払ってるんだろう」ダイナーの裏手にとめてエンジンをかけっぱなしにしたアウディの車内で、ジオは助手席のフスコ（市から支給されたフスコのシボレーは近くにとめてある）を問いつめた。

フスコはそわそわと肩をすくめた。死ぬほど煙草が吸いたかったけれど、ジオの車ではそれが許されない。

「おれに落ち度はない、ジオ。誓って本当だ。おれにはどうしようもなかった。FBIが出張《でば》ってきたんだ。ほら、例のアイシスのせいだ」

ジオは顔をしかめ、首を振った。「アイシスだと？　うちの手下が道端でアイスを売ってるワゴン車のことか？　イタリア仕込みのアイスクリームだかソフトクリームだかを売ることに、なんの問題があるってんだ？　そりゃあまあ、ときにはマリファナだの、ひょっとするとたまにはコカインだのを売ることもあるだろう」ジオはそこでひとさし指を立て、「だが、ガキどもに売ったことも、学校のそばで売ったことも一度としてない。その点については、徹底させているはずだ」と続けた。

「そうじゃない、ジオ。アイシスってのは、ＩＣＥＳじゃなく、ＩＳＩＳのことだ。例のテロリストどものことだよ。いまや街じゅうに厳戒態勢が敷かれてるだろう？」そこまで言ったとき、ジオの目のなかで燃えあがる憤怒の炎に気づいたフスコは思わず後ずさりしようとしたが、シートの背もたれにぶつかるばかりで、どこにも逃げ場はなかった。

ところが、聞こえてきたジオの声には抑揚がなかった。「おまえは、おれがテロリストだとでも思ってるのか？　ああいう屑《くず》どもに、このおれがなんらかの形で関わっているとでも思ってるのか？」

「まさか！　とんでもない！　もちろん、そんなことは思っちゃいないさ」フスコはぶんぶんと横に手を振った。あたかも、ジオの熱を冷まそうとするかのように。「もちろん、ＦＢＩの連中だって、そんなことは思っちゃいない。特にあんたがどうのってわけじゃないんだ。連中は誰彼かまわず攻撃してまわってるんだから」そして、ひとつ息をついてから、こう続けた。「つまり、あんたはテロリストとは程遠い人間だ。おれもあんたも、そんなことはわかってる。重々ごもっともではあるが……あんたがシノギとしている、銃器の密売に関してはどうなんだ？　世界じゅうから集まってくるドラッグの収益については？　資金洗浄については？　密入国を手助けしている不法移民については？　営業許可証を持っていない売春婦については？」新たに燃えあがる怒りを察知して、フスコはふたたびたじろいだ。「いいかい、世界はいま、新たな時代に突入してる。ＦＢＩはおそらく、名うてのテロリストがニューヨークで何かをたくらんでいるとの情報を得ているんだ。だから、脅威レベルが充分にさがるか、警察なりFBIなりがなんらかの成果をあげるまで、街じゅうの人間が……あんたも、おれも、誰も彼もが、不自由を強いられることは避けようがない」

そう言って、フスコはため息をつき、無意識に煙草を口にくわえた。「そして、好むと好まざるとにかかわらず、今後は口のきき方ひとつにも注意が必要だ」

「ここでそいつに火をつけるな」

「あ、ああ、もちろんだ」フスコは慌てて煙草を口からつかみとった。

ジオは深く息を吸って、吐きだした。すでに冷静さは取りもどしていた。何やら考えこんでいるようすだった。しばらくすると、引き攣った小さな笑みを浮かべて、こう言った。「おれのストリップクラブについて垂れこんだのは、どこのどいつだ？」

4

留置場にぶちこまれたあとも、ジョーはそれなりに快適にすごしていた。定員オーバーの房のなかでベンチにすわって、今夜知りあったばかりの相棒のジェリーや、それよりもつきあいの古い収監者たちとお喋りをしていた。房のなかは、中央に据えられたステンレス製の便器の周囲を除けば、ラッシュアワーの急行列車並みに混みあっていた。まるでひと晩のうちに、市内全域が警察の手入れを受けたかのようだった。中国系の賭場や、ロシア系の売春宿や、ブロンクスにある濃縮コカインの密売所。アップタウンでドミニカ人どもが営む、盗難車を解体して部品を売りさばく店。小さな帽子をかぶったユダヤ系の住民がクラウン・ハイツにかまえる、宝石や、カメラや、その他諸々の電子機器といった盗品の保管倉庫。裏社会で生きるすべての住人がニューヨーク市警とFBIの急襲を受け、手錠をかけられて連行され、バスに乗せられ、煩雑な手続きを踏んだすえ、鉄格子のなかに押しこめられていた。街じゅうの人間がここに集っていた。まるで組織犯罪界の同窓会が開かれているかのようだった。

そして、そこに集う誰もが口々に同じことを言っていた――にわかに締めつけが厳しくなったようだ。FBIも、市警も、州警察も、ありとあらゆる捜査機関がニューヨークの暗黒街を隅々まで引っ掻きまわし、いずこかに身をひそめる悪霊を狩りだそうとしている。だが、連中にそんなものを見つけることはできない。とんでもない時間の無駄だ。この房にいる者はみな、そのことを知っている。房の外にいる連中も。少なくとも、警部より下の階級にいるやつらなら。だが、警察が本気で捜査に取り組んでいるとの評価をマスコミや政治家がくだすまで、パニックに陥った一般市民が落ちつきを取りもどすまで、納税者と有権者（ここにいる者の多くは、どちらのカテゴリーにもあてはまらない）が、ベッドの下に自爆テロ犯がひそんでいると想像するのをやめるまで、世界の関心が別の何かへ移るまで、おれたちは誰ひとりとして、どんなシノギも営むことはできない。即ち、ジョーもまた今夜、職を失ったということだった。

するとそのとき、ジェリーが不安げな声で訊いてきた。「なあ、ジョー、警察に逮捕されるなんて、おれはこれがはじめてなんだ。停車を命じられたことなら二度ほどあるけど、こんなのははじめてだ。ここにいるのはみんな犯罪者なのか？」ジェリーは言いながら、あたりをぐるっと見まわした。

「ああ、おれの知るかぎりでは」とジョーは答えた。

「だが、心配するな。おれにぴったりくっついていりゃあいい。さっき一本、電話をかけた。ふたりともここから出られるはずだ……そのうちに」最後の言葉を付け加えたのは、あまり期待を持たせたくなかったからだった。

するとそのとき、人込みを掻き分けながら近づいてくる者がいた。「よう、ジョー!」

「やあ、デレクじゃないか」ジョーは言って、デレクと握手を交わした。デレクのことは、ジョーも気にいっていた。クイーンズ区内にあるフラッシング生まれの中国系であるデレクは、まだ二十一、二と歳は若いのだが、誰かを感服させようとしたり、それに失敗したら怒鳴り散らしたりといった、若者にありがちな、うんざりさせられるような言動をいっさいしない人間だった。そのうえ、前向きで明るい性格の持ち主でもあり、実力と熱意と将来性を兼ね備えた、その道のプロでもある。そして、デレクが専門とする〝道〟というのはずばり、窃盗および強盗だった。

十人ほどが尻と尻を押しつけあってすわるぎゅう詰めのベンチを指し示して、ジョーは言った。「すわってくれと言いたいところだが、そうなると、おれの膝に乗ってもらうしかなさそうだ」

「気にすんなって。椅子ってのは、年寄り連中に譲るもんだ。バスに乗ったときみたいにさ」デレクはにやりと笑うと、房のなかをぐるりと見まわした。「けどさ、こりゃあ最悪の〝くそ詰まり〟だと思わないか?」

「そいつはまさしく、おれの探し求めてた単語だ」

「伯父貴んところの店も、三軒も閉鎖に追いこまれちまった。やれやれ、伯父貴ときたら、すっかり鶏冠《とさか》にきちまってるよ」

「無理もない」

デレクの伯父は中国系の縄張りで数多くの賭場を営んでいる。盗んだ車や宝石や古美術品を、闇市場を通じて中国本土へ密輸することもしており、そうした品のうちかなりの割合がデレクの盗みだしてきたものだった。

するとデレクは不意に腰を屈め、ジェリーのほうへ顎をしゃくってみせながら、少し低くした声で訊いてきた。「それはそうと、こっちのひとは？」

「うちの店の客だ。気にしなくていい」

デレクはさらに顔を近づけて、こう続けた。「あのさ、どうやらあんたも仕事にあぶれちまった口だろ。だったら、ちょっとした耳寄りな話があるんだけどな」

ジョーはほんのわずかにうなずいてみせただけだったが、デレクが先を続けるにはそれで充分だった。

「あるものを盗みだそうってヤマだ。請負の仕事だから、プランも、ブツの引取り手も、何もかも手筈が整ってる。あとは頭数がもうひとつ必要なだけでね」

「おれの役割は？」

デレクはにやりとして言った。「重労働が嫌いだってことは知ってるよ。だから、車を運転してくれるだけでいい。あんたは運転手役として信頼できる、数少ない人間のひとりだからね」そう言って、ジョーの二の腕に軽くこぶしを打ちつけた。

ジョーは笑い声をあげた。「お褒めにあずかり光栄だ。だが、どうだろうな。きみの言ったとおり、おれは老いぼれでものぐさな男だからな。しかも、いまの話を聞くかぎりでは……相当な大冒険となりそうだ」

ジョーは言って、肩をすくめた。

「ああ、そうだろうよ。こいつはカウボーイとインディアン……いや、ネイティブなんちゃらってやつさ。けど、おれは金を稼がなきゃならないんだ。ひと月後には所帯持ちになるもんでね」

「本当か？　そいつはおめでとう。ちなみに、お隣のジェリーも明日、結婚するそうだ」

「ほんとかよ？」デレクは驚きの声をあげたかと思うと、不意にふうっとため息をついた。「じつを言うとさ、婚約した彼女のことは心から愛してるんだけど、なんだか最近、気が重いっていうか……」

ジョーは椅子から立ちあがり、デレクに場所を譲りながら言った。「じつはジェリーもそうなんだ。ふたりで少し、話でもしてみたらどうだ」

留置場から出られたのは、日をまたいでずいぶん経ってからのことだった。ジョーやストリップクラブの従業員は、ジオのよこした弁護士が保釈の申請をしてくれた。ジェリーとデレクは、それぞれに連絡を入れた身内なり友人なりが迎えにきてくれていた。ふたたび長々とした手順を踏んで、ついに〝強制収容所〟から釈放され、自由な市民としてバクスター・ストリートにおり立ったときには、すでに昼時になっていた。それだけの時間があれば、ジェリーがデレクと友情をはぐくみ、自分の結婚式にジョーともども参列してほしいと言いだすのに充分だった。ジェリーはふたりをぎゅっと抱きしめてから、どたばたと駆けだしていった。二重駐車をしていた父親が、けたたましくクラクションを鳴り響かせていたのだ。デレクのほうは、それよりも静かに退場していった。低いエンジン音を響かせながらやってきた白のBMWのほうへ、するりと小走りに向かっていった。ひとり残されたジョーはと言えば、刑務所の向かいに建ち並ぶヴェトナム人の店のいずれかで、アイスコーヒーでもテイクアウトしようかと考えていた。留置場に閉じこめられているあいだずっと、フォーと呼ばれる麺料理や、カリカリのイカフライや、どろっとしたコンデンスミルクに滴《したた》りおちる濃厚なブラックコーヒーのことばかりが、氷の上にそそぎこまれてキンキンに冷えたあの甘ったるいコーヒーのことばかりが、思いだされて仕方なかったのだ。するとそのときふと、ゆうべ店に急襲を仕掛けてきた、FBIのいかした女捜査官の姿が目に入った。女捜査官はサングラスをかけて歩道の端に立ったまま、保釈された逮捕者たちのパレードを見つめていた。今日はゆうべと打って変わって、シルクっぽい生地で仕立てた黒のスーツと、艶やかなシルクの白いブラウスを着ていた。そのいでたちは……そう、いかにもFBI捜査官然としていた。スーツ組であるのだからスーツ姿は当然なのだが、身につけているスーツは、細い肩や胸と尻のふくらみにぴったり添うような、優美なデザインになっている。かなり値が張るのはたしかだ。髪にも同様に、相当な金をかけているにちがいない。今日は髪をおろしているため、ずいぶんと長さがあることも、とても艶やかであることとも、漆黒の黒髪であることとも見てとれた。陽の光のもとで眺めてみるまで、こんなにも黒いとは思いもよらなかった。

ジョーが笑みを浮かべつつ、小さく手を振りながら近づいていくと、女のほうもうなずきかえしてきた。

「おはよう。いや、こんにちはと言うべきかな」ジョーは女に話しかけた。

「どちらでもご自由に」こちらへろくに目を向けることもせずに、少なくとも首をまわすことはせずに、女は返事を返してきた。「ゆうべは快適にすごせた？」

「いつになくひどい夜だった。そっちは？」

「忙しくしていたわ。睡眠もほとんどとれないくらいに」

「そいつは気の毒に。そんな働き者には、もっと給料をあげてやらないとな」

女はジョーを見やって言った。「仕事をしていたなんて、誰が言った？」

ジョーはくすりと笑ってから、女の反応に自信を得て、こう続けた。「なあ、そうだ、和解の印に……一緒に結婚式に出席しないか？」

今度は女のほうがくすりと笑った。見事、警戒心をゆるめることに成功したのだ。「いつ？」と女は訊いてきた。

「今夜。きみがゆうべ手錠をかけたあの大男は、あそこで独身最後のお楽しみ会を開いてたのさ」

「だとすると、わたしが歓迎してもらえるとは思えないけど」

「もちろん歓迎されるとも。ジェリーはどこまでも心の広い男だからな。それと、式にはスコットランド人と韓国人が大勢集まる。きっと、たいへんな乱痴気騒ぎになるぞ」

「それは楽しそうね。でも、あいにく今夜は忙しいの。また別の機会に」そう告げたとき、女は笑みを浮かべていた。まじりけのない本物の笑みを。それから前へ向きなおり、建物の入口へと向かっていった。その後ろ姿を見つめていたとき、別の扉から吐きだされてきた女たちの一団のなかに、クリスタルとキンバリーの姿が見えた。ふたりは道端で待つ黒塗りの車のほうへ向かっていた。

「やあ、お嬢さんがた。おれも一緒に乗せてくれないか?」そう呼びかけながら、ジョーもそちらへ近づいていった。

5

ドナ・ザモーラ捜査官は、自分自身に驚いていた。このわたしが見知らぬ男に気を許すなんて。迂闊《うかつ》にも心を惹かれるなんて。不覚にも、戯《たわむ》れに乗ってふざけあうなんて。それも、裏社会の住人と。ジョーという通り名しか判明していない、ストリップクラブの用心棒と。たとえ男日照りが続いていたとしても、あんな男を相手にするとは落ちぶれたものね。〝仕事をしていたなんて、誰が言った?〟ですって? よくもそんなことが言えたものだわ。なんて恥知らずなの。同僚に立ち聞きでもされたらどうするの。浅はかにもほどがある。それに、どうして最後に笑いかけたりしたのか。それを目にしたあの男も、笑みを浮かべていた。

嬉しい驚きが表情ににじんでいた。まるで、内輪のジョークでも楽しんでいるかのような。だとしたら、そのジョークはわたしだけに通じるものだったのか。それとも、わたしか自分自身を笑い種にしたものだったのか。

　ううん、もういい。そんなことは忘れて、いまはとにかく、自分が手にすることのできるものに甘んじなければ。狭苦しいみじめなオフィスで、進展の見込みのない仕事に――銃を携行する職種にしては、とんでもなく地味な作業に――いそしむのだ。そう、ドナはFBIの緊急通報処理係《ホットライン》だった。いわゆる情報処理係《ティップガール》だった。ただし、実際の仕事内容は、言葉の響きほどセクシーではない。ドナの職務は、日がな一日、愛国心あふれる市民からの電話（隣人のゴミからおかしなにおいがするだの）に応じること。それから、目敏い市民から送られてきたEメールをしらみつぶしにチェックすること。メールの内容はさまざまだ。乗車したタクシーの運転手の名前がイスラム教徒っぽいだの。地下鉄の車内に、誰かが宅配ピザの空き箱を残していっただの。屋上でどんちゃん騒ぎをしている連中が、メキシコふうの音楽を流しているだの。ドナ自身にもメキシコとプエルトリコの血が流れていることは、いまは気にしなくていい。大学で学位を取得していることや、クワンティコの訓練生時代、射撃の成績が一番だったことも、問題にはならない。男性優位の下卑た慣習が蔓延する組織において、ドナもまた、侘《わび》しい閑職へと追いやられた女性捜査官のひとりだった。そしておそらくは今後も、市民からの通報を掌理《マン》（この言いまわしまでもが差別的なのでは？）しつづけることになる。何かを目撃したとか、何かを耳にしたという、くだらないたわ言に耳を傾けつづけることになる。そうしたたわ言のひとつから、なんらかの手柄をあげないかぎり。だからこそ、中東出身のビジネスマンが〈クラブ・ランデブー〉のVIPルームでブロンド美女たちから特別なハンドマッサージを受けているという情報を、あのカナージー出身のコカイン中毒が垂れこんできたときには、ドナもすっかり意気込んで、共に現場へ急行した。おかげで、ひと晩だけでも外に出て、現場の空気を味わうことはできた。少しは息をすることができた。もしかしたら、走ることも。

ドナはため息を吐きだし、壁を見あげた。要注意テロリストとしてFBIがマークする、最も凶悪な十人の顔写真と人相書を載せた手配書。その顔は日がな一日絶えることなく、こちらを見おろしては嘲笑《あざわら》っている。ドナが掻き集めている際限のないたわ言のなかから、自分を見つけられるものなら見つけてみろと挑発してくる。ドナはそちらに向けて中指を突き立てた。

冷えたコーヒーを飲み干し、新たに舞いこんでくる無益な通報に備えようとしたとき、電話が鳴った。鳴っているのは、直通の外線だった。十中八九、低俗なろくでなしか被害妄想に取り憑かれた唐変木が、謝礼金目当てに電話をかけてきたのだろう。ドナはやれやれと受話器をとった。

「もしもし、ザモーラ捜査官です。犯罪の通報ですか」

「やあ、どうもはじめまして」ろくでなしだとも唐変木だとも思えない、なごやかな声が聞こえてきた。

「わたしの名前は、ジョヴァンニ・カプリッシ。そちらへお邪魔して、お話ししたいことがあるんですが」

あのジョヴァンニ・カプリッシですって？　かの悪名高き〝ジオ・ザ・ジェントルマン〟が、こちらへお邪魔する？　ジオ本人がじきじきに。わたしと話をしに。なんてこと！　ドナは思わず笑い声を漏らした。

ついに大当たりを引きあてたのだ！　超大物の監視対象が、マフィアのファミリーを束ねるドンが、みずからの意志でここへやってくる。向こうの望みがなんなのかも、誰を売り渡すつもりなのかも、知る由はない。もしかしたら、商売敵なり、組織内で対立している人間なりに関するネタを垂れこむつもりなのかもしれない。検察側の証人となり、証人保護を受ける気になったのかもしれない。もしこれがうまくいけば、わたしの出世の足がかりともなりうるだろう。まずまちがいなく、こんな職務からは抜けだせるはず。

だから、ドナはイエスと答えた。もちろん、おいでくださいと。それから内線に切りかえて、一階の受付にジオの氏名を伝えた。トイレに駆けこんで、手早く身なりを整えてからオフィスに戻り、落ちつけと自分に言い聞かせながら待っていると、扉がノックされた。

「ザモーラ捜査官、面会の方がおいでです」ブレザーを着た角刈りの若い捜査官が告げた。

「ありがとう。お通しして」

開け放たれた扉の向こうから、うっとりするような黄褐色のサマースーツと、白いシャツと、青いネクタイと、磨きあげられた革靴に身を包んだ男が姿をあらわした。手首にはロレックスがはめられているが、結婚指輪のほかに、金ぴかのアクセサリーは見あたらない。ジオはにっこりと微笑んだ。

「ザモーラ捜査官ですね？　お会いできて光栄だ」

「こちらこそ、ミスター・カプリッシ」

ふたりは握手を交わした。

「どうぞジオと呼んでください」窓のないちっぽけなオフィスを見まわしながら、ジオは言った。「訪ねる部署はこちらでよろしかったのかな？　協力を申しでるために来たんだが」

「ええ、もちろんです」役にも立たないファイルの山を椅子の上からどかしながら、ドナは言った。「どうぞおかけください。それと、先にひとつだけ申しあげておきます。ご協力の見返りにあなたが何をお望みになろうと、かならずやわたしがそれを手配いたします」

「すばらしい。そうおっしゃっていただけることを願っていました」ジオはてのひらで椅子の座面を払ってから、スラックスの膝を軽くつまみつつ、腰をおろした。

「お望みとあらば、ご家族に対する証人保護プログラムでも、新たな身元でも、新しい顔でさえも、なんでも手配いたしますわ」

「新しい顔？」ジオは笑いながら顎を撫でた。「この顔に何か問題でも？　髭を剃ってきたばかりなんだが、お気に召しませんでしたか」

「いいえ、とても……すてきなお顔をしておいでですわ。それに、髭もきれいに剃れています。わたしが言いたいのは、証言をしていただく見返りにということで……つまり、組織犯罪に関わる人物に対して、共犯証言をなさるおつもりでしたら……」

ジオはひときわ大きな笑い声をあげた。「これは失礼」と言って、息を整えてから、さらにこう続けた。「どうやら別のどなたかと取りちがえておいでのようだ。わたしが今日伺ったのは、社会意識を有するひとりの市民としてでして。組織犯罪なんぞについては、何ひとつ知りはしない。わたしにとっては最も縁遠いものだと言わざるをえませんね」

ドナは椅子に腰をおろした。身体が沈みこむのと同時に、心までもがぐんと沈みこんでいくのを感じながら。「だとすると、ここへはどのようなご用件で？」

「テロに関する用件です」

「テロがどうかなさいましたか」

「テロというのは、じつにけしからぬものです。断固として阻止しなければなりません」

「ええ。FBIを代表して同意いたします」

「よかった。そう言っていただけて嬉しいかぎりだ。ならば是非とも、わたしにも力にならせていただきたい」

「あの、すみませんが、ミスター……ジオ。おっしゃっている意味がよくわからないんですが。あなたがどう力を貸すというんです？」

「さきほど申しあげたとおり、わたしは社会意識を持つ市民でしてね。ごく平凡な日々を送るなかで、大勢の人間に会い、多くのことを見聞きしている。そのなかには、あなたがたが関心を持つような人間や情報が含まれているかもしれない。それとは別に、わたしには大勢の知りあいがいる。わたしと同様に、誠実な市民である友人が。そうした友人たちのビジネスがいま……そちらの友人たちによる妨害を受けている」

「ご自身の経営するストリップクラブのように？」

「〈クラブ・ランデブー〉のことですか？　あれはわたしの店ではありませんよ。たまたま、いとこの奥方の隣人がオーナーだというだけで」

「これはうっかりいたしました。あのストリップクラブのオーナーは、イェッティー・グリーンブラットという八十二歳のご老人でしたね」

「そのとおり。じつに気の毒な女性です。早くにご主人を亡くしましてね。遺《のこ》されたのはあの店だけだった。それはさておき、わたしなら、たとえばそこに並んでいる連中のひとりをそちらへ差しだすことができるわけです」壁に並ぶ手配書のほうへ――ジオほどきれいに髭を剃っている者はひとりとしていない、残忍な顔つきの男たちのほうへ――顎をしゃくってみせてから、ジオは続けた。「そうなれば、そちらも方針を変えて、ミセス・グリーンブラットがあの店をつつがなく営めるようにしてくださるかもしれませんからね」

「指名手配中のテロリストに関して、何かご存じなんですか？」

「現時点では何も。しかしながら、わたしどもにも目の役割を果たすことならできる。たとえば、有志による捜索隊を組織したりして。言うなれば、代理人のようなものです。あなたがたＦＢＩも、民間人にそうした代理を任じることがあるのでしょう？」

「いいえ。あいにくですが、わたしの知るかぎり、そういう事実はありません。たとえそれが可能であったとしても、マフィアの構成員を代理人に任命して、不法行為を見逃す代わりに、テロリスト狩りをさせるようなまねをするつもりはありません」

「まあまあ！　そうかっかなさらずに」両手をあげて、てのひらをこちらへ向けてみせながら、ジオは笑った。

「そんなふうに大袈裟に捉えないでください。わたしはただ、もののたとえを口にしたまでですよ。ならば、こういうのはどうです？　単なる仮定として考えてみてください。いわゆる思考実験として」

「思考実験？」

「たとえば仮に、匿名の人間があなたに電話をかけてきて、仮に、壁に並ぶ連中のうちの誰かを捕まえるのに役立つ情報を与えたとする。そうなったら、ミセス・グリーンブラットのような人々にとって、世の中がもっと生きやすいものになるのでは？」

「仮に？」

「そう、仮に」

ドナはため息をついて言った。「ええ、そうなるでしょうね」

「すばらしい」ジオは椅子からさっと立ちあがり、ドナに握手を求めた。「お時間を割いていただき、感謝します。あのなかの誰かを見かけることがあったら、真っ先にあなたにお知らせしましょう」

ジオはそのまま部屋を出て、静かに扉を閉めていった。一瞬の間を置いて、ドナは堰を切ったように笑いだした。まったく、なんて笑い話なの？　少なくとも、ジオの訪問のことは――ビッグチャンスが訪れるかもしれないと勘ちがいをしていたことは――まだ誰にも話していない。今日一日は、このことを思いだすだけで、腹を抱えて笑えそうだ。あとでママにも、報告しよう。預けている娘を迎えに寄ったときに。きっと、ママと一緒になって、もう一度笑いこけることになるだろう。なおもくすくすと笑いつづけていたとき、電話が鳴った。ドナは受話器を拾いあげた。

「もしもし？　ザモーラ捜査官？」

電話をかけてきたのは、ニューヨーク市警にいる知りあいだった。

「ええ、ごめんなさい。ちょっと喉の調子がおかしくて。どうかされました？」

「以前お尋ねになられた、消息がつかめないという人物に関する情報が入りましてね。ビリー・リオとかいう男の」

「ええ、それで？」

ビリー・リオというのは、例のカナージー出身のコカイン中毒だ。つまりは、ジオの——あるいは、ミセス・グリーンブラットの——店に関する情報を垂れこんできた男。なのに、今日になっても謝礼金を受けとりにやってこない。じつにヤク中らしからぬことだ。そのうえ、電話も通じない。ビリーは実家の地下室を寝床にしているのだが、その家に同居する母親も、しばらく姿を見ていないという。そこでドナは、地元警察に捜索を依頼しておいたのだ。

「ええ、ビリーはわたしの担当する情報提供者です。彼がどうかしましたか」

「ある意味では朗報です。そいつを見つけました。まあ、あらかたのところは……とにかく、身元が判別できる程度には見つかりました」

6

タイミングがきわめて重要だということはわかっていた。ジオはみずからの登場を効果的に演出したかった。となると、ほかの面々が顔を揃えてから、最後に姿をあらわすのがいい。かといって、あまり長々と待たせすぎて、来賓を飽き飽きさせるわけにはいかない。感謝祭のパレード用の風船みたいにあの倉庫に押しこめられた、熟しすぎの自尊心をどれひとつとして傷つけるわけにもいかない。会場のセキュリティーは徹底されている。敷地内も、来賓も、盗聴器の探知検査を受けている。携帯電話は入口で一時没収されている。とはいえ、来賓の一部が警察の監視対象となっているる可能性は高く、今回のもくろみが成功する見込みは低い。そのとき、新たに入手したプリペイド携帯が鳴りだし、出席者が出揃ったとの知らせが入った。ジオは運転席にすわる部下のネロに命じて、倉庫の正面に車をつけさせた。入口の脇に立つ警備の者の前をうなずきひとつで素通りして、足早になかへ踏みこんだ。

少なくとも、カメラの心配をする必要はないものと思われた。鋼鉄製の重たい扉が背後で閉じられると、目の前には広大な空間が開けていた。鋼鉄製のトタン板に取りかこまれた、雄大な風景を眺めているかのようだ。岩塩と砂からなる山々が何階ぶんもの高さにそびえ立ち、アーチ形の屋根と壁に守られて雨風を凌ぎながら、じっと冬を待っている。この倉庫は埠頭の突端に建っており、三面が海に面していて、はしけ船からじかに何トンもの荷をおろすことができる。残る一面は陸に面していて、フェンスに囲まれたアスファルト敷きの空間が広がっており、トラックが荷を積みこめるようになっている。積みあげられた岩塩と砂の谷間を縫って、ジオが倉庫の奥へと進んでいくあいだにも、太陽は壁の向こうのいずこかに向かってゆっくりと沈んでいっているはずだった。錆びついた壁の腐食はところどころがレースのように、あるいは告解室で神父とのあいだを仕切る網状の衝立のようになっていて、そうした隙間やひび割れや継ぎ目から差しこんだ陽の光が倉庫内の人工の連山に降りそそいでは、亀裂の入った表面や、粒子や、結晶を照らしだし、赤や金に色づかせ、峡谷に先細の長い影を落としている。ジオはさらに歩を進め、雪掻きが巨大なスプーンのようにうずたかく積み重ねられている一画に入った。そのバリケードの向こうの大きく開けたエリアには、折りたたみ式のブリッジテーブルがいくつか並べられ、その周囲に折りたたみ椅子が配置されていた。それぞれのテーブルの上には、果物を盛ったボウルと、ボトル入りの炭酸水と、氷を入れたバケツと、ボトル入りの各種アルコールが置かれている。そこから少し離れた隅のほうでは、スーツとネクタイ姿の若者がひとり、エスプレッソ・マシーンの背後に控えている。けれども一瞥しただけで、フルーツも、飲み物も、何ひとつ手をつけられていないことが見てとれる。洗練とは程遠いこの不粋な場所に、時代錯誤にも用意されたいくつもの灰皿を除いては。

歯にかぶせた純金や、極太のチェーン・ネックレスや、金ぴかの指輪や、刑務所仕込みの粗雑な刺青《いれずみ》や、どぎつい色のレザージャケットを抜きにすれば、そこに集まった二十人かそこらの面々は、おおかた、真面目なビジネスの話をするためにやってきた大物実業家のように見えた。性別はひとりを除いて全員が男。紅一点であるリトル・マリアは小柄で朗らかな性格だが、亭主に先立たれてからというもの、ドミニカ系が支配するヘロイン取引の大半を冷酷に取り仕切っている。もしも自宅近くの通りの角に、埃をかぶった缶詰めのスープや干からびたキャンディー以外は何も売っていないような食料雑貨店があったとしたら、それはおそらくマリアの店だろう。それ以外の面々は、年齢からしてさまざまだ。ジオ自身やアロンゾ——ブルックリンをシマとする黒人ギャング団のボス——のように三十代半ばの者もいれば、丸々と肥え太った老い知らずのアンクル・チェンや、黒ずくめの服装と真っ白い山《や》羊《ぎ》鬚《ひげ》が特徴的な厳格なるユダヤ教徒、メナヘム・〝ラビ〟・ストーンといったように、年齢不詳の者もいる。アンクル・チェンはクイーンズのフラッシング（ただし、韓国人街は除く）を牛耳っており、〝ラビ〟ことメナヘムは祖父のような物腰とは裏腹に、ユダヤ系の裏社会に圧政を敷いている。

　ジオはその輪に入っていくと、全員の視線が一斉に集まるのを感じながら、深く息を吸いこんだ。「ごきげんよう、みなさん。ようこそおいでくださいました。みなさんに遥々《はるばる》お越しいただいたことがどれほど光栄であるかは、言葉にしようもありません。また、この場所を提供してくれたことを、いとこのリッキーに感謝したい」ジオがうなずきかけながら言うと、リッキーは満面の笑みを浮かべた。リッキーはじつのいとこではない。実際には、いとこの亭主の息子であり、少々オツムが足りないのだが、二、三の支部に目を配るといった簡単で安価な仕事を、身内のお情けであてがっているのだ。そして、この会合が意味するところを完全には理解できないリッキーに会場の用意を任せることも、安全対策の一部を担っていた。「リッキー、本当にありがとう」ジオは重ねて礼を言った。

　それと悟ったリッキーは慌てて立ちあがり、エスプレッソ・マシーンの背後に控えていた息子を連れて、そそくさと退場していった。リッキーの息子は本物のバリスタであり、ファミリーが所有するキャロル・ガーデンズのビルの一角で、こぢんまりとしたお洒落なカフェを営んでいるのだ。ジオは椅子を引き、そこに腰をおろした。ほかの者たちはみな身を乗りだし、石のように黙りこくったまま、こちらをじっと見すえている。

「本日ここになぜお集まりいただいたかは、みなさんご承知のはずだ。我々はみな、同様の苦境に立たされ、大いなる損害をこうむっています。問題のテロリストが捕まるまでは、ここにいる誰ひとりとして、ビジネスを再開することなどできはしない。問題は、売春宿で毛ジラミを捕まえる能力が警察にはないということです。むろん、ここにいる誰かの店の売春婦に、シラミがわいているというわけではありませんがね」

くすくすと笑い声があがった。氷が融けだした証だった。

「ああ、そうとも、みんなわかってるさ。おれらが崖っぷちに立たされてるってことくらいはな。だがおれは、そんなわかりきったことを思いだすために、一時間も車を走らせてきたわけじゃねえ」ブライトン・ビーチを縄張りとするロシア系組織のドン、アレクセイが言って、新たな煙草に火をつけた。「そこで訊きたいのは、〝だからっておれたちに何ができる？〟ってことだ。その答えがおまえにはわかるって言うんだな、ジオ」

「ええ、もちろん。連中を捕まえればいいだけのことです」

「誰を捕まえるって？　毛ジラミをか？」ふたたび全員が笑いだし、アレクセイはにやりとした。ひとのジョークに便乗しただけだろうが、とジオは思った。それでも、礼儀正しく笑みを浮かべて、こう答えた。

「捕まえるのは、もちろんテロリストです」

アレクセイは不意に黙りこみ、ジオの顔をじっと見つめた。それから、首を後ろにのけぞらせ、ひときわ大きな声で笑いだした。ほかの者たちもそれに加わった。「ジオ、おまえは本当にいかれたやつだ。だが、肝っ玉があるってことは認めよう。ったく、テロリストを捕まえるだと？」

「そのくそったれどもを、どうやって捕まえるってんだ？　ＦＢＩとＣＩＡが総がかりであたったところで、何の成果もあげられずにいるってのによ」アロンゾが口を挟んだ。

「それができるのは、我々だけだからです」とジオは答えた。「警察でもない。マスコミでもない。しかし、我々にならできる。いまこの部屋にいる人間になら。我々には人脈がある。知識がある。力がある。だからこそ、やらなきゃならない。みずからのビジネスを守るために。いや、それだけではありません。わたしに言わせれば、我々にはそうする義務がある。ここにいる者は誰ひとり、聖人ではない……もちろん、あなたを除いての話ですがね、マリア」ジオが語りかけると、マリアは笑いながらうなずいた。「だが、我々が何をシノギとしているにせよ、それはあくまでもビジネスだ。プロ同士の取引。兵士同士の凌ぎあい。ところが、あの残虐なテロリストどもには、ルールも掟《おきて》も分別もない。女も、子供も、見境なく手にかける。みなさんも、カリフォルニアで発生した、二人組による銃乱射事件のことを覚えておいででしょう。やつらはよりにもよって、知的障害者の集まる施設を銃撃しやがった」

この言葉に、数人が胸の前で十字を切った。アレクセイは床にぺっと唾を吐いた。

ジオはさらにたたみかけた。「なのに、警察のやつらときたら、あんな非道な異常者どもと我々をよくも一緒くたにできたものです。我々は誇り高きニューヨーク市民であり、愛国者だ。ロシア、シチリア島、カリブ諸国、ルイジアナ……我らが祖先はそれぞれに異なる地から、この地へとやってきた。貧困から逃れるために。あるいはただただ、この種のたわけた迫害から逃れるために。少なくとも、わたしの一族はそうでした」一同はめいめいにうなずいた。「そして、率直に申しあげましょう。我々以上に、自由企業制度とアメリカの流儀を愛する者はいない」この言葉には会場が沸いた。「我々こそはアメリカンドリームの体現者だ。なればこそ、我々がそれを守りぬき、忌々しいISISのくそったれどもを取っ捕まえてやらなくては」

ジオは居並ぶ面々を見まわした。どうやら、うまく心をつかむことはできたらしい。いまや、誰もがすっかり奮然として、口々に何ごとかを論じあっている。だが、問題はここからだ。

するとそのとき、クイーンズのエルムハーストを根城とするコロンビア系コカイン王のジルベルトが、やにわに異を唱えだした。「しかし、そいつはどうだろうな。このおれらに、サツと手を組めってのか？　それどころか、ＦＢＩとも？　そんなことは絶対にありえねえ。おれらとやつらは、犬と猫だ。それから、ネズミもだ。そのことを忘れるな。迂闊《うかつ》なことはするもんじゃねえ」

ジオはこくりとうなずいた。「その点については、少し補足させてもらいたい。じつを言うと、このような事例は過去にも存在するのです。メナヘム、あなたなら〝ラッキー〟・ルチアーノのことを覚えておいでなのでは？」

「当時のわしはほんの小さな洟垂れ小僧だったが、ああ、もちろん覚えておるとも」

「そう、あれは第二次世界大戦のさなかのことです。ニューヨークの波止場を目標としたドイツの攻撃や破壊活動に手を焼き、周辺での諜報活動に難儀していたアメリカ海軍は、当時のイタリア系マフィアのドンであったルチアーノへ接触を計った。ルチアーノこそ、波止場の安全を確保することのできる唯一の人物だとわかっていたからです。その後、連合軍がシチリア上陸作戦を計画した際には、ルチアーノの呼びかけで、現地のマフィアがファシストの軍事施設を爆破するなどの陽動作戦を行なった。そのうえ連合軍に、上陸地点に関する情報まで与えもした。まちがいありませんね？」

〝ラビ〟ことメナヘムは深々とうなずいた。「おまえさんはじつに利口な若造だのう、ジオ。親父さんにそっくりじゃ。そうとも、おまえさんの言うとおり、わしらは聖人なんぞではない。わしとて、一度も手を汚したことがないとは言わん。しかし、スパイを取っ捕まえて、爆弾を見つけだすじゃと？　そんな芸当をどうやってのけりゃあいいのか、誰が知っとるんじゃ？　わしか？　おまえさんか？　アロンゾか？　マリアか？　おまえさんの言ったとおり、わしらはビジネスマンじゃ。街頭で生計を立てる人間じゃ。それとこれとは、まるで畑ちがいというものじゃろう」そう言って、メナヘムはひとさし指を振り動かした。「それから、イスラエルの民にも協力を仰げなどとは、けっして言ってくれるでないぞ。その手のたわ言《ミシユガース》に耳を貸すつもりは毛頭ないのでな」

ジオは両手を上にあげて見せた。「そう先走らないでください。わたしがいま申しあげているのは〝もしも〟の話です。あくまでも仮定の話です。もしも、我々の手の内に、そうした芸当をやってのけることのできる適任者がいるとしたら……我々全員が協定を結ぶ必要がある。ここにいる全員の合意を得る必要がある。ここにはいない同志たちにあまねく知らせる必要もある。その適任者に全権を与えるために。我々の取り仕切るすべてのシマで自由に動くことのできる権限を与えるために。テロリストどもを追いつめるためにしなければならないことを、すべて実行できるようにするために」

「要は、賞金稼ぎみたいなもんか？」とアレクセイが言った。「いや、むしろ、懐かしの西部劇に登場する連邦保安官《マーシャル》ってところか」

「そのとおり！」アレクセイを指差して、ジオは言った。

「ちょっと待たんか……」割って入ったのは、パッティー・ホワイトだった。かつてウエスト・サイドを牛耳っていた、由緒あるアイルランド系組織の生き残りのひとり。いまもなお政界に強いコネを持ち、スポーツ賭博業界における権勢をほしいままにし、凄腕の暗殺集団をも傘下に有する人物だ。「わしの親父は、どこぞのくそったれマーシャルのおかげで極刑に処された。できれば別の呼び名を選んでくれんかの」

「ならば、ただの保安官《シェリフ》でよかろう！」アンクル・チェンが言って、くすくすと笑った。

　メナヘムはぽんと膝を叩いた。「そりゃあ名案じゃ！　保安官か。映画でクリント・イーストウッドが演じたやつじゃな」

　イーストウッドが保安官を演じたことなどあったかどうか、ジオの記憶にはなかったが、それはそれで良しとすることにした。

「いいだろう、ジオ」とアロンゾが言った。「そんなら仮に、おれら全員がその提案に乗ったとする。で、その暗黒街の保安官とやらを、いったいどこで見つけりゃいいんだ？」

　ジオは椅子に深々とすわり、背中を預けた。ようやく、あのエスプレッソ・マシーンを使うことができそうだ。「それについては、わたしにお任せいただきたい。心当たりがひとりおりますので」

当然ながら、土壇場になって急遽追加された招待客として、ジョーはデレクともども、いちばん隅のテーブルについていた。デレクが伴ってきた婚約者のジュリーはクイーンズのフォレスト・ヒルズの出身で、きびきびとした物腰とスリムな体形をした利発な中国娘だった。ストリップクラブの踊り子であるクリスタルはドレスアップに総力をあげていて、目もくらむほどに悩殺的なロングドレスをまとい、髪はアップにまとめ、淡褐色の頬骨や濃褐色の瞳の上に発光性の微粒子を吹きつけたかのような、まばゆいメイクをほどこしていた。自分も一張羅のスーツを着てきて正解だったと、ジョーは思った。このスーツは黒いから、葬式にも着ていける重宝なものだった。同じテーブルを囲む残りの顔ぶれは、新郎新婦の親族の友人たちだった。英語をほとんど話さない、かなり高齢の韓国人夫婦。同じくらい高齢のスコットランド人夫婦もいたが、訛《なまり》があまりにきつすぎて、こちらも何を言っているのかわからなかった。

7

ジョーの予想は当たっていた。もしも誰かに招待されることがあったなら、スコットランド人と韓国人の結婚式には、断然、出席してみる価値がある。参列者全員にとって幸いなことに、ふるまわれたのは主として韓国料理で、酒は主としてスコッチ・ウイスキーだった。会場には大音量で音楽が流されていて、それをうわまわる大声で参列者が会話をしており、それをさらにうわまわるのが笑い声だった。会場のスタッフは、喫煙をやめさせることをさっさとあきらめていた。韓国側の親族は英語を理解できないふりをしていて、スコットランド側の親族は「くしょったれ」を連発していた。

ほとんど理解できなかった。ただし、理論的には英語を話しているはずだからこそ、余計にきまりが悪かった。とまあ、そんななか、デレクが不意に耳打ちをしてきた。

「いま、クラレンスからメールが送られてきた。留置場で話した、例の男だ。あんたに会いに、近くまで来てるらしい」

ジョーは「失礼」とひと声かけてから席を立った。ジュリーとクリスタルが隣りあう席へ移動して、お喋りに花を咲かせはじめた。来たるべきジュリーの結婚式に備えて、クリスタルがメイクとヘアセットのアドバイスを与えているようだった。デレクとジョーは建物を出ると、ミッドタウンの大通りを這うように進む車をよけながら、通りを渡った。視線の先では、レザージャケットを着た男が黒のレクサスにもたれて立っていた。

「あそこだ」デレクが言ってうなずきかけると、男のほうもうなずきかえしてきた。

クラレンスの風貌はいかにも、〝若かりしころにボクシングを少し齧《かじ》ったプロジェクト・マネージャー〟然として見えた。実際に、以前はボクサーであったらしい。骨格のがっちりとした頭に生えた毛は薄くなりつつあり、額は広く、鼻は曲がっている。歯の治療や手入れに金がかけられているのは一目瞭然で、肌はなめらかで、日に焼けている。クラレンスが身につけているのはすべて――ジップアップのレザージャケットも、ポロシャツも、黄褐色のスラックスも、ローファーも――高級品で趣味もいいのだが、どれひとつとして、角張った箱のような図体にぴったりフィットしているものはない。元プロボクサーにふさわしいがっしりとした手にはめられた重たげなゴールドの腕時計や、小指にはめられたダイヤモンドのピンキーリングにしても、同じことが言える。要は、ほかのタフガイどもを顎で使えるほど頭も切れて、屈強さにおいても引けを取らない、真のタフガイだということだ。デレクからの紹介を受けると、クラレンスは指関節が粉砕しそうなほどの強い力で、ジョーの手を握りしめた。ジョーは無言のまま微笑んでみせた。

「やあ、ジョー、わざわざ出てきてもらって悪かったな。デレクんところの腕っこきの連中も、デレク本人も、あんたには太鼓判を捺《お》してる。自分でもちょいと評判を訊いてまわってみたんだが、あんたは筋金入りのプロだと、誰もが口を揃えてた。だから、あんたが望むなら、残る空席はあんたのものだ」

「どんなヤマなんだ？」

「数日後、荷台に銃器を満載した車が南部からやってくる。大半は自動小銃のAK－47だが、ロケットランチャーが何点かと、特別な品もひとつかふたつ含まれる。南部に暮らすある密売人が、とある森のなかで秘密の販売会を開催し、そいつを売りさばくつもりでいるらしい。そこで、おれたちは商品を輸送中の車を襲う。メンバーはここにいる三人と、おれのダチが一人。万が一の場合に備えての、腕っぷし要員だ。まあ、そんなものが必要になるとは思えないがな。ネタ元によれば、その密売人は単なるアマチュアのガンマニアだそうだ。朝飯まえに片づくだろうよ」

「おれの取り分は？」

「運転手役を務めるだけで、五千ドルは保証する。たとえ、トラックの荷台が豚の糞でいっぱいだったとしてもな。で、そうでなけりゃ、このヤマを依頼してきたクライアントがすべて定価で買いとる約束になってる。うまくいきゃ、十万ドルにはなるだろう。それを四人で山分けする」

ジョーはしばし考えこんだ。渋滞中の車道をゆるゆると近づいてくる、一台のタクシーが目にとまった。頭にターバンを巻いた運転手がこちらに目配せを送りながら、うなずきかけてくる。最新流行のファッションに身を包んだ後部座席のカップルは、おのおのが手にしたスマートフォンの画面に見入っている。ジョーは運転手にうなずきかえした。

「いいだろう。乗った。ただし、運転以外の仕事はしない。暴力沙汰には加担しない。力仕事もだ。じつは腰を痛めているもんでな」言いながら、ジョーは片目をつぶってみせた。

「もちろん、それでかまわない。あんたとおれとで、若いもんをこき使ってやろう」クラレンスは言って、片手を差しだしてきた。ジョーはその手を軽く握りかえした。


式場へと戻る道すがら、デレクは愚痴をこぼしつづけていた。「まったく、おれのフィアンセときたら。仕事が見つかったって、うっかり漏らしたのがまちがいだったよ。ジュリーのやつってば、さっそくいまから、新居のダイニングルームの家具にその金を注ぎこむつもりでいやがるんだ。しかも、たかがソファに二千ドルもかけるって言うんだぜ！　ソファなら、〈ハウジング・ワークス〉で買ってきた中古の百ドルのやつで、充分間に合ってるっていうのにさ」

ジョーはデレクの背中をぽんと叩いた。「そういうことにも慣れていくんだ。『わかったよ、ハニー』とだけ言って、にっこり微笑んでやれ」

「伯父貴にもおんなじことを言われたよ。そういや、ジョー、あんた、結婚したことはあるのかい」

「さあ、覚えてないな」

デレクはけたけたと笑った。「ジョーのおっさんは相変わらずだな。とことん開けっぴろげだ。おっと、そりゃそうと、おれらの連れはどこにいんだ？」

クリスタルとジュリーはダンスフロアにいた。お互いや、韓国人老夫婦や、スコットランド人老夫婦を代わる代わる相手にして、フロアをぐるぐると回転していた。大男のジェリーは、またもへべれけに酔っぱらっていた。タキシードがはち切れて、なかからアルコールが噴きだすのではないかというほど泥酔していたが、今宵はご機嫌な酒であるらしく、ひどく小柄な花嫁を肩車して、浮かれた獣のように踊り狂っている。花嫁は花嫁で、やんやと囃《はや》したてる人だかりの頭上で、シングルモルト・ウイスキーの瓶を振りまわしていた。

そのころ、アップタウンの住宅街では、ドナが娘のラリッサに同じ絵本を四回も読み聞かせていた（ただし、この程度で済めばまだましなほうだ）。すると、ようやく寝かしつけたところで、電話が鳴りだした。ドナは大慌てで子供部屋の扉を閉めると、ハンドバッグを持って寝室に入り、同様に扉を閉めてから、発信者を確認した。オフィスの直通回線から転送されてきているなら、仕事の電話だということだ。この直通番号は、誰にでも教えるというわけではない。教えるのは身元のたしかな情報源だけであり、ましてや、プライベートの携帯番号などもってのほかだ。とりわけ、この下種《げす》野郎には。ノリスはノースカロライナ州に住むガンマニアにして、タレコミ屋だ。悪名高き重罪犯に銃を売ったかどでＦＢＩに逮捕された過去があり、減刑を得るためのポイントを稼ごうと、自分以外の下種野郎をせっせと密告しまくっているのだ。今夜、ノリスが垂れこんできたのは、軍需品の銃火器——ＡＫ－47と、ロケットランチャーと、とっておきの逸品——の密輸に関する情報だった。なんでも、南部在住のとある密売人がそれらの盗品をはるばる北まで運んできて、秘密の販売会を開こうとしているらしい。だから、ＦＢＩがうまいこと画策すれば、その場に集まったすべての人間を一網打尽にできるだろうというのだ。

ドナはにわかに奮い立った。ノリスから詳細を訊きだすと、アルコール《A》・タバコ《T》・火気及び爆発物取締局《F》の知人に連絡を入れた。その際、自分もＦＢＩ側のパイプ役として同行したい旨を伝えておいた。だって、ひょっとしたらひょっとするかもしれないではないか。そうよ、これが転機にならないともかぎらない。少なくとも、現場には出られる。田園地帯をドライブできる。こんな美味しい話があるだろうか。

8

ジョーは車を走らせていた。車は後部に窓のない箱形の貨物バンで、車体の側面には〈U‐DRIVE〉というありふれたロゴがペイントされている。助手席では、デレクがぺちゃくちゃと喋りたてながら、ダッシュボードのラジオのダイヤルをいじくりまわしている。クラレンスと、クラレンスが連れてきた腕っぷし要員のマッチョ——レックスという名の前科者——は、公共土木工事用車両のシンボルマークを偽造した緑色のピックアップトラックで前方を走っている。計画について話しあうため、月曜に全員で顔合わせをしたあと、ジョーとデレクは火曜と水曜の二日をかけて、使用する車二台の確保と準備を済ませていた。一方のクラレンスとレックスは、武器や、その他諸々の道具を揃える役割を担った。一行は木曜の早朝、夜明けの直後に出発し、ペンシルヴェニアとの州境を越えたところで一度だけ、トイレとコーヒー休憩のために停車した。四人のうち、デレクだけが極度の興奮状態にあった。だが、それがデレクの性分でもあり、昂ぶる神経を静めるための、デレクなりのやり方でもあるらしい。残る二人はほとんど口をきかなかったが、ジョーにはそれで好都合だった。

休憩を終えると、ふたたび一時間ほど車を走らせた。はじめはハイウェイ。そこからようやく、低木の生い茂った森のあいだを抜ける、アスファルトで舗装された二車線道路へ。なんら特筆すべき点もないその道路をしばらく進んでいくと、ついに、とある交差点に差しかかったところで、クラレンスが車をとめた。そこから右手に、細い未舗装路が伸びていた。

ピックアップトラックの後ろに貨物バンをとめて、ジョーは車をおりた。同じく車をおりたクラレンスが近づいてきて、こう告げた。「おれの持ち場はここだ。あの道を四分の一マイルほど進んだところに、見通しのきかないカーブがあるから、おまえらはそこで位置につけ。場所はひと目でわかるはずだ。ただし、あの道はかなりのお転婆だから、気をつけろ。正真正銘のアバズレだぜ」クラレンスは言って、にやりとしてみせた。

「わかった」とジョーは応じて、貨物バンへ戻った。クラレンスはピックアップトラックの背後に屈みこんで、緑色の作業着とオレンジ色のベストを着こみ、ヘルメットをかぶった。レックスが貨物バンの荷台に乗りこんできて、なおも無言のまま、折りたたみ式のベンチシートに腰をおろした。角を曲がり、未舗装路を進みはじめてからサイドミラーに目をやると、二車線ともをふさぐようにしてピックアップトラックをとめる、クラレンスの姿が見えた。

この未舗装路の状態に関して、クラレンスの言ったことは正しかった。道幅が狭いうえに、路面は轍《わだち》だらけで、ひどく走りにくい。ジョーは徐行運転で車を走らせた。小刻みにハンドルを切って深い轍を避け、大きな窪みや隆起があれば、さらにスピードを落として慎重に通過した。クラレンスの指定した場所はすぐにそれとわかった。たしかに絶好の襲撃ポイントだった。道が急角度で左にカーブしており、両脇には鬱蒼と木々が生い茂っている。ジョーがブレーキをかけると、レックスとデレクは車から跳びおりた。ふたりがタイヤをパンクさせるためのスパイクマットを路上に広げているあいだに、ジョーは前進と後退を慎重に繰りかえして車の向きを変え、木立のなかに車を隠した。ギアをパーキングに入れて、エンジンを切ってから車をおり、腕時計に目をやった。

「あと十五分ほどだ」

レックスが荷台からダッフルバッグをおろし、なかから銃を取りだした。装弾数の多い弾倉をつけ、全自動射撃できるように改造したアサルトライフルを、同じくデレクにも手渡した。続けて、スキーマスクとプラスチック製の結束バンドを全員に配ってから、ダッフルバッグを荷台に放りこんだ。それが済むと、レックスとデレクは小道の両側に分かれて、側溝のなかにもぐりこみ、お互いを撃つ恐れのないよう、いくぶん角度をつけた位置に陣取った。ジョーはふたたび運転席に乗りこんで、スキーマスクをかぶり、結束バンドをポケットに押しこんだ。

計画はこうだった——標的の車が見通しのきかない急カーブの向こうからやってきたら、カーブを曲がりきったところでスパイクマットを踏み、タイヤがパンクする。デレクとレックスが両側の側溝から跳びだして、運転席にすわる男に銃を突きつけ、車をおりるよう命じる。うまくいけば、何ごともなく、男を縛りあげることができる。そうなったら、ジョーは貨物バンを木立から出して、もと来た道のほうに向けてとめ、荷台のドアを開ける。デレクとレックスが、立ち往生している車から貨物バンの荷台へ積み荷を移す。それが済んだら全員で車に乗りこみ、走り去る。もし誰かが背後からやってきても、パンクしたトラックが道をふさいでくれる。ゆく先では、アスファルト敷きの二車線道路と交わる三叉路で、クラレンスが見張りに立っている。ジョーら三人と合流したら、クラレンスは例のピックアップトラックをその場に置き去りにして、貨物バンに乗りこむ。ピックアップトラックのほうも、当然ながら偽造プレートをつけた盗難車だから、身元が割れる心配はない。キーをはずしておけば、二車線道路の反対側からやってくる車を堰きとめることができる。すべて計画どおりに運べば、ジョーの運転で全員が逃げおおせる。計画はシンプルそのものだった。よくある強奪事件となるはずだった。

9

時速六十マイルで車を走らせていたドナは、公共土木工事用のピックアップトラックが前方をふさいでいることに気づいて眉をひそめた。トラックの手前には三角コーンが並んでおり、緑色のつなぎを着た作業員が手を振って、来た道を引きかえすよう合図している。ドナは小声で毒づいた。車に同乗者はなく、ATFの面々とは、およそ一マイル先にあるハイウェイ沿いのサービスエリアで落ちあう約束になっていた。その後、銃の販売会場に通じる道を封鎖しておいてから、盗品の銃器を満載した密売人の車がやってくるのを待ち伏せして、そいつの身柄を確保すると同時に販売会場へ突入し、そこに集まっていたもぐりの売人や違法取引されている銃器を一斉検挙する。計画はシンプルそのものだった。なのに、すでに何者かがその計画をぶち壊しにしようとしている。道路工事が行なわれているのなら、地元警察がFBIから連絡を受けた際に、そのことを知らせておくべきだろう。いま目の前では、ターゲットが通過するかもしれない道のど真ん中に、オレンジ色のベストを着た抜け作が突っ立って、ひらひらと旗を振っているではないか。ドナは無線機をつかみとった。

「作戦本部、聞こえますか。こちらはザモーラ捜査官。応答願います」

「ザモーラ捜査官、こちらはケイシー。用件をどうぞ」

「どうも、ケイシー。道路工事が行なわれていることについて、どうして誰も教えてくれなかったんでしょう?」

「道路工事?」

「合流地点の一マイルほど手前で、作業員が迂回を促しているわ」

「本日、道路工事の予定は一件も入っていないはずです。ひょっとして、事故か何かがあったのでは。あるいは、倒木とか。その作業員に、いまから一時間だけ通行可能にするよう、指示することはできますか」

「了解。なんとか対処します」ドナは車を路肩に寄せ、ピックアップトラックの近くで停車してから、サングラスをつかんで外に出た。防弾チョッキは身につけるまでもないものと思われた。

「おはようございます」オレンジ色のベストを着てヘルメットをかぶった、肩幅の広い無表情な男に向かって言いながら、ドナはジャケットの前を開き、ベルトに留められているFBIのバッジを覗かせた。「FBIです。この先で何か問題でも?」

立てつづけに銃声が轟いた瞬間、何かトラブルが発生したのにちがいないと、ジョーは悟った。ジョーはそのとき貨物バンの運転席にすわって、道路を挟んだ向かい側の木立を見つめていた。そこに茂る木の大半は松で、窓から吹きこんでくる風も松の香りに満ちており、そのなかに、落ち葉や朽ち木のつんと鼻をつくにおいがほんのりと入りまじっていた。生と死、両方からなる森のにおいが嗅ぎとれた。ジョーはこのとき、森のなかがどれほどの静寂に包まれているかに、人間のつくりだす音がいかに絶えているかに気づかされていた。聞こえてくるのは、鳥のさえずりと、キツツキが幹をつつく音と、あたりを飛びまわる虫の羽音だけ。銃声が響いたのは、そのときだった。立てつづけに三発の銃声。ひょっとすると、二挺の銃から発せられた音かもしれない。ジョーはすかさず首を伸ばし、目の前の道路に目をこらした。レックスとデレクも腹這いの体勢のまま、スキーマスクをかぶった頭を側溝のなかから突きだした。ふたりは互いに目を見あわせ、戸惑い顔で両手を広げた。かと思うと、不意にレックスが片手をあげ、考えがあると身ぶりで示してから、携帯電話を取りだした。例の密売人がこの未舗装路を逆方向からやってきた場合には、クラレンスから知らせが入る手筈になっていたのだ。ところが、電話を耳に押しあてていたレックスは、首をぶんぶんと横に振って、こう叫んだ。

「留守電になってる！」

「どうする？」デレクも大声で訊いた。

「知るか！」とレックスは怒鳴りかえした。

ジョーはギアをドライブに入れた。タイヤがスパイクを踏まないよう、ゆっくりと木立から車を出して、助手席側のドアを開けた。レックスとデレクが腕にライフルを抱え、スキーマスクをかぶったまま駆け寄ってきた。

「乗れ」とジョーは言った。

「しかし、クラレンスの指示では――」

反論しようとするレックスを遮って、ジョーは言った。「そのことはもう気にするな。この状況はおそらく、クラレンスが計画を変更せざるをえなくなったか、ヤマが取りやめになったかだ。いずれにせよ、おれはここにとどまるつもりはない」

デレクが車に乗りこんできた。一拍遅れて、レックスもしぶしぶ動きだした。デレクが荷台のベンチシートにすわると、レックスも助手席に腰をおろした。

「こうなったら仕方ねえ。クラレンスがブチ切れないことを祈るのみだ」レックスがつぶやいた。

「それについても、気にするな」アクセルを踏みこみながら、ジョーは言った。「どうせなら、やつが死んでいないことを祈ったほうがいい」

10

何かがおかしいと最初にドナに伝えてきたのは、男の目の表情だった。そこにはパニックの色が浮かんでいた。じつを言うなら、FBIの捜査官にとつぜんバッジを見せられたりすると、多くの者は怯えたようすを見せる。何か後ろめたいことがあるのかもしれないし、ないのかもしれないが、いずれにせよ厄介なことになったということだけはわかるのだろう。ただし、この男の場合、それとはようすがちがった。まずは、頭のなかから逃げだすための出口を探すかのように、目玉をきょろきょろとせわしなく動かしだした。それから、手にしていた旗をぽとりと地面に落としたかと思うと、不意にこちらへ進みでてきた。ドナは反射的に後ずさりした。男が後ろに手をやると、自分も銃に手を伸ばしつつ、「とまれ！」と叫んだ。背中にまわされていた男の手に九ミリ拳銃が握られていることがわかると、ドナも銃を引きぬき、立てつづけに二回、引鉄《ひきがね》を引いた。男のほうからも一発、銃声が響いた。

男の放った弾は大きく的をはずれ、どこかの木にあたった。もしかしたら、不運なリスにでも命中したかもしれない。ドナの放った一発めの銃弾もまた、的をはずれた。きちんと銃をかまえるまえに放たれた弾は、ピックアップトラックの側面に穴を開けた。だが、二発めの弾は見事、男の逞《たくま》しい太腿にめりこんだ。

男は咆哮をあげながら銃を落とし、地面にがくんと膝をついた。今度は両手でしっかりと銃をかまえ、男に照準を合わせたまま、ドナはゆっくりとそちらに近づき、地面に落ちた九ミリ拳銃を横へ蹴り飛ばした。

「とまれ、動くな」

男はうなずいて、両手をあげた。

「地面にうつ伏せになりなさい。顔も下に向けて。それから、ばかな考えは起こさないことね。次は肺を撃ちぬくわ。そのベストじゃ、あまり楯にはならないでしょうね」

男は命令に従った。ドナは男に手錠をかけた。これでよし。ようやく事態を収拾できた。でも、これはいったいどんな事態なのか。さっぱり理解ができなかった。

ドナは車に駆けもどり、無線機をつかみとった。応援を要請したうえで、被疑者が銃傷を負っており、救急車も必要である旨を伝えた。次いで、ATFの作戦本部の指揮官にも、なんらかの非常事態が発生しているらしいことを知らせた。

「何があったんだ。身柄を確保したというその男は、いったい何者なんだ？」

「わかりません。何かを訊く暇もなく、いきなり発砲してきたもので。ですが、こうなったら、ただちに販売会場へ踏みこんだほうがよろしいかと。どうにか現場を封鎖してくださいこちらはわたしがなんとかします」

「わかった。だが、くれぐれも用心しろ」

「ええ……どうぞご心配なく」ドナはそう応じつつ、いささかの苛立ちをおぼえていた。だって、これまでのところ、異変に気づくことができたのも、正しく対処することができたのも、このわたしだけなのに。

だが、ドナはまちがっていた。少なくとも、慢心するには早かった。なぜなら、そうしたやりとりを無線でしているさなかに、また別の車が一台、猛スピードで三叉路に近づいてきていたのだ。そして、その車の運転手は前方の障害物に気づくと、すばやくハンドルを右に切って、未舗装路を走り去っていったのだった。

ジョーは貨物バンのハンドルを握り、未舗装路を引きかえしはじめた。路面の窪みや轍《わだち》を巧みによけつつ、可能なかぎりのスピードを出した。隣にすわるレックスは、緊迫した面持ちで、膝に載せたライフルを握りしめていた。

「おい、銃口を窓の外へ向けてくれ。タイヤが地面のこぶを踏んだら、暴発でもしかねない。それから、シートベルトも締めるんだ」レックスに向かって、ジョーは言った。

「そうピリピリすんなって、旦那。今後はあんたがボスになれだなんて、誰に言われたんだ？」

「いいだろう。ボスはおまえだ。ただし、新しいプランを思いつくまでは、誰かの睾丸《タマ》を吹っ飛ばすようなまねは控えてくれ」

「くそったれめ」レックスは毒づきつつも、ライフルを膝からおろして、窓枠にもたせかけた。そのこともまた、のちの幸運をもたらした。というのもその直後、地面のこぶをタイヤが踏んで車体が大きく跳ねあがると同時に、例の密売人がカーブを曲がり、こちらへ向かってきていたのだ。密売人の運転するジープ・ラングラーは、猛スピードで真正面からまっすぐ貨物バンに突っこんできた。

その衝撃で、レックスは頭からフロントガラスを突き破った。握りしめられたライフルから撒き散らされた弾丸は誰ひとり傷つけることなく、木立のなかへ飛んでいった。レックス自身は、ボンネットの上に投げだされて即死した。一方のジョーは、つね日ごろからシートベルトを装着するよう心がけていたおかげで、頭を低くして衝撃に身がまえることができた。ハンドルにぶつけて前腕に打撲傷を負いはしたが、大事《だいじ》には至らなかった。デレクはベンチシートから投げだされて、からっぽの荷台のなかをごろごろと転がり、肩と尻から後部ドアに激突した。その衝撃で、ドアがばたんと開け放たれた。デレクもまた軽傷で済んだため、体勢を整えるやいなや、どこかに転がっていってしまったライフルを捜しはじめた。

密売人のジープはほとんどダメージを受けていなかった。ジョーたちの乗る貨物バンに乗りあげていたため、ヘッドライトが割れ、ボンネットがたわみ、泥よけがつぶれてはいたが、まだ走ることはできそうだった。とはいえ、運転席にいた密売人はすっかり震えあがっていた。車には非合法に入手された銃器が積まれており、直前には、目的地へと通じる道をふさぐ、警官だか交通整理員だかを目にしたばかりでもあった。そのうえ今度は、ボンネットの上に死体まで飛んできた。密売人は慌ててギアをバックに入れた。ところがあいにく、ジープの泥よけが貨物バンのフロントグリルに引っかかり、動けなくなってしまっていた。

目の焦点が合うやいなや、ジョーはすばやくシートベルトをはずして、車から跳びおりた。足早にジープの運転席側へまわりこみながら、荷台に積みあげられている木箱を確認した。山が崩れかけてはいるが、かぶせられた防水シートや固定用のロープははずれていない。まちがいない、これが例の獲物だ。頭部がずたずたになったレックスの死体も確認したが、ライフルは遠くへ飛ばされてしまったらしく、どこにも見あたらなかった。もしかしたら、側溝に落ちたのかもしれない。そんなことを考えつつ、ジョーは気遣わしげな表情を浮かべて、運転席のドアを開けた。

「ちくしょう、たいへんなことになった。あんた、怪我はないか？　おれの連れはこのままじゃ危なそうだ」

「あの男、生きてるのか？」シートベルトをはずしながら、密売人が訊いてきた。

「ああ、そのようだ。力を貸してくれないか。ちょっとこっちに来てみてくれ」

「まずはおれのほうに力を貸してくれ」車をおりようと足を伸ばしながら、密売人は言った。「泥よけが引っかかっちまってるんだ。あれさえはずれれば、お連れさんを病院に運べる」

「もちろんだ」ジョーはそう応じると、車からおりるのに手を貸すと見せかけて、密売人の腕をむんずとつかみ、力いっぱい引っぱった。密売人は体勢を崩し、みずからの重みで地面に膝を打ちつけた。うめき声をあげる密売人のうなじに、ジョーがてのひらの付け根を叩きつけると、密売人は失神した。

「デレク！　ジープをはずすのを手伝ってくれ！」ジョーはデレクに応援を求めたが、結果として、その必要はなかった。そのときすでに、逆方向からもう一台、別のトラックが――フォード社製の四ドアのピックアップトラックが――近づいてきていた。そのトラックが貨物バンの尻に追突したおかげで、ジープの泥よけがはずれてくれたのだ。

一方のデレクはその寸前に、ようやくライフルを見つけたところだった。ライフルは正面衝突の際に荷台のなかを跳ねまわっていたが、幸いにも安全装置がかかっていたおかげで暴発することもなく、シートの下に転がりこんでいたのだ。デレクがそれを拾いあげ、後部ドアから跳びおりたちょうどそのとき、ナンバープレートを南部連合旗のデザインにカスタマイズしたピックアップトラックが、まっすぐこちらへ突っこんでくるのが見えた。

終わったな——と、その瞬間デレクは思った。ほんの一瞬だけ残された意識のなか、ある光景が頭に浮かんだ。ジュリーの家族がどうしてもと言って譲らなかった、伝統的な婚礼の儀式。これまではいやで仕方なかったというのに、死の間際になって想像するその光景は、とても美しいものに感じられた。花嫁の生家から花婿の家へと続く花嫁行列。儒教にのっとった婚姻の儀。フカヒレのスープや、ナマコや、アワビや、伊勢エビや、ヒナ鳥を用いた、豪勢にして細工の凝った料理。誇らしげにうなずく伯父貴の姿が見えた。あのひとが生きていたらと、涙ながらにつぶやく母の姿も。花嫁の姿も。

すると次の瞬間、迫りくるピックアップトラックがスパイクマットを踏み、タイヤが破裂した。車は激しく横滑りしながら制御を失い、ぐるぐると回転をしはじめた。自分がまだ生きていることに気がつくと、デレクはすばやく身をひるがえし、ピックアップトラックが貨物バンの後部へ横ざまに突っこんでいくさまを驚嘆の思いで見守った。ピックアップトラックの車内には、ガンマニアどもがぎゅう詰めになっていた。森のなかで配置についていたFBIがドナからの急報を受けて販売会場に乗りこんできたため、そこに集まっていた密売人のガンマニアどもが大慌てで逃げだしてきたのだ。だが、こうして逃げ道をふさがれ、逃亡の足となる車まで奪われてしまったガンマニアどもはいま、ドアというドアから洪水のようにあふれだしてきていた。ボディアーマーで完全武装したまま、恐怖に怯えきったまま、酔いも覚めきらぬままに。その結果、ライフルを手にして立つデレクを目にするなり、連中はこう考えた。こいつは、とうてい譲ることのできないおれたちの権利を取りあげにやってきた、ＦＢＩの捜査官か何かにちがいない。そして一斉に、デレクに鉛弾《なまりだま》を撃ちこみはじめた。

ピックアップトラックが貨物バンとジープに横ざまに衝突してきたとき、ジョーはとっさに横へ身を投げ、側溝のなかに転がりこんだ。すぐそこにレックスの落としたライフルが見えたが、まずは状況を確認することが先決だった。側溝のへりからそっと外を覗いてみると、新たな衝撃によって、ジープの泥よけがはずれていることがわかった。すると、一瞬の間を置いて、自動小銃の連射音があたりに響きわたった。こうなったいま、最善の策は、ジープに跳び乗ってアクセルを踏みこみ、障害物のない逆方向へとっととずらかることしかない。だとしても、デレクはどこにいるのか。ひとつため息をついて、ジョーはライフルを拾いあげた。弾が装塡されていることと、動作に問題がないことをすばやく確認すると、低く腰を落としたまま、銃声のしたほうをめざして、側溝のなかを駆けだした。

側溝のへりからそっと目だけを覗かせると、地面に横たわるデレクの姿が見えた。武装した男たちの一団が、その周囲を取りかこんでいる。ジョーは男たちの頭上に向けて威嚇射撃をした。男たちがそれに怯えて逃げだしてくれれば、それに乗じてデレクを救出できると考えたのだが、案に相違して、男たちは後ろを振りかえり、半狂乱で銃を乱射しはじめた。背後に立つ木の幹がずたずたに裂けると同時に、ジョーは側溝に身を伏せた。松の針葉が雨のごとく降りそそぎ、松かさがいくつか、卵のようにぽとりと地面に落ちてきた。「くそっ」とジョーは毒づいた。側溝のなかをすばやく這い進み、貨物バンの陰になっている地点まで来ると、こっそり側溝を抜けだした。地面に腹這いになったまま、ライフルを両肘の上に載せた。その間も、木立に向けた怒濤の一斉射撃は続いていた。ジョーは深く息を吸いこみ、吐きだす息を途中でとめた。男のひとりに照準を定め、脛《すね》当てと太腿のプロテクターのあいだに残された隙間を狙って、膝の真下を撃ちぬいた。膝の皿が弾け飛ぶと同時に、男は悲鳴をあげながら倒れこんだ。ジョーは次の男に照準を移した。今度は肘の上に開いた隙間を撃った。男は銃を落とし、粉砕骨折した腕を抱きかかえて駆けだした。ジョーはさらに二発の銃弾を放った。弾は、全身に防護服を着こみながらもスニーカーを履いていた男のつま先を、左右共に吹き飛ばした。男たちはほうほうの体《てい》で逃げまどい、ピックアップトラックの陰に身を隠そうとした。

ジョーはすっくと立ちあがり、トラックの上方へ立てつづけに発砲しながら、デレクのもとへ走り寄った。ひと目見ただけで、デレクに息がないことはわかった。虚ろな眼《まなこ》が、木々の隙間から覗く空を凝視していた。ためらっている暇はなかった。ジョーは踵《きびす》を返して走りだしつつ、背後に向けて弾を撃ちつづけた。弾倉がからになると、ライフルを投げ捨ててジープに跳び乗り、エンジンをかけて、ギアをバックに入れた。男のひとりが当惑顔で、ぼんやりとこちらを見つめていた。銃を撃つことすら忘れているようだった。

ジョーは未舗装路を後ろ向きのまま駆けぬけた。安全を確保しつつも、可能なかぎりのスピードを出した。貨物バンを置き去りにしてきたあたりから、サイレンの音と、新たに飛び交う銃声が聞こえてきた。こうなると、誰かが警察に通報したということははっきりしている。はっきりしないのは、警察が誰を捕らえようとしていたのかということだ。未舗装路が二車線道路と交わる地点が近づいてくると、ジョーはハンドルを切って、路肩に車をとめた。なんらかの罠が待ち受けているとしたら、そこに飛びこんでいくようなまねはしたくない。必要とあらば、ジープも積み荷もその場に捨てて、森のなかを走って逃げるべきだろう。

　ジョーは可能なかぎりすみやかに、なおかつ慎重に、木陰から木陰へと身を隠しながら、森のなかを前進した。最後に目にしたそのままの場所に盗難車のピックアップトラックが見えたが、いまはそのすぐそばに、公用車専用のナンバープレートをつけた黒のシボレーがとまっていた。腰と頭を低く落として、ジョーはそろそろと前に進んだ。そこにクラレンスの姿が見えた。手錠をはめられ、ピックアップトラックのタイヤに背中を預けた姿勢で、地べたにすわらされていた。そして、そのすぐ傍《かたわ》らに立ち、二車線道路の先を双眼鏡で眺めていたのは、あのザモーラ捜査官——ジェリーの結婚式に同行しないかと誘った、FBIの女捜査官——だった。当然ながら相手は誘いに乗らなかったし、そうなることは承知のうえだったが、あのとき彼女はそうした駆引きを楽しんでいた。その点だけは否みようがない。あんな笑顔が見せかけのものであるはずがない。

　ジョーはスキーマスクを顎の下まで引っぱりおろすと、匍匐《ほふく》前進で森を抜けだし、ザモーラ捜査官の背後まで這い進んだ。そうするのはさほど難しくなかった。相手は双眼鏡越しに眺める視界に意識を集中しきっていたから。ジョーは残り数フィートの距離まで近づいたところで、ぱっと前に跳びだして、ザモーラ捜査官の両脚をすくいあげた。双眼鏡のストラップに動きを封じられて、ザモーラ捜査官は前のめりに地面に倒れた。相手に銃を引きぬく間を与えず、ジョーはその上に馬乗りになって、膝で背中を押さえこんだ。結束バンドで手首を縛ってから、ホルスターをはずし、銃ごと車の下に投げこんだ。それが済むと、車のキーを取りあげたうえで、クラレンスのもとへ向かった。クラレンスは傷を負っていた。ジョーはぐっと顔を寄せつつ、スキーマスクを持ちあげてみせた。

「ありがたい。来てくれたのか」

「歩けるか？」ジョーは訊きながら、手錠をはずした。

「どうも無理そうだ」

「そうか。ちょっと待ってろ」

「おい！　待て！　どこへ行くんだ！」叫ぶクラレンスを無視して、ジョーはジープを置いてきた場所まで駆けもどった。木陰をたどる必要がなくなったいまは、開けた場所をまっすぐ抜けることができたため、さして時間はかからなかった。ジープを運転して、二台の車がとまっている場所まで戻り、車をおりた。痛みにうめき声をあげるクラレンスを助け起こし、助手席にすわらせた。

「まだひとつ、仕事が残ってるぜ」助手席に尻を据えるなり、クラレンスが言った。「あの女を始末しねえと。おれは顔を見られたし、おれたちの声も聞かれた……」

　ジョーはうなずき、スキーマスクをおろした。さきほど取りあげたキー・リングを使って、シボレーのトランクを開けた。思ったとおり、トランクのなかにはショットガンのほかに、種々さまざまな弾薬がおさめられていた。ジョーはショットガンを折って、弾薬のひとつを装塡した。クラレンスが見守るなか、ザモーラ捜査官に歩み寄った。うつ伏せに倒れていたはずのザモーラ捜査官はいま、どうにかこうにか仰向けに転がり、半ば上半身を起こしながら、地面を這いずって逃げようとしていた。ジョーはショットガンをかまえて銃口を向けた。ザモーラ捜査官はぶるぶると身体を震わせ、ぎゅっと目を閉じたかと思うと、不意にふたたび目を開けて、まっすぐこちらを見すえてきた。

「すまない」ジョーは言って、引鉄を引いた。

　はじめの十マイルかそこらはアクセルを床まで踏みこんで、車を飛ばしに飛ばした。グラブコンパートメントのなかで見つけたリボルバーを、すぐ手の届くところに置いておいた。その後ようやくハイウェイに出ると、スピードを落として周囲の車の流れに乗ると同時に、ジョーは自分自身も落ちつかせようと努めた。かつての自分なら、危険を察知した瞬間に条件反射が働いて、すっと冷静になることができた。思考がすっきりと澄みわたり、すみやかに決断をくだすことができた。肉体もパニックに陥ることなく、迅速かつ無駄のない動きで、危機的状況に対処することができた。なのにいまは、アドレナリンの影響で、胸がむかむかとしていた。頭がずきずきと痛み、冷や汗で湿った肌がむず痒かった。両手の震えを感じとって、ジョーはハンドルをきつく握りしめた。

だが、何よりジョーを苛《さいな》んでいたのは、聞こえてくるうめき声だった。クラレンスはいま、譫妄《せんもう》状態に陥っていた。激痛と、大量出血による意識障害が原因で、混濁した意識のなか、絶えずうめき声をもらしつづけていたのだ。流れだした血はじわじわとシートに染みこみ、レザーの皺や折り目に血だまりをつくりはじめている。クラレンスはシートベルトで固定された身体をしきりによじらせている。そして、タイヤが地面のこぶを踏むたびに、それがどんなに小さな隆起であろうと、頭蓋骨に釘を打ちこむかのように耳をつんざく、痛々しい悲鳴があがる。ラジオをつけてその声を掻き消そうとしたが、流れてきたのは、どこかの宗教団体が協賛する番組らしく、耳障りな声がヒステリックにキリストの偉大さを述べたてており、頭のなかで騒音がさらに音量を増すばかり、いっそう正気を失いそうにさせられるばかりだった。目の前では、何匹もの虫がフロントガラスに体当たりをかましては、体液を撥ね散らしつづけていた。汚れたガラス越しに眺める道路脇の並木がぼんやりと霞んで見えた。ラジオから流れる声は、われを救いたまえとイエスに懇願している。ジョーは選局ボタンを殴りつけた。次に聞こえてきたのはトーク番組だった。二人の男が何ごとかを論じあっているのだが、それが政治についてなのか、野球についてなのかは判断がつかなかった。新鮮な血が発する銅に似たにおいと、恐怖がもたらす冷や汗のにおいが、鼻のなかに充満していた。そのとき新たにあがった悲鳴が、ジョーの全身を貫き、まるでフィードバックのように脳内を駆けめぐった。

「うるさい、黙れ！」誰にともなく怒鳴りつけ、ラジオを消したが、効果はなかった。あの痛々しい悲鳴はいま、ジョー自身の喉を詰まらせていた。そこからあふれだそうともがいていた。人質にでもなったかのように、ジョーはてのひらで口を覆った。指のあいだから嗚咽《おえつ》が漏れだし、目から涙が滴《したた》り落ちた。その目が望むのはただひとつ、ぴったりと閉ざされることだけだった。

　とある町へと通じる出口の表示が目に入り、ジョーはハイウェイをおりた。最初の赤信号で停止したとき、誰にも見られていないことを確認してから、リボルバーの銃身をつかんだ。シートにすわったまま腰をひねり、クラレンスのうなじに握把《グリップ》を叩きつけた。気絶したクラレンスの身体をそっとシートにもたせかけ、居眠りをしているだけかのように見せかけると、深く息を吐きだしてから、ふたたび車を発進させた。町のなかをしばらく走りまわるうちに、駐車場を併設した大型チェーンのドラッグストアを見つけた。店の裏手にまわりこみ、大型ゴミ容器《ダンプスター》のそばに車をとめて、外に出た。それから腰を折って、反吐《へど》を吐いた。

第二部

11

顔をあげた瞬間、スキーマスクをかぶった男がショットガンの銃口を向けてくる姿が目に飛びこんできた。わたしの車にあったショットガンだ。まちがいない。ドナは娘のラリッサのことを思った。それから、驚いたことに、神に祈っている自分がいた。神さまの存在なんて、二十年くらい、もしかしたら父親がこの世を去って以来、思いだしたこともなかったというのに。なのにいま、ドナは目を閉じて、心から祈っていた。わが子と、母と、みずからの魂（それがどんな意味を持つのであれ）のために。ところがそのあと、ドナはこう思いなおした。いいえ、冗談じゃないわ。もしもいまから死ぬのであれば、死の訪れをしっかりこの目で見届けてやろうじゃない。だから、ドナは目を開けた。挑みかかるかのようにぐっと顎をあげ、不気味に黒光りする銃身から、スキーマスクの穴の奥に覗く目へと、視線を移した。驚いたことに、どういうわけか、その目は妙に優しげで、親しみのこもった光をたたえていた。それになんだか、この男にはどこかで会ったことがあるような……。死がすぐ間近に待ちうけていることは、重々承知していた。生きとし生けるものはいずれかならず死ぬことも、職業柄、死の影がつねにつきまとっていることも、受けいれていた。けれども、その死が友のような顔をしてやってくるとは、いたわりに満ちた目をして近づいてくるとは、想像だにしていなかった。

「すまない」と男は言って、引鉄を引いた。銃声が響きわたり、ドナは後ろに倒れこんだ。そのとき感じたのは、つかのまの純粋な……何かしら？　恐怖？　それから、完全なる無。自分は死んだのだ、という思い。生にしがみついてから、それを手放す。海で泳いでいて、波に呑まれたときみたいに。抗《あらが》えば溺れるだけだと、身体の力を抜けば水に浮かべると、わかっているから。そして、百万分の一秒後にこう気づく。いいえ、わたしは死んでいない。あの男は、暴動鎮圧用のビーンバッグ弾を撃ったんだわ。その弾が傍《かたわ》らに転がっている。胸に当たって跳ねかえった弾が、すぐそこに。なんてこと。わたしは生きてる。もう一度、娘を抱きしめることも、ママにキスすることもできる。とんでもない奇跡だわ。神の存在を信じないわたしに、神が奇跡を起こしてくれるなんて。それでも、ドナはじっとこらえた。ジープが動きだすまで、男たちがいなくなったと確信できるまで、こみあげる涙を押しとどめた。やがて、救急車のサイレンが近づいてきたときになって、ようやくドナは泣きやんだ。

反吐《へど》を吐き終えると、ジョーはダンプスターをまわりこんで、ドラッグストアの裏口に向かった。スキーマスクをふたたびかぶり、脇に垂らした手にリボルバーを握ったまま、口中に残る不快感を消し去ろうと、ときおり唾を吐きだしながら、時が来るのを待ちつづけた。ついに裏口の扉が開き、白衣をまとった若い男が外に出てきて、煙草に火をつけた。ジョーは物陰から進みでるなり、リボルバーの台尻を男の頭に叩きつけた。それから扉の奥を覗きこみ、短い廊下を進んで、薬剤の保管室とおぼしき部屋に入った。そこでは、そばかすだらけの青白い顔をした若い女が、処方箋に従って薬を調合している最中だった。

「騒ぐな」女に銃を見せながら、ジョーは穏やかな声で命じた。「おとなしくしていれば、危害を加えるつもりはない」

女の目が見開かれ、緑色の虹彩を取りかこむ白い眼球があらわになったが、口から悲鳴があがることはなかった。

「よし。そのまま落ちついて、言われたとおりにするんだ。こちらとしても、荒っぽいことはしたくない。いいな？」

女はこくんとうなずいた。

「その調子だ。それじゃ、何をどうしたらいいのか説明するぞ。まずは、必要なものを入れていくための袋を用意しろ」ジョーが言うと、女は弾かれたように立ちあがり、持ち手付きのビニール袋をつかみとろうとして、調剤中の薬瓶をなぎ倒した。

「慌てるな。焦らなくていい。落ちついていれば、何も問題は起きない。それじゃ、そこに入れてほしいものを言っていくぞ。包帯。サージカルテープ。ガーゼ」女は打って変わったよどみない動きで、まるでロボットのように、指示された品々を集めていった。そのようすを見守りながら、ジョーはさらに続けた。

「消毒用アルコールを、まるまるひと瓶。デンタルフロスと、針」

「注射器のことですか？」

「いいや、傷を縫う針のことだ。だが、そうだな、糖尿病患者用の注射器も一緒にもらっていこう」

女は注射器を箱ごと渡しながら、こう告げた。「外科用の縫い針は置いていません。裁縫用のなら、売り場の雑貨コーナーにありますけど」

「それならいい。針のことはあきらめよう。とにかく、きみはよくやってくれた。最後に、もうひとつだけ。鎮痛剤のジラウジッドも頼む」

ジョーは薬剤師の女を連れて外に出た。扉を閉めると、オートロックがかかった。気を失って倒れている同僚の薬剤師を、女は恐怖のまなざしで見おろした。

「そいつなら心配ない。じきに目が覚める」ジョーはそう言うと、クラレンスからはずした手錠を使って、女の手首をダンプスターにつないだ。「こんなことをして、すまない。鍵はここに置いていく」扉の近くの、手が届かない位置に手錠の鍵を置いてから、ジョーはビニール袋を拾いあげた。「きみのおかげで助かった。ありがとう」

「どういたしまして」反射的に応える女の声を背中で聞きながら、ジョーはダンプスターをまわりこみ、ジープへと引きかえした。

12

大ちょんぼ《クラスターファック》——ドナが信じるところによれば、それはFBIの公式な専門用語だった。そしておそらく、ドナがあの三叉路でやらかした失態も、陰で〝大ちょんぼ〟と噂されているにちがいなかった。具合はどうだと同僚から訊かれるたび、「少し痛むわ」とドナは答えた。ビーンバッグ弾が当たって、紫色のど派手な痣が残された箇所の痛み。そして、激昂した上司によってもたらされた心の痛み。

とはいえ、結局のところ、あれはATFが指揮した作戦であり、FBIは情報を提供したにすぎないため、責任の大半はあちらにあった。それに、問題のブツは押収しそこねたとしても、これを口実に闇市場の売人を一斉検挙することで、盗品の軍用銃火器を大量に押収することには成功していた。加えて、公共工事による道路封鎖に不審を抱《いだ》くだけのオツムを持ちあわせていたのは、このわたしひとりだった。一方で、その不審人物を取り逃がしたのも、わたしだった。となれば……

　結果として、ドナはスタート地点へ逆戻りすることとなった。つまりは、地下牢のなかで情報を掻き集める仕事に。あの狭苦しいオフィスに戻ったドナは、下《げ》種《す》野郎の密売人にしてＦＢＩのイヌでもあるノリスに電話をかけた。今回の一件によって、ノリスの人格上の難点を挙げ連ねたリストには、〝信用ならない大嘘つき〟という一行が追加されたばかりだった。ところが、いくら待っても、ノリスは電話に出なかった。あのチンケなタレコミ屋はいま、学生相手に実弾でも売り歩いているのにちがいない。

　あきらめて電話を切り、デスクの前の椅子に戻ったとき、娘と母を写した写真が目に入った。その瞬間、自分がからくも命拾いをしたことを思いだした。こうして生き延びられたことも、自尊心以外には重傷を負わずに済んだことも、幸運としか言いようがない。それと同時に、ドナはある種の直感と、好奇心の疼《うず》きをおぼえていた。あのスキーマスクの強盗犯は、どうしてわたしを殺さなかったのか。わたしに捕らえられていたほうの男から、工事現場の作業員を装っていたほうの男から、そうするよう命じられたというのに。そのうえ、どうしてわたしに詫びたりしたのか。銃器を強奪したり、警官を襲ったり、ＦＢＩに捕らえられた犯罪者の逃亡を助けたりするのはかまわなくても、わたしに傷を負わせることは気が咎めるとでもいうのか。いったいどんなならず者だというのか。

　それから、あの男が発した声。あの声にはなんとなく聞き覚えがある。おどけたようでもあり、悲しげでもある光を宿したあの目にも、たしかに見覚えがある。

ただし、〝逃走した犯人はおどけたようでもあり、悲しげでもある目をしており、その目をどこかで見た覚えがある〟という一文を、報告書に記載することはしなかった。
けれども職場に戻ったあと、ドナは先日の夜の逮捕記録を調べて、ひとつの名前を見つけだし、それを脳裡に刻みつけていた。その名は、ジョーゼフ・ブロディー。通称、用心棒のジョーだった。

フラッシングからの電話を受けるまで、ジオはその日一日をつつがなくすごしていた。じつを言うなら、多幸感に酔い痴れてさえいた。街じゅうの組織のボスが一堂に会するという重要な会合を、自分は見事に主宰してみせた。いろいろな意味で、これは初の快挙だと言えた。もちろん、トップ同士の会合が持たれたことなら過去にも多々あるが、その大半は、往年の五大ファミリー総会のように、ひとつの組織内、たとえばイタリア系マフィア内での話だった。もしくは、ふたつの組織間で紛争を解決したり、協定を結んだり、戦争を終わらせたりするための会合にすぎなかった。だからこそ、今回のように、組織を束ねるトップ全員が顔を揃えるとなれば、街じゅうの組織がひとつに力を合わせるとなれば、これはまさしく歴史的な重大事だった。少なくとも、会合のあとで多くの者から握手を求められたり、背中を叩かれたりしているとき、ジオはそんなふうに称えられた。したがって、自宅に帰りついたときには、天下をとったような気分になっていた。その晩は家族を寿司屋へ連れだし、ベッドに入ったあとは、みなぎる精力を妻のキャロルと分かちあいもした。キャロルが満ち足りた表情で寝息を立てはじめると、裏庭に出て、星空を眺めながら葉巻を吸った。それがいま、あれから二十四時間と経たないうちに、すべてぶち壊しになろうとしていた。

電話をかけてきたのは、アンクル・チェンの組織の人間だった。そいつ曰《いわ》く、チェンの甥っ子であるデレクという若造が、なんらかのヤマ――どこかの僻地を現場とした武装強盗――でドジを踏み、全身を蜂の巣にされて死んだという。そのヤマの段取りをつけた請負人はクラレンスという名のプロの強盗で、目下、行方をくらませている。そいつのほかに、レックスという名の男も死体となって発見されているが、チェンのタレコミ屋が言うには、首がほとんどとれかかっていたらしい。そして、同じく行方不明中の共犯がもうひとり。それこそは、ジオのストリップクラブで働くジョー・ブロディーだというのだ。アンクル・チェンはジョーと話をしたがっている。至極猛烈に。至急すみやかに。

ジオは困った立場に追いこまれた。ジョーがジオの指示で動いたとなれば、配下の人間だということになり、ジオの責任が問われることになる。ジョーが許可なく勝手に動いたということを認めれば――実際、そのヤマについてはいっさい関知していないわけだが、それを認めれば――自分には部下を制御することさえできていないと、つい前日に提唱した、街じゅうの組織を巻きこんでの作戦などとうてい任せられる器ではないとも、認めることになる。一方で、ジョーのしたことの責任をとるとなれば、自分のみならず一族郎党を、アンクル・チェンの組織との抗争に巻きこむ恐れが生じる。だが、中国系の犯罪組織ネットワーク、三合会を敵にまわすことなど、いったい誰が望むだろう。

ジオはもう一度、ジョーの番号に電話をかけた。何度も呼出し音が鳴ったあと、〝この番号は留守番電話サービスが設定されておりません〟と伝える自動音声が聞こえてきた。つながらない電話なんぞ、どうして持つ必要があるんだ？　怒りに任せて壁に投げつけると、電話はばらばらに砕け散った。会計士のポールが驚きに跳びあがり、損益計算書を床に落とした。電話のことは別にいい。使い捨ての携帯電話ならほかにも予備がある。だが、ジオはいま、美しいオフィスで美しいデスクの前に立ちながらも、美しいスーツで身を包みながらも、美しい会計士（プリンストン大学の出身で、青い目をしたアングロサクソン系白人）に資産を総計してもらいながらも、場末のごろつきさながらに、いきり立ち、悪罵を吐き散らし、携帯電話を投げ壊していた。

　こうした行動は、自分がどれほどのストレスにさらされているか、どれほど抑えがきかなくなっているかのあらわれにほかならなかった。

「驚かせてすまない、ポール。こんなことはするべきじゃなかった」

「ええ、いけませんね」ポールは言って、床に落ちた書類を拾いはじめた。

　ジオは深呼吸をひとつしてから、スコッチを取りだし、大きくひと口、それを呷《あお》った。受付係に内線電話をかけ、会計士との協議が終わるまでは、誰からの電話もつながないよう指示した。そしてポールに顔を向け、「ドアをロックしてから、鞭を出してくれ」と告げたあと、バスルームへ着替えに向かった。

13

ジョーは来た道を引きかえして、ハイウェイに戻った。しばらく車を走らせるうちに、一軒のモーテルへと通じる脇道を見つけた。そのモーテルはU字形をした一階建ての造りで、それぞれの客室の前には駐車場が設けられ、中庭には小さなプールがあった。周辺には、レストランが二軒と、長距離トラック用のサービスエリア、セブンイレブン、洗車場、三階建てのオフィスビルが密集している。ジョーは奥まった一角まで車を進め、数台のトラックの陰にジープをとめた。クラレンスのポケットを漁って、財布と、スイス・アーミーナイフを取りだした。鼾《いびき》をかいて眠りこけるクラレンスを助手席に残して、サンバイザーに引っかけてあったサングラスをかけ、フロントへ向かった。頭がなおもがんがんと痛むなか、強いて笑みを浮かべながら。

「やあ、どうも」ジョーはカウンターのなかにいる女に声をかけた。女はでっぷりと肥えていて、白髪頭にはすじ状の黒髪が入りまじっており、カラフルなバラの刺青が両腕を這っていた。

「いらっしゃいませ。ご宿泊ですか？」

「ああ、できればそうしたい。じつは、もうへとへとでね。いとことふたりで、休みなしに車を走らせてきたもんだから。ツインのベッドルームに空きはあるかい。できるだけ静かな部屋がいいんだが」

「運がいいわね」パソコンの画面に目をやって、女は言った。「三十号室が空いてるわ。いちばん奥の部屋よ」

「そいつはありがたい」ジョーはクラレンスの財布からクレジットカードを取りだすと、ためらっているふうを装ってから、百ドル札を引っぱりだした。「その、すまないが、支払いを現金で頼んでもかまわないかな。ずいぶんとガソリン代が食っちまったもんで」

女はくすくすと笑いだし、「もちろん、かまわないわ。そういう事情は、わたしも身に沁みてわかるから」と言って、釣り銭を用意しはじめた。

「それと、ここにいるあいだに……」ジョーはカウンター越しにぐっと身を乗りだし、にっこりと女に微笑みかけた。「できれば、針と糸を借りられないか。着替えのズボンのボタンが取れちまってね」ジョーが笑うと、女も一緒に笑いだした。「ああ、それから、鋏《はさみ》も頼む」と、ジョーは最後に付け加えた。

モーテルの受付を出たあとは、セブンイレブンに寄って、瓶入りのビールを一本と水を買ってからジープに戻り、三十号室の前まで車を移動した。クラレンスをゆすってどうにか起こし、肩を貸して部屋に入ると、片方のベッドに寝かせてから、カーテンを引いた。クラレンスはまたもやうめき声をあげだしていた。ジョーはビールの栓を開けて、中身は洗面台に流し、金属製のキャップとクラレンスのライターを使って、ジラウジッド二錠を少量の水に溶かした。注射器を一本、箱から取りだし、包みを開けてジラウジッドの溶液を吸いあげた。ゆっくりプランジャーを押していくと、針の先に小さな水滴の玉ができた。はずしたベルトでクラレンスの腕を縛り、前腕の内側を叩いて、浮きでた静脈に鎮痛剤を打ってから、ベルトを解いた。クラレンスはすぐさま静かになって、目を閉じた。ジョーはふたたび外に出て、扉に鍵をかけてから、ジープをもっと目立たない場所にとめなおした。

部屋に戻ったとき、クラレンスはぐっすり眠りこんでいた。ジョーは折りたたんだバスタオルをクラレンスの太腿の下に敷き、スラックスを鋏で切りとった。銃で撃たれた箇所には、星形のずたずたの穴が開いていた。ジョーはアルコールとガーゼを使って傷口を消毒し、よだれまみれの小さな口をぬぐうかのごとく、きれいに血を拭きとった。それからアーミーナイフの刃を使って、傷のなかを少しずつほじくりかえしていくうちに、鉛玉の端っこが見えたので、ナイフの刃を閉じてピンセットを開き、どうにかつまんで引きぬこうとした。ところが、弾が周囲の肉にぎっちり食いこんでいて、ピンセットの先がすべるばかりだった。そこで、今度はペンチを開いて、虫歯を抜くかのように、ゆっくりと弾を引きぬいた。傷口をもう一度消毒してから、縫い針の穴にデンタルフロスを通して、縫合に取りかかった。何度も糸を交差させ、できるだけ傷がぴったり閉じるように縫いあわせたあと、上から包帯を巻いた。

　傷の手当てが済むと、後始末に取りかかった。摘出した弾丸と、注射器と、血まみれのガーゼはひとつ残らず、ドラッグストアのビニール袋にそっとおさめた。それから服を脱ぎ捨て、シャワーを浴びた。耐えうる限度まで熱くした湯を全身に浴び、身体と髪を洗ったあとは、シャワーの下に長いこと立って、ずきずきと痛む頭やこわばった肩を熱湯が叩くに任せた。バスルームを出ると、備えつけの小さな歯ブラシで歯を磨き、グラスで何杯も水を飲んだ。反吐《へど》の残り香を消し去りたかったのだが、それだけやってもなお、胸のむかつきはおさまらなかった。バスタオルを腰に巻き、部屋のなかを突っ切って、カーテンの隙間から外のようすを窺った。子供たちが甲高い笑い声をあげながらプールに飛びこんでは、プールサイドによじのぼり、またもプールに飛びこんでいく。そのようすを親たちが見守っている。胃袋に何か入れたほうがいいとは思いつつ、陽の光の降りそそぐなかを歩きまわることや、誰かとすれちがうことや、あの金切り声をじかに耳にすることを考えただけで、うんざりした。

　ふたたびカーテンをぴったりと閉じ、クラレンスのようすを確認した。呼吸も安定しているし、脈もしっかりしている。包帯がいくらか赤く染まってはいるものの、出血はおさまっているようだ。できるだけ早く医者に診せる必要はあるが、ひとまず、命に別状はないだろう。ジョーは新しい注射器を取りだし、さきほどより少なめにジラウジッドの溶液をつくった。今回、ベルトで縛ったのは、クラレンスではなく自分の腕だった。静脈を見つけると、そこに針を刺しこみ、注射器のなかの液体に小さな赤い花が咲くまでプランジャーを引いた。それから、ゆっくりとプランジャーを押していった。

14

いかに魅力的であろうとなかろうと、ジョー・ブロディーは底抜けのうつけ者だ。ドナはいささかの落胆をおぼえつつ、ことさらに驚いているわけでもなかった。ブロディーは女を撃つまえに詫びの言葉を口にするほど、礼儀正しく紳士的な強盗であるのかもしれない。しかしながら、スキーマスクをはずしてしまえば、あの男もまた、長い行列にずらりと居並ぶチャーミングな負け犬のひとりにすぎない。その列の先頭に立つのはもちろん、わたしの父。ただし、娘のラリッサの父親は例外だ。出世欲に取り憑かれ、破竹の勢いで目標を達成していく真人間。ところが最終的には、ほかに類を見ない最大の悪夢であることが判明した男。

一方のジョー・ブロディーはといえば、クイーンズに生まれ落ちたのちから、じつに不遇な子供時代をすごしていた。取り寄せた記録からは、チャンスの到来による上昇と急降下とが繰りかえされる、ジェットコースターのような人生を送ってきたことが読みとれる。アルコール依存症の詐欺師であった両親が早世したため、幼いジョーは祖母グラディスのもとに引きとられた。その祖母もまた、何十年にもおよぶ壮大な前科記録の持ち主だった。その祖母に育てられたジョー少年は、あまたの軽微な法律違反と不登校とを繰りかえしたのちに、地元の名門カトリック校であるセント・アンソニーズ・アカデミーへの奨学金を獲得すると、入学後はにわかに才能を開花させ、オールAの成績をおさめることとなる。大学進学適性試験《SAT》でも満点に近い高得点を獲得し、思いがけない幸運をつかむ。ハーバード大学に進学するための奨学金を与えられたのだ。ところがその二年後には、放校処分を受けてしまう。その理由は、友愛会に所属する男子学生たちを殴ったこと、講義のさぼりすぎで出席日数が不足していたこと、挙句の果てには、同校の学生たちをペテンにかけたこと。ただし、富裕層に属する保護者たちと大学側は、ジョーが陸軍に志願入隊した時点で告訴を取りさげた。それから少なくともしばらくのあいだ、ジョーはついに居場所を見つけたかのようだった。だが案の定、その十年後には、ふたたび居場所を失うこととなる。とうていひとには誇ることのできない、不名誉除隊の処分を食らってしまうのだ。結局、ジョーはふりだしへ戻ることと相成った。そして、馴染みの古巣へと舞いもどったジョーは、あのジオ・カプリッシが陰の経営者であるストリップクラブで働きはじめた。ジオの記録も照らしあわせてみたところ、ふたりはかつて、同じカトリック校に通う学友だったのだ。

記録にすべて目を通し、ページを閉じようとしたときはじめて、ジョーの軍務記録がひとつも記されていないことに気づいた。ジョーはなにゆえ場外へ蹴りだされたのか、その理由に興味を引かれて、ドナはシステムにログインし、その記録を閲覧しようとした。だが、結果は〝閲覧不可〟。機密扱い。特定の権限を有する者のみ閲覧可能。ドナはもう一度、試してみた。IDとパスワードを再入力した。だが、またしても大きなXの文字がスクリーンにあらわれ、今回は〝続行不可能〟との警告まで表示された。

ドナは背もたれに寄りかかり、まだ少し痛む胸の痣《あざ》のあたりに呆然と手をやった。陸軍からお払い箱にされたしがない負け犬が、なにゆえそこまで重要だというのか。国家の安全のためにテロリストを追うFBIの捜査官が、記録を目にすることさえ許されないほどに。あの用心棒のジョーというのは、やはり興味深い男のようだ。

ジオは専用のシャワー室に入り、全身を洗い流しはじめた。シャワーまで浴びる必要は、別になかった。メイクを落とすことは、洗面台でも簡単にできる。あとはブロンドのウィッグとドレスをいつもの隠し場所に戻し、車で帰宅したあと、自宅でシャワーを浴びれば。あるいは、大理石の豪華な浴槽でジャグジーに浸かれば、ことは足りる。だが、石鹸で全身をきれいに洗い流すことは、心の切りかえを助けてくれる。それからおそらくは、妻子の待つ家へ帰るまえに心身を清め、良心を取りもどす助けにもなっているのだろう。そうすることで、淫猥なるふしだら娘のジャンナを心の奥底にしまいこみ、ジオ・カプリッシとして、妻子を持つ家庭的な男として、家に帰ることができるのだ。

皮肉にも、ジオのなかの〝ジャンナ〟という一面がはじめて発現したのは、ファミリーのドンとして家業を引き継いだ直後のことだった。だが、いまになって振りかえれば、ジャンナはつねに心の奥底にひそんでいた。もちろん、ジオが生まれ落ちた世界——極度に男臭く、やけに閉鎖された世界——においては、そんなものが存在することすら許されない。少年時代のジオはアメフトもやったし、野球もやった。教会のダンスパーティーで、女の子にキスもした。夏には、プール付きのナイトクラブで女の子を追いまわしもした。十五歳のときには、叔父の計らいで、高級コールガールを相手に童貞を卒業した。タフな人間であることを求められ、ボクシングジムにも通った。だが、現実には、ジオの素性を知らない者など周囲にひとりとしておらず、誰かにちょっかいを出されることも、いじめられることも一度としてなかった。そんなある日、雨で部活が休みになったため、あいた時間を利用して、ジオはバスに乗り、自分の家から少し離れたいくぶん物騒な地域まで出かけていった。まえに友だちから自慢されたような偽造IDカードを、自分も手に入れたいと考えたからだった。そんななか、とある公立校の運動場の前を通りすぎようとしたときのことだ。アイルランド系の悪たれふたりがいきなりジオに跳びかかってきて、地面に打ち倒し、こてんぱんに叩きのめしはじめた。あたりには何人もの生徒が集まって、バスケットボールや縄跳びの縄を持ったまま、あるいはアイスクリームを舐めながら、そのようすを見物していた。これでわかったのは、相手がルールに従うつもりのない場合、ボクシングを習ったところでなんの役にも立たないということだった。とはいえ、ジオにとっては、鼻血も、目のまわりの黒い痣も、別にたいしたことではなかった。問題は、ふたりがポケットのなかの小遣いと一緒に奪いとっていった腕時計だった。あの時計は祖母からの贈り物だ。もしもあの時計をしないで家に帰ったら、もう一度、叩きのめされる羽目になる。しかも、今度は父のベルトで。だから、ふたりが背中を向けて歩きだすやいなや、ジオはそのあとを追いかけて、どんと背中を突き飛ばし、時計を返せと要求した。ふたりはそれをせせら笑い、ふたたびジオを殴り倒した。ジオはめげずに立ちあがった。それが何度も繰りかえされた。まわりで見ていた子供たちは、やんやと囃し立てていた。やがてその輪のなかに、ひとりの少年が進みでてきた。

「もう充分だろ。時計を返してやれよ」少年はふたりに告げた。

「なんだと？」ふたりはこぶしをとめて、少年に顔を向けた。

「もう充分だろって言ったんだよ。金は持っていけばいいけど、時計は返してやれよ」

奪った時計をはめていた、大柄なほうの悪たれが少年を睨みつけた。「失せろよ、ブロディー。何様のつもりだ？　おうちに帰れ、まぬけ野郎。祖母ちゃんが寂しがってるぞ？」

その場にいる全員が笑いだした。新たに参入したこの少年、ブロディーまでもが微笑んでいた。ところが次の瞬間、何が起きているのかジオがはっきり理解するより先に、ブロディーがポケットから手を出していた。ジオはあとになって知ったのだが、その手には、レンガの欠片を詰めた靴下が握られていた。ブロディーが手製の凶器を脳天に叩きつけると、大柄なほうの悪たれは丸太のように地面に倒れた。あたりがしんと静まりかえった。一瞬ののち、もうひとりの悪たれを含む全員が、蜘蛛の子を散らしたように逃げだした。ブロディーという少年は、泣きべそをかく悪たれの手首から腕時計をはずし、それをジオに差しだした。

のちにふたりが親友となったあとで、ジョーはあのときのことをこう語った。また殴られることがわかりきっているのに、けっして降参することなく、何度でも立ちあがりつづけたジオの姿に感服したのだと。心意気を見せつけられたのだと。だが、新たにできた親友にさえ、ジオがあえて打ちあけなかった事実がある。それは、あのときの自分のなかには妙な力がみなぎっていたのだということ、興奮すらおぼえていたのだということ、パンチを食らうたびに異様な悦びが全身を駆けめぐっていたのだということだった。

それから多くの歳月が過ぎた。ジオはファミリーが所有するあまたの不動産や事業の一部で、経営や管理を任されるようになっており、その関係で、プロのSMクィーンと顔見知りになったり、ゲイ専門のSMバーや、ハードコアなSMクラブを訪れたりすることもあった。そのころには、大学時代に出会った恋人と満ち足りた結婚生活を送るようにもなっていて、浮気をしようという気にすらなることはなかった。ところが、ある晩のこと。街で最も高級な会員制SMクラブを経営するSMクィーンの女王と酒を酌み交わした際、彼女から聞かされたあることが、脳裡に焼きついて離れなくなった。曰《いわ》く、彼女の顧客の大半はみじめな負け犬なんぞではなく、むしろ、企業の社長や、高名な弁護士や銀行家、退役した軍の高官、さらには警察官僚といった、現実の世界で大いに成功をおさめている人間――最高峰のSMクィーンを買えるほどの財力がある人間――それなりの権力を持つ人間ばかりだというのだ。そうした人間は日がな一日、周囲の者にあれこれ指図したり、多くの者の人生に影響を与えるような決断をくだしたりを繰りかえしている。誰かを馘《くび》にしたり。担保になっている家を取りあげたり。誰かを刑務所へ、はたまた身の危険や死の恐れがある場所へ送りだしたり。そうした重圧や罪の意識から解放されるには、手にした権力をいったん捨て去り、罰を与えてもらうしかないというのだ。

それ以来、その話に魅了され、頭を占領されてしまっている自分がいた。口に出して語ることは一度もなかったが、それはジオ自身の心の奥底にひそむ欲求から、けっして懸け離れてはいなかった。妻のキャロルに相談してみようかと考えたこともあったけれど、キャロルがどんな反応を示すだろうかと思うと、怖くて実行には移せなかった。それに、正直なところ、ただの芝居であろうとも、キャロルが夫を蹂躙する姿など想像すらできなかった。そもそも、ジオが頭に思い描いていたその相手は、つねに女ではなく男だった。強くて若い男だった。そんなわけでしばらくすると、同性愛者や、特殊な性的嗜好を持つ輩《やから》のたまり場となっているSMバーやSMクラブへ、必要以上に〝顔出し〟をするようになった。一方で、ちょうどそのころ、事業が右肩あがりになるにつれ、収益を洗浄したり、海外の銀行口座に隠したりするのを助けてくれる、やり手の会計士を雇いいれたところでもあった。そんなある晩、ゲイ専門のSMバーの売上を確認しに訪れた際、用を足しにトイレに入ってみると、そこにポールがいた。頭脳明晰で、若くて、ハンサムな、新顔の会計士が、洗面台で手を洗っていたのだ。

15

その洞窟は、打ち捨てられて久しいものと思われた。つまり、作戦の成功はすでに約束されたようなものであり、作戦実行まえの最終打ちあわせをしている段階から、誰もが勝利を確信していた。自分たちの頭のよさに酔い痴れてさえもいた。その洞窟は、かつて密売人が使用していた坑道とつながっていた。その坑道を二マイルほど進むと、長らく忘れ去られていた洞窟に出る。洞窟の出口はいま、瓦礫や雑草の陰に埋もれていて、そのすぐ先が崖になっており、そこからアルカイダの野営地を真下に望むことができる。その坑道と洞窟は、大昔、ロシア経由でアヘンを密輸するのに用いられていたもので、周辺一帯の土地を奪還できるようジョーらが手助けすることになった地元出身の将軍以外に、その存在を知る者はいないはずだという。つまりは、非の打ちどころもないルートだった。

ジョーはひとり坑道に入り、暗闇のなかを進んだ。木製の支柱が崩れている箇所では四つん這いになって前進し、洞窟を抜けでたのは夜明けまえのことだった。暗視ゴーグルをつけたまま、一帯の地勢と、聞かされていたとおりに眼下に広がる野営地とを確認した。狙撃用ライフルを組み立て、その時が訪れるのを待った。一時間でも、十時間でも、ターゲット――この野営地を取り仕切る指揮官――が姿をあらわすまで、ここで待機することになる。そいつがどの建物で眠っているのかは把握していた。遅かれ早かれそこを出て、部下と合流するだろうことも。その時が来たら、ジョーはターゲットを確認し、射殺したのち、ふたたび坑道を通って退却する。洞窟の入口にはすでに爆弾を仕掛けてあり、ジョーが逃げたあとにワイヤーに触れれば壁が崩れ、追っ手を堰きとめる手筈になっていた。

もしかしたら、ターゲットに意識を集中しすぎていたせいかもしれない。そのときちょうど、ターゲットが数人のメンバーと談笑しながら、ついに寝床を出てきたところだったから。いや、もしかしたら通信用のイヤホンをはめていたせいで、自分より土地鑑のある人間が近づいてくる気配に気づけなかったのかもしれない。理由はどうであれ、ジョーが赤外線スコープに片目を押しつけ、狙撃の許可がおりるのを待っていると、とつぜん左のほうから小さな足音が聞こえた。ジョーは瞬時に身をひるがえし、高性能の狙撃用ライフルの銃口を、音のしたほうに向けた。するとその視線の先で、洞窟の入口から幼い少年が飛びだしてきた。ふたりは共に凍りついた。驚愕の表情で互いを見つめあった。少年はぼろぼろに擦り切れた茶色い服をまとっており、髪は泥にまみれ、鼻の下には乾いた鼻汁がこびりついていた。おそらくこの洞窟と坑道は、この少年のものなのだ。生まれてからこのかたずっと、少年はここを遊び場としてきたのだろう。洞窟や坑道の内部を隅々まで知りつくしていることはまちがいない。それで、ジョーがたどってきたのとは別の分岐路を通り、ここまでやってきたのだろう。ジョーはとっさに笑顔をつくり、片言のパシュトー語で「大丈夫だ。怖がらなくていい」と伝えようとした。ところがどうやら、少年はジョーの言葉を信じていないか、もしくは理解していないようだった。するとそのとき、イヤホンから声が響いた。「殺《や》れ、ファルコン。ターゲットを確認した。ファルコン？　聞こえないのか？　応答しろ。ターゲットを射殺せよ」そう命じる声に、ほんの一瞬、ジョーの注意が逸れた。ひょっとしたらほんのわずかに、ぴくりと身体を動かしもしたかもしれない。原因がなんであったにせよ、少年はとつぜん野良猫のようにぎょっとたじろぎ、全速力で逃げだした。洞窟のなかへ駆けこんだ。少年はそのなかのことを知りつくしている。だが、むろん、ジョーが仕込んでおいた仕掛け線のことなど知る由もない。「とまれ！」ジョーが叫ぶと同時に、少年も悲鳴をあげた。それと同時に、洞窟の内部で爆発が起きた。木っ端微塵に吹き飛ばされた少年の亡骸《なきがら》は、崩落した岩の下敷きとなった。

ジョーはまたいつものごとく、びくっと身体を引き攣らせながら目を覚ました。あの悲鳴と爆発音が、なおも耳に残っていた。激しく息を喘がせたまま、あたりを見まわし、自分がどこにいるのか思いだそうとした。野営テントの簡易ベッドの上？　それとも、作戦基地まで戻ってきたのか？　あるいは、薄暗い路地に建つ荒屋《あばらや》の奥の、あの埃っぽい小部屋に？　ジョーこそは英雄だと、仲間たちは褒め称えた。洞窟が爆破されたあと、もう一度ライフルをかまえなおして、音のしたほうを調べてくるよう部下に指示を飛ばしはじめていたターゲットの姿を捉え、一発で眉間を撃ちぬいたのだからと。敵の軍勢に追われながらも、頭上が開けた場所まで走って逃げきり、ヘリコプターが救出にやってくるまで、自力で持ちこたえたのだからと。けれども、ジョー自身には、自分を誇ることができなかった。自分はただ、教えこまれたとおりに目の前の任務を遂行しただけのことだった。これまでどおりに危機を乗りきっただけだった。その後ほどなくして、年老いた将軍の末息子に会い、その陶然とした眼《まなこ》をまのあたりにしたとき、ジョーのなかで何かが弾けた。ジョーはその末息子に連れられて、薄暗い荒屋を訪れ、埃っぽい小部屋に通された。そしてそこで、はじめてアヘンを——将軍の一族がその密輪によってひと財産を築いたというアヘンを——吸いこんだのだった。

「おい、起きろ」呼びかける声が聞こえた。

てのひらで目をこすると、視界が鮮明になった。ここはモーテルの客室だ。ようやく記憶が蘇ってきた。

「そろそろ出発するぞ。ほら、コーヒーだ」

ジョーはベッドの上で身体を起こした。クラレンスは隣のベッドの端に腰かけ、笑みを浮かべている。自分で包帯を替えたあと、客室に備えつけられているインスタント・コーヒーと発砲スチロールのカップを使って、ふたりぶんのコーヒーを淹れたらしい。ジョーはそれを受けとり、口に運んだ。

「どうやら生きてるみたいだな」クラレンスに向かって、ジョーは言った。

クラレンスはにやりとして言った。「ああ、おかげさまでな。あんたには借りができた。どうだ、でかいヤマに乗らないか」

ジョーはベッドから起きあがって、服を着替えはじめた。「なんの話だ？」

「ひとまずはここを出よう。仲間に連絡を入れておいた。アジトでおれたちを待ってるはずだ。盗品の売買をするための場所なんだが、医者もいるし、清潔な服も、食料もある。必要なもんはなんでも揃ってる」

ジョーはズボンのジッパーをあげ、ベルトを締めながら、こう告げた。「おれに必要なのは金だけだ」

16

午前六時。ドナは日課としているヨガを終え、瞑想の姿勢をとっていた。これが済んだら、娘のラリッサを起こしに行こう。もしくは、もう一度寝なおして、ラリッサに起こされることになるかもしれない。ときどきそういうこともある。そんなことを考えているとき、CIAが扉をノックした。CIAの連中は、少なくともノックはする。そのときのドナは下着とTシャツしか身につけていなかったため、手早くスウェットパンツを穿きながら、もしかしたら管理人かもしれない、などと考えていた。母親なら鍵を持っているから、ノックなんてしないはず。ドナにはまだ、夜を共にするような相手が新たにあらわれていなかったから、玄関扉にいちいちチェーンをかけることはなかったのだ。

覗き穴に目を押しあてると、そこにあの男がいた。朝の六時に、スーツを着てネクタイを締め、髪をきっちり整え、髭もきれいに剃り落としている男。CIAニューヨーク支局に籍を置く、エージェントのマイク・パウエル。ため息と共に、無意識に髪の乱れを直しながら、ドナは錠をはずして扉を開いた。

「話すなら、声を落として」

マイクは軽く微笑み、小声で言った。「こちらこそ、おはよう」

「なんの用なの？」

「もしかまわなければ、まずはコーヒーを頂きたい」

なおも笑みを絶やすことなく、マイクは言った。

「コーヒーを飲みたいなら、下の店に寄ってくるべきだったわね。それと、わたしにおはようと言ってほしいなら、わたしのぶんも買ってくるべきだった。それで、なんの用なの？」

「なるほどね」マイクは笑みを引っこめた。「では、用件を言おう。きみはなぜジョー・ブロディーのことを嗅ぎまわっているんだ？」

ドナは戸口から一歩さがって言った。「入って。コーヒーを淹れるわ」

キッチンを横切って、流し台の前に立ち、ポットに水を入れはじめた。マイクは静かに扉を閉めてから、キッチンテーブルの椅子を引いて腰かけた。ドナはその間に、豆を挽いた粉をスプーンですくって入れ、コーヒーメーカーのスイッチを押した。カップをふたつ取りだし、ミルクと砂糖を用意した。そうして時間を稼ぎながら、必死に考えをまとめようとした。気を引き締めておかないと、CIAで訓練を受けた尋問のプロであり、元来の詮索屋であるマイクには、何もかも見ぬかれてしまうかもしれない。

「ミルクと砂糖は、以前と変わらず？」

「ああ、頼む」

ドナは両方のカップにミルクをそそぎ、マイクのぶんにだけ砂糖を入れた。すでに、コーヒーメーカーからは褐色の液体が滴《したた》り落ちはじめていた。ため息のような音と共に湯気が立ちのぼり、芳しい香りが漂ってくる。ただし、ふたりぶんのコーヒーができるまで、あと数分はかかるだろう。ドナは後ろを振りかえり、カウンターにもたれかかった。

「それで、何を知りたいの？」

「ジョー・ブロディーのことだ。その男について、何を知ってる？」

ドナは肩をすくめた。「何も。ストリップクラブの用心棒だってことだけ」

「ほかには？」

「そうね……わたしのタレコミ屋によると、その店の奥の間では、特別なハンドマッサージが行なわれているらしいわ。だけど、どうしてそんなことを訊くの？ ついに適性を見ぬかれて、〝マスかき部隊〟へ転属にでもなったってわけ？」

マイクが笑い声をあげたため、ドナのほうもにやりとせざるをえなかった。ドナがカウンターに向きなおり、カップにコーヒーをそそぎはじめると、マイクはスーツのジャケットを脱いで、大きく伸びをした。ドナはカップをテーブルに置いて、椅子に腰をおろした。ふたりはそれぞれに、コーヒーをひと口すすった。

「ブロディーについて調べたのは、特別な理由があったわけじゃないわ。いつもどおりに、一斉検挙後の追跡調査をしていただけ。ブロディーには機密扱いの過去があって、訳ありのストリップクラブで働いてもいるけれど……ファイルにブービートラップが仕掛けられているってことがついさっき判明するまでは、取りたてて注意すべき人間ではないみたいだと……ただの小物だと……もしくは〝だった〟と思ってたわ。だから、今度はあなたが答える番よ。ブロディーの何がそんなに特別なの？ ＣＩＡが出張《でば》ってくるほどの理由はなんなの？」

　はじめのうち、マイクが語る話の内容は、すでにドナも知っていることがほとんどだった。不遇な幼少期。とつぜん開けた前途。ハーバード。ふたたびの転落。放校処分。軍隊。とはいえ、初耳の情報もいくつかあった。陸軍に入隊したジョー・ブロディーは、そこでふたたび才能を――さらに卓越した才能を――開花させたというのだ。そしてブロディーはまたたく間に、特殊部隊の訓練兵に選ばれた。それ以降十年以上ものあいだ、世界各地における極秘任務を遂行しつづけた。ところがその後、またもやなんらかのトラブルに見舞われたらしい。アフガニスタン製の良質なアヘン剤に少しばかり心を奪われすぎてしまい、ひそやかに本国へ強制送還させせられた。

「ブロディーがたずさわっていたのは、どんな任務だったの？」

　マイクは肩をすくめた。「わからない」

　ドナは目を剝き、上を見あげた。「もったいぶるのはやめて。スパイのまねごとをしたいだけなら、朝の六時にここまで車を飛ばしてこなかったはずよ」

　マイクはふたたび笑い声をあげた。「いや、本当に知らないんだ。ブロディーの最高機密ファイルを開いたときには、すでにからっぽになっていた。やつの関わった任務のすべてが、記録から抹消されていたのさ。CIAが知るかぎり、そんな任務は存在すらしなかったことになる」

「なんてこと……」

「ああ、そのとおり。こいつはいい兆候ではない」マイクは言って、コーヒーを飲み干した。「つまり、きみの判断は正しかったたってことだな。ブロディーが小物であることはまちがいないが、重要な小物だってことだ。そういうわけで、朝の六時にここまで車を飛ばしてきたのさ。大いなる小物のジョー・ブロディーが、近ごろどうしているのかを確かめるために。あの男が良くない輩とつるんだら、甚だ困ったことになりうるだろう？」

「その〝良くない輩〟っていうのは、厳密にはどの連中を指しているのかしら……」疑問が無意識に口をついていた。けれども、マイクがそれに答えるより先に、娘のラリッサが目をこすりながらキッチンに入ってきた。その姿は天使のように愛らしかった。長すぎる髪は珍妙な雲のようにこんがらかり、ネグリジェの下は素足のままだった。

「パパ！」ラリッサは歓喜の声をあげてマイクに駆け寄り、膝に跳びついた。「学校まで車で送りにきてくれたの？」

「もちろんだとも、お姫さま」マイクはラリッサを抱きしめ、頬にキスした。「パパはそのためにやってきたんだ。それじゃ、いまからパパがラリッサの支度を手伝うってのはどうだい。そうすれば、そのあいだにママも着替えを済ませられるだろう？」

17

アジトに向けて車を走らせるあいだに、クラレンスがまたしても次のヤマの話を持ちだしてきた。

「いいじゃねえか。あんたはどのみちアジトまで行くんだ。向こうに着いたら、とりあえず話だけでも聞いてくれ」

ジョーはハンドルを握っていた。クラレンスは手ずからふたたび、ジラウジッドの溶液を注射していた。ジョーが投与したときより量は減らしていたが、痛みを忘れることはできているようだ。警察が無線による捜索指令を発している場合に備えて、ナンバープレートはモーテルを出るまえに、駐車場にとめてあった別の車のものと交換してあった。車そのものを乗りかえるほうが得策ではあったが、荷台に銃器を満載していいるうえ、ひとりが手傷を負っているとなると、実行は難しい。加えて、目的地は程近く、主要道路を使わずに行ける場所にあった。当初の計画では、例の密売人から銃器を奪いとったら、自分たちの用意したトラックをそこまで走らせてきて荷をおろしたあと、そのまま解散して、めいめいが人目につかぬようニューヨークへ戻ることになっていた。だが、計画は変更を余儀なくされた。そしていま、クラレンスはふたたびそれを変更するつもりだというのだ。

「じつを言うと、次のヤマのことを誰にも話さなかったのは、ほかのメンバーを使うつもりだったからだ。昨日のヤマはただ、さらなる大仕事に必要となる装備を入手するためのものだったのさ。遥かにどでかい大仕事のな」

「なぜ同じメンバーにしなかったんだ？」

「リスクを最小限に抑えるためさ。すべてが芋づる式に露呈することを避ける、各自が必要なことだけを知らされる、それが原則ってもんだろ」

「だったら、おれも知る必要はないはずだが」

「次のヤマにも参加してもらうとなれば、その必要も生じる。あんたは自分の能力を証明してみせた。なんたって、おれの命を救ってくれたんだからな。それに、次のヤマには頭数がひとつ不足してる。だから、あんたさえその気なら、喜んで迎えようってのさ。計画の詳細は、向こうに着いてから話すからよ」

「こう言っちゃ悪いが、昨日のヤマですら、さほど上首尾には終わらなかったようだが」

クラレンスは肩をすくめた。「そういうこともあるってもんだ。それに、昨日のヤマに関するかぎり、失敗の原因はわかりきってる」

「家のなかにネズミが一匹まぎれこんでいるようだな」

「ああ。南部生まれの小ネズミがな。積み荷に関する情報をおれたちに流した、チンケな田舎者と同じやつだ」そう言って、クラレンスはにやりとした。「だが、心配は無用だ。その件についても、さっき仲間に伝えておいた。そいつが糞を撒き散らすことは、もう二度とないだろう。おっと、あそこだ」クラレンスは前方を指差した。「この小道の先に、曲がり角が見えるだろ。あれを曲がって右側だ」

それはごくありふれた二階建ての一軒家だった。外壁には黄色い羽目板が張られ、ポーチは網戸に囲まれている。敷地はそこそこ広く、奥まったところに母屋と納屋が建っている。広々とした前庭には、一面に雑草が生い茂り、リンゴの木が何本か植えてある。その先では、古ぼけた大きな納屋の扉が開けっ放しになっている。ジョーはそこに車を乗りいれた。なかにはすでに、黒塗りのバンと、ボルボの最新型のセダンがとめられていた。

ジョーも同じくジープをとめた。シートベルトをはずし、ジャケットをつかんだとき、ジッパー付きのポケットのなかにある携帯電話の存在に気づいた。そういえば、昨日のヤマのまえに電源を切って以来、放置したままになっていたな。ジョーは電話を取りだし、電源を入れた。電話はぶるぶると振動しはじめた。おびただしい数の不在着信や未読メールのリストが、液晶画面に表示された。そのすべてがジオからのものだった。この電話はそもそも、ストリップクラブで働くことになったときジオから渡されたもので、この番号を知る人間はこの世にわずかふたりしかおらず、そのうちひとりがジオなのだ。

「そんじゃ、まずはほかのメンバーとの顔合わせといこうぜ。さっきも言ったとおり、選ぶのはあんただ。いますぐ二万ドルの取り分を受けとって、ここから立ち去ることもできる。もしくは、次のヤマにも加わって、その十倍の額を手にすることもできる」

そう告げる声を聞きながら、ジョーはジオからのメールにざっと目を通した。

フラッシング生まれの友人が、ひどく気分を害している。結婚式を取りやめにしなければならなくなったそうだ。

目下、あちらは一家総出でおまえを捜している。

アンクル・Cがご立腹だ。自宅には近づくな。

……などなど。ジョーはふたたび電源を切り、クラレンスに顔を向けた。「おたくの言うとおりだ。話くらいは聞いても損はない」

18

マイク・パウエルは心から娘を愛している。ドナもそれだけは認めざるをえない。マイクも父親としては、特に申しぶんのない人間だと言える。養育費もきちんと支払い、週末には面会にやってくる。ラリッサの描いた絵やダンス教室にも関心を抱《いだ》いている。つねに冷静で、かっとなることも、声を荒らげることも、一度としてない。元来そういう人間なのだと、誰もがはじめは思うはずだ。マイクという人間をよく知るようになるまでは。

なぜなら、それがマイクの〝手口〟なのだ。身だしなみのいい堅物人間。定刻どおりに出勤し、毎日きちんと仕事をこなす、信用の置ける人間。仕事のあとで、ビールの一杯くらいは飲むこともあるが、けっして酔いつぶれることはない、節度のある人間。パーティーに出席すれば、運転手役を引き受けるためにけっしてアルコールには手をつけず、喧嘩が起きれば、割って入ってそれをとめる、頼りになる人間。大酒飲みやギャンブラーや遊び人といった、ろくでなしども——自分の父親のような連中——とばかりつきあってきたドナにとって、マイクの存在は大いなる救いだった。ドナの父親は、とつぜん消息を絶ったり、ひょっこり戻ってきたりを何度も繰りかえしたのち、ドナが九歳のときに飲酒運転で事故死していたのだ。はじめのうちは、そういう連中とつきあうのは、心躍るゲームであり、ロマンスであり、冒険だった。けれども最後にはかならず、緊迫のサスペンスと喜劇に変わった。でも、マイクはちがうと思った。そして、その直感は正しかった。たしかにマイクはちがった。ただ、どうちがうのかを、ドナがわかっていないだけだった。

はじまりは嫉妬だった。ドナが誰と話をしたか。どんな服を着て出かけたか。ディナーの席で、誰それのジョークに何度も笑い声をあげていたのはなぜなのか（あろうことか、その誰それというのはわたしのいとこの旦那なのだから、呆れかえるしかない）。あるいは、夜遅くに異性の同僚から電話がかかってくれば、なんの用だったのかと問いただしてくる（まったくもってばかばかしい。わたしはＦＢＩの捜査官なんだから、相手も同じに決まってる。事件の捜査に関する用件だったに決まってるじゃない）。次いで、支配が始まった。あるいは、その試みが（こちらにはおとなしく服従するつもりなんてなかったもの）。マイクはドナの給料や、小切手を振りだすための当座預金まで管理したいと言いだした。そうすれば、自由にお金を使えなくなるからだ。スケジュールの管理もしたがった。自分とドナが何時に運動し、何時に食事をとり、何時にセックスするかまで決めようとした（ただし、妊娠がわかったあともそういうことが続いたわけではない)。マイクに手をあげられたことは一度もなかったけれど、癇癪《かんしゃく》を起こしたときのすさまじい剣幕を目にしたり、わめき声や怒鳴り声を耳にしたりするうちに、ドナはこんなふうに考えるようになった。マイクがいずれ暴力をふるいだす可能性もある。いいえ、いまも本当はそうしたいのかもしれない。ただし、そんなことをしようものなら、ドナに銃で撃たれるだろうと、心の奥底でわかっているのだ。そのうえ、ドナはマイクよりも射撃の腕がいい。そのこともマイクは気に食わないのだ。

最後の希望が潰《つい》えたのは、マイクがドナの行動をスパイしていることが判明したときのことだった。マイクはドナの携帯電話でのやりとりをチェックしていた。仕事のスケジュールを事細かく調べていた。CIA局員としての権限やツテを使って、ドナが言っていたとおりの場所に本当にいるかどうかを確認してもいた。まるで容疑者のように、ドナのあとを尾行していたこともある。ただし、ドナ自身もFBI捜査官としてそれなりの訓練を受けていたため、それに気づくことができた。女友だちに連れられてブランチをとりにいったとき、レストランの外にとめられた車のなかに、マイクの姿を見つけたのだ。

離婚調停中も、マイクは卑劣な闘いを繰りひろげた。ドナが不貞を働いたと仄めかしたり。ラリッサの監護権を要求したり。けれども、判事が判決をくだし、書類にサインがなされた途端、マイクはすんなり引きさがった。それもまた、いかにもマイクらしい行動だった。権威ある人間にはけっして逆らわない。命令には否応なく従う。マイクならきっと、立派なナチ党員になったことだろう。そんなこんなを考えながら、ドナはオフィスに入り、デスクのパソコンをつけた。〝虫唾《むしず》の走る下種野郎リスト〟に挙げるべき次の名前を頭のなかで熟慮しながら、受話器を取りあげ、裏切り者の卑劣漢にしてタレコミ屋でもあるノリスをつかまえようと、もう一度電話をかけてみた。

19

ジョーはひとまず詳細を聞くことにした。納屋にジープをとめたあとは、クラレンスに連れられて母屋へ向かい、勝手口からなかに入った。キッチンでは、スウェットの上下を着たインド系の中年男が木製の丸テーブルに向かっており、黒人の少年がコンロの前に立って、パンケーキを焼いていた。ドクター・ヴァークという名がのちに判明するその中年男は、即座に椅子から立ちあがり、クラレンスを上階へ連れていった。少年のほうはそのまま作業を続行した。

「ぼくはジュノ。腹は減ってる？」

「おれはジョーだ。ああ、腹ぺこで死にそうだ」

ジュノはそれにうなずくと、パンケーキと、ベーコンと、フライドエッグを皿に盛った。コーヒーをカップにそそぎ、オレンジジュースを容器ごとテーブルに出してから、ほかのメンバーも大声で呼び寄せた。その間にジョーは椅子に腰かけ、先に料理を食べはじめた。さらにふたり——男と女、ひとりずつ——がキッチンに入ってきた。どちらも白人で、年齢は二十代後半と思われた。男のほうはドンという名のイギリス人で、砂色の髪に赤ら顔をしており、その物腰や話し方、重量挙げの選手のような身体つきから、傭兵あがりであるものと瞬時に見てとれた。女のほうはエレーナという名で、ロシア訛《なまり》の英語を話し、ホワイトブロンドの髪と黒い瞳の持ち主だった。口数は少なく、身ごなしはしなやかで隙がない。何を専門とするプロなのか、簡単には見ぬけなかった。食事を用意してくれたティーンエイジャーのジュノはブルックリンのベッドフォード＝スタイベサントの出身で、そこはジョーにとっても馴染みの深い地域だった。

朝食を囲んでの会話は最小限で、そのほとんどが「これをまわして」とか「これのおかわりは？」とかいうものに終始していた。全員がそのすじのプロであるため、時機が来るまで、仕事に関する話題を出す者がいなかったのだ。ジュノとジョーは双方が慣れ親しんだ場所を話題にして、当たり障りのない会話を交わした。どこどこの店のパンケーキは絶品だ、だの。どこどこのナイトクラブの音響システムが最高だ、だの。エレーナが煙草に火をつけると、ジュノは咳払いをしつつ顔をしかめた。エレーナは呆れたように目を見開き、「これだから、アメリカ人ってのは」とつぶやいて、勝手口から出ていった。

ジョーが皿洗い、ジュノがその手伝い、ドンが傍観を決めこんでいたとき、クラレンスが二階から戻ってきて、全員を居間に呼び集めた。居間のなかは、居心地のいい家庭的なスタイルに家具が整えられていた。クラレンスは二階で着替えを済ませてきたらしく、いまはだぼだぼのスウェットパンツとジッパー付きのパーカーに身を包んでいた。歩くときには杖をついていたが、傷や痛みが悪化したようすはなく、もう一方の手には筒状に丸めた紙を持っている。「ありがとよ、先生」去っていくドクター・ヴァークにひと声かけてから、クラレンスは肘掛け付きの安楽椅子に腰をおろした。ジュノとエレーナはソファにすわった。ジュノのほうはコーヒーテーブルに両足を載せて、だらしなくソファにもたれた。エレーナのほうはくつろいだ表情ではあるのだが、座面のへりに尻を載せて背すじを伸ばした姿勢は、瞬時に立ちあがって、バレエなり格闘なりを始める用意ができているように見えた。ジョーとドンは、向かいあう位置に置かれた木製の椅子に腰かけた。あたかも本能的に、自分と相反する人間を嗅ぎわけたかのように。

「それじゃ、始めるぞ」クラレンスが言って、丸めた紙をコーヒーテーブルの上に広げると、そこに地図があらわれた。かなり詳細なもので、ひと棟の建物と敷地を中心として、周辺の土地が描かれている。「ここが現場だ。場所は、ウエストチェスター郡。基本的に、対処しなけりゃならないセキュリティーシステムは三段階ある。第一段階は、敷地を取りかこむフェンスとゲート。警備員に監視カメラ。おまけに、敷地内にはつねに特殊な電波が流されていて、動くものがあれば警報が鳴り響く」

「どういう仕組みになってるんだ?」ドンが尋ねた。

「小規模のレーダー探知機みたいなものだ。敷地内の至るところに、互いに信号を送りあう送信機が設置されてる。その電波を遮断するものがあれば、その映像が受付カウンターのモニターに映しだされちまうってわけだ」

「建物の内部はどうなの?」今度はエレーナが訊いた。

「なかにさえ入っちまえば、さほど厄介なことはない。まあ、とにかく、よくあるパターンってやつだ。窓は密閉されているうえに、警報装置が取りつけられてる。エレベーターは正面玄関の先にあるが、そこには警備員が常駐してる。建物の横手には、業務用の通用口。ま、そんなわけで、手を焼くようなものはいっさいない」エレーナがほんのかすかに微笑むのを見届けて、クラレンスは先を続けた。「ただし、第二段階にはちょいと手を焼くかもしれん。おれたちが侵入しようとしている部屋は五階にあるが、ひとつも窓がない。入口はひとつだけで、扉は自動制御されてる。なかへ入るには、指紋認証と虹彩認証を通過しなきゃならねえ」

ジュノが感心したように口笛を鳴らした。「ほかに侵入経路はないのかい？」

「あると言えばあるし、ないと言えばない。その部屋から屋上へじかに通じる非常口ならあるんだが、これも警報器がついてるし、頑丈な鋼鉄製だ。それに、そのドアが開くと、警察が駆けつけてくるだけじゃなく、施設内の何もかもが自動的にロックされちまう。指紋認証や虹彩認証まで使用不可能に陥って、お目当ての扉がうんともすんとも動かなくなっちまう。しかも、その扉は耐火材料でできてるうえに、内部にじかにハードウェアが組みこまれてるから、どうやろうと外部からロックを解除することはできないときてやがる」

「そいつはずいぶんと手ごわいね」ジュノが言った。

「まったくもってそのとおり。しかも、第三段階は、その扉のさらに向こうにある金庫室。金庫室のドアもまた、最新技術の結晶であり、庫内は室温が管理されている。だからこそ、きみを呼んだんだ」そう言って、クラレンスはエレーナに視線を向けた。心からの笑みをはじめて浮かべるエレーナに向かって、クラレンスは「金庫の仕様書は、あとで見せる」と言い添えた。

「これほどのセキュリティーを掻いくぐってまで、いったい何を盗みだそうってんだ？　ダイヤモンドか？　金塊か？」ドンが質問を挟んだ。

それに応えて、エレーナが言った。「室温が管理されてるんなら、保管されてるのは美術品でしょ。絵画か、骨董品か」

クラレンスは首を振って、にやりとした。「いいや。それよりずっといいものさ。香水だ」

「冗談はよせ」ドンは表情を険しくした。

「ちぇっ。そういうもんがやたらと高価なのは知ってるよ。けどさあ……」ジュノはぽりぽりと頭を掻いた。「ただの香水じゃない。マッコウ鯨《クジラ》の腸から排出された固形物だ」

「はあ？　腸から出てきた固形物？　それってひょっとしてウンコのこと？　そんなもんのにおいが嗅ぎたいなら、地下鉄の駅へ連れてったげるよ。ぼくのメトロカードを使えば、金もいっさいかからない」

「おい、軽口はそこまでにしろ」吐き捨てるようにドンが言った。

「竜涎香《りゅうぜんこう》ね」エレーナがとつぜん口を開いた。

「なんだい、そりゃ。ひとの名前？」ジュノが眉根を寄せた。

「いまあなたたちが話題にしているものの名前よ」

「そのとおり」とクラレンスもうなずいた。「そして、そいつにはべらぼうな価値がある。竜涎香は香水のほかに、さまざまな用途に用いられる。イランイランの木とか、マダガスカルで採れるなんとかって物質みたいなもんだな。とにかく、そういう稀少品は万金に値する。一オンスで何千ドルもの価値があるそうだ」

「ふざけるな」ドンが言った。

「それじゃ、ぼくらはその香水を……たとえば、樽ごと盗みだすってのかい？」ジュノが尋ねた。

「いや、おれらが頂戴するのは、その香水のサンプルだ。新たに開発された新商品のプロトタイプみたいなもんだな。おれらがそれを盗みだしたら、どっかのライバル企業がそいつをもとにして、そっくり同じものを大量生産し、市場に出す。そこから何百万ドルもの利益が生まれることになるだろう」

「つまり、《スター・ウォーズ》の新作映画のディスクだかなんだかを、公開まえに手に入れるようなものだね」納得したようにジュノがつぶやいた。

「ああ、ただし、おれらが盗むのはコピーじゃない。映画そのものを盗むんだ」

「いいんじゃない。ぼくは乗った」とジュノ。「なんたって、香水を売るのは麻薬を売るよか簡単だろうし」

「どうにもぶっ飛んだ話だが、おれも乗った」とドンも応じた。

「この香水の入った小瓶一本の報酬は、百万ドルだ。そいつを五人で山分けにする。エレーナ、きみはどうする?」クラレンスが訊いた。

「もちろん、やるわ。朝食をとるためだけに、ここへ来たわけじゃないもの」

「ジョー、あんたは?」

ジョーは肩をすくめた。「まずはプランを聞こう」

「いいだろう」クラレンスは杖をつかみ、かすかにうめき声を漏らしつつ、椅子から立ちあがった。「そんじゃ、まずは〝玩具《おもちゃ》〟を確認しにいくとするか」

納屋に戻ると、全員でジープの荷おろしに取りかかった。ドンは金てこを使って木箱のひとつを開け、なかからAK‐47を引っぱりだした。「いいねえ」とひとこと言って、エレーナに手渡すと、エレーナも慣れた手つきで状態をチェックしはじめた。ドンは次にグレネード・ランチャーを見つけて、「こっちのほうが、さらにいい」と感想を述べた。続いて、ひときわ大きな木箱を開けたときには、無言で顔をしかめ、ジュノに顔を振り向けた。「こいつはどうやら、おまえの担当みてえだな」

「ああ、ほんとだ。ぼくのベイビー」ジュノは言って、箱のなかから、玩具の飛行機のようにも、《スター・

ウォーズ》のお宝グッズのようにも見える物体を取りあげた。「こんなかにあるものは、全部ぼくがもらっとこう」

「ドローンか？」ジョーはジュノに尋ねた。

「うん。けど、ただのドローンじゃないよ。ドローンはドローンでも、ジェダイの騎士が乗る宇宙戦闘機みたいなやつなんだ」

「もちろん高性能なんだろうな」

「とんでもなくね。ステルス戦闘機については聞いたことがあるかい」

「多少は」

「なら、要するに、この子はドローン版のステルス戦闘機みたいなものなんだ。こいつならレーダーに引っかからずに、フェンスの真上を飛んでいくことができる。そのあと、機体に搭載されている最新機能を使って電波信号を妨害すれば、侵入者の姿をモニターで捉えられないようにすることができる。そんでもって、ぼくが向こうのシステムにハッキングすれば、警報機や監視カメラが機能しないようにすることも、建物の扉を開けることだってできる。そしたら、あんたらはなんの苦もなく、すんなりなかに入ることができる。クリスマスのディナーを食べに、自宅へ帰ってきたみたいにね」

「すごいもんだな」心から感嘆して、ジョーは言った。

「本当にすばらしいわ、ジュノ」エレーナもそれに賛同した。「そしてそのあとは、わたしが金庫を破るだけね。でも、指紋と虹彩の認証はどうするの？　認証登録をされてる人間は誰？」

「それは全部で三人いる」と、クラレンスが答えた。「ひとりめは、その会社の社長。名前は忘れたが、気にしなくていい。そいつはいま東京の会議に出席していて、来週末までずっと、アジア各国を歴訪してるから。ふたりめは、調香師の女。まわりからは通称〝鼻《ノーズ》〟と呼ばれてる。本名もわかってはいるが、イタリア系の長ったらしい名前なんで、どう発音するのかはわからねえ。だが、この女のことも気にしなくていい。社長に同行して、アジア巡りの旅に出ているからな」

「なら、三人めは？」ドンが訊いた。

「主任研究員を務める男で、名はボブ・シャッツ。そしてこいつこそ、おれたちが標的とすべき相手だ。こいつは週に五日、時計のように正確に、定刻どおり出勤する」

「なら、楽勝だな。やり方はふたつある。ひとつめは……」ドンが言いながら、ライフルをラックから取りだした。「こいつの銃口を後頭部に押しつけて、その厄介な扉を開けさせればいい」

「それがそうもいかねえのさ」とクラレンスは言った。「ボブ・シャッツがその扉を開けるときには、毎回かならず、警備員が真横に立つことになってるもんでな。それから、扉の外には机が据えてあって、そこにも警備員がひとり常駐してる。建物の内部は、そこらじゅうに警備員だの、社員だのがあふれかえってやがる。加えて、シャッツのやつには何人も助手がいて、シャッツがやってきて扉を開けてくれるのを、毎朝そこで待ちわびてる。よって、その案は却下だ」クラレンスはやれやれと首を振った。「あまりに面倒がかかりすぎる。したがって、侵入は夜間を狙う」

「わかったよ。そんなら、ふたつめの案だ」ドンが言って、今度は脇に装着していた鞘から、大型の格闘用ナイフを引きぬいた。「そいつの両手を切り落とし、目ん玉をくりぬいてやればいい」

「そんなの、めちゃくちゃ気が滅入る」ジュノが憂鬱そうに言った。

ドンは肩をすくめた。「びびらせちまったなら、すまねえな。けど、これればかりはしょうがねえ」

「気が滅入るうえに、面倒だわ」これまた肩をすくめながら、エレーナが言った。

「ほんと、そのとおりだよ」と、ジュノが続けた。

「だいいち、そのおっさんは、両手にフック、片目に眼帯をつけて生きてかなきゃならなくなるじゃん。ハロウィーンの海賊の仮装みたいな恰好を、一生続けてかなきゃならないなんてさ」

「そのシャッツって男の習性とか暮らしぶりに関する、詳細な情報はないの？　何かほかの方法で、そいつに近づけるかもしれないわ」エレーナがクラレンスに顔を向けた。

「もちろん、あるとも……ボブの野郎を一週間にわたって尾行してみたんだが、これがたいそうな一週間だった。まずは月曜。やっこさんは昼食持参で仕事に出かけ、終業後はひとりで帰宅。家でテレビを鑑賞。火曜も昼食持参で出勤し、帰宅後にテレビ。水曜もそっくり同じ。昼食持参で出勤。帰宅後にテレビ。ただし、ひとつだけ例外があって、帰宅まえにボウリング場に寄っている。そんでもって木曜は、前日に体力を使い果たしたせいか、仕事のあとまっすぐ帰宅してテレビを鑑賞」

「もういい。もう充分だ」ドンが不意に遮《さえぎ》った。「そいつが面白みもなんにもねえ、冴えないマスかき野郎だってことはよくわかった」

「週末はどうなの？」ドンを無視して、エレーナが訊いた。

「まだ平日が終わってないぜ。そうとも、花の金曜日だ。職場を出たあと、ボブはとあるストリップクラブに立ち寄る。ビールを一杯やりながら、踊り子を膝に乗せていちゃいちゃする。そのあと帰宅して、ピザを頼む。土曜には——」

「ちょっと待った」ジョーがとめると、全員の視線が集まった。ジョーが自分から口を利いたのは、これがはじめてだったのだ。「そのストリップクラブはどこの店だ？」

「ブロンクスにある〈サーカス・シティー〉って店だ」

「その店ならおれも知ってる。そのボブ・シャッツってやつの、女の好みはわかるか？」

「赤毛の女だ。まちがいねえ。赤毛のひとりに入れこんで、チップに百ドルは注ぎこんでやがった」

それを聞いたジョーは、エレーナを振りかえって言った。「もしきみの協力を仰げるなら、おれに考えがある。それがうまくいけば、面倒なことにはいっさいならないはずだ」

「いいね、気にいった」クラレンスが身を乗りだした。

「ぼくも気にいった」ドローンをいじくりながら、ジュノも言った。

「おれの案がうまくいくかどうか、試させてくれ。もしそれが失敗したら、いつでもそいつを切り刻んでくれてかまわない」ジョーはドンに向かって言った。

ドンは顔をしかめたが、無言のまま、ナイフの切れ味を確かめつづけていた。

「それで、わたしは何を協力すればいいの？」エレーナが訊いてきた。

ジョーはエレーナに視線を向けた。「まずはウィッグをかぶってもらう。それからひょっとすると、素っ裸になってもらうことにもなるかもしれない」

エレーナはくすくすと笑って言った。「それしきのことなら、お安いご用よ。ウィッグなら、ごまんと持ってる。それに、裸であろうとなかろうと、男のひとりくらいは楽に殺せるわ」

ジョーは微笑んで、クラレンスに言った。「だったら、おれもこのヤマに乗らせてもらおう」

20

その前日に、ドナ・ザモーラ捜査官が電話をかけてきたとき、ノリスはひとりの客と裏庭にいた。髪をポニーテイルに縛り、もじゃもじゃの顎鬚を生やした、痩せっぽちの白人の客が、一列に並べた空き瓶を自動拳銃のＴＥＣ－９で試し撃ちするさまを見守っていた。シリアルナンバーをやすりで削りとった跡が残っていたから、その銃が盗品であることはあきらかだったが、その客はいっこうに気にするそぶりを見せなかった。あちらも裏社会の住人で、銀行強盗の際にその銃を使うつもりでいるからだ。ただし、そのもくろみがうまくいくかどうか、ノリスには確信が持てなかった。客の射撃の腕前はお粗末としか言いようがなく、一発撃つごとに標的との距離を狭めていくのだが、それでも毎回、弾を無駄にしていたのだ。だが、まあ、おれが気にすることたあない。すでにお代は頂戴しているんだから。とはいえ、矢継ぎ早に鳴る銃声がうるさすぎて、そのときのノリスは携帯電話が鳴っていることに気づけずにいた。ザモーラ捜査官からの電話があったことや、折りかえしの電話をよこすようにとのメッセージが残されていることに気づいたのはしばらく経ってからのことで、そのときにはすでに、例の客と、あとからやってきたお仲間とを相手にビールを酌み交わしている最中だったため、その面前で電話をかけるわけにはいかなかったのだ。ドナ・ザモーラは、ノリスの首根っこを押さえるＦＢＩの捜査官だった。顔を合わせたことは一度もないが、なかなかセクシーな声をしている。それに、その声にはどこか異国ふうの響きがある。ザモーラってのは、どこらあたりの国の名前なのだろう。それはともかくとして、ノリスはＦＢＩと、ある取引をしていた。情報を提供する代わりに、不法売買に関する罪を帳消しにしてもらうというものだ。客が必要とする銃を手に入れてやるのがノリスの生業《なりわい》であり、それを自分で入手できない場合は、手数料をもらって、それができる人間を探す手助けをしてやることもある。いわゆる、仲介人というやつだ。だから、少しまえに、クラレンスという男が多額の現金をたずさえやってきて、異例の注文を——軍隊でしか使われないような武器の注文を——してきたとき、ノリスは闇ルートに照会し、その客が必要としているそのものずばりの品々を、つい最近、ある人物が盗みだしたということを突きとめた。しかも、そいつは同業の密売人、つまりはノリスの商売敵であり、すでに北部のほうで買い手も見つけ、ちかぢか届けに向かう予定でいるらしい。そこでノリスはクラレンスにその情報を売ることにより、一石二鳥を決めこむことにした。命を落とす二羽めの鳥があの忌々しい商売敵のジェドであることを、クラレンスが石となってくれることを願いながら。するとそのあと、愛しのミス・ザモーラが電話をかけてきた。ザモーラは軍から盗まれた銃器に関する情報を求めており、ちかぢか有益なネタを渡さなければ、刑務所暮らしをする羽目になると念押ししてきた。そこでノリスは、クラレンスに売ったのと同じ情報をザモーラ捜査官にも渡した。そのとき、手持ちの情報はそれだけだったから。FBIが急襲をかけて、全員を逮捕するなり射殺するなりしてくれれば、考えようによっては、一個どころか二、三個の石で大量の鳥を仕留める結果になるのではと思ったから。

とにもかくにも、あれやこれやの理由——例の客とそのお仲間に誘われてビリヤード場に行ったり、さらにビールを酌み交わしたり、ハンバーガーを食べたり、帰宅後にまたビールを呷《あお》ったり、テレビを観ながら酔いつぶれたり——があって、ザモーラ捜査官に電話を折りかえすことにまでは手がまわらなかった。だいいち、ザモーラ捜査官のお小言ならすでに、いやというほど耳にしている。そんなわけで翌朝も、ノリスは作業場としているガレージで、特別注文のショットガンを改造する作業にいそしんでいた。まずはショットガンを万力で固定し、小型のメタルカッターで銃身を切断する。溶接トーチを取りだし、レーザー照準器を取りつけようとしたまさにそのとき、電話が鳴った。またしてもザモーラ捜査官か。いくぶん後ろめたい気分に陥りながら、ノリスは通話ボタンを押した。「やあ、どうも、特別捜査官。ひょっとして、お礼の電話ですかい？」

ところが、ザモーラ捜査官が電話をかけてきたのは、感謝を伝えるためではなかった。それどころか、ザモーラ捜査官は完全に鶏冠《とさか》に来て、ノリスを怒鳴りつけ、南部の密売人に関する情報を強盗団にまで流したと言って責めたてた。ノリスのことを見さげ果てた下種《げす》野郎呼ばわりし、さらには、いかなる女であろうと――褐色の肌をした女であればなおさら――断固として赦せないような、数々の言葉を使って罵倒した。ところがその直後、強盗団のひとりであるクラレンスが積み荷を奪って逃走したことを知らされると、頭のなかが恐怖でいっぱいになって、正当にむかっ腹を立てることすらできなくなった。ノリスはザモーラ捜査官に、協力の見返りとして一刻も早く身柄を保護してほしいと要求した。ザモーラ捜査官はけらけらと笑い声をあげ、ふざけないでと一蹴した。例のネタで、ノリスはいっさい点数を稼げていない。借りがあるのはノリスのほうではないか。取引に値するほど有益な情報を手に入れてから、改めて電話をかけてきなさい。そう言って、電話を切った。

ノリスは携帯電話を握りしめ、その場に突っ立ったまま、思案を巡らせはじめた。最初に頭に浮かんだのは、ビールが飲みたいということだった。それから、こう思いなおした。家のなかに隠してある現金を持って、フロリダかどこかに身をひそめよう。釣りでもしながら、解決法をひねりだそう。ふたたびＦＢＩに取りいれるようなネタを探しだして、証人保護プログラムを適用してもらい、名前を変えるなりなんなりすればいい。もっといいのは、おれがじっと待っているあいだに、クラレンスが取っ捕まってくれることだ。結局のところ、逃亡者はクラレンスであって、おれではないのだから。警察に追われているのは、あっちのほうなのだから。

そう考えると、恐怖や焦りがやわらいだ。だから、ひと組のカップルが作業場に入ってきたときも、それほど動揺してはいなかった。男のほうは長身で細身、青い目に黒髪の持ち主だった。ブロンドのセクシーな女のほうは、いかにもチアリーダーにいそうな風貌で、性格は潑剌《はつらつ》としているようだった。

「おはよう！　あなたがノリス？」女のほうが大声で呼びかけてきた。

「ああ、そうだ」どこでおれのことを知ったのだろうと訝《いぶか》りながら、ノリスはうなずいた。「だが、今日はもう店じまいだ。いますぐ行かなきゃならないところがあってね。すまんな」

「何か問題でも？　もしや、身内に不幸でもあったのかい」男のほうが訊いてきた。

「そういうわけでは……ああ、いや、じつは母が病気でな」

「なんと、それはお気の毒に」男は言いながらメタルカッターを取りあげ、電源スイッチをパチンと弾いた。

「おい！　それをおろせ！」ノリスは男に命じたが、一歩前に踏みだすより早く、女の強烈な蹴りが股間に命中した。ノリスは痛みに喘いだ。必死に酸素を吸いこもうと、胃の中身をもどすまいと努めながら、身体をふたつに折って、股間を握りしめた。

「心配しないで」溶接トーチに手を伸ばし、点火しながら女が言った。「あんたのだいじな玩具なら、ちゃんと返してあげるから。クラレンスについてＦＢＩに何を垂れこんだのか、白状したらすぐにもね」

ノリスは銃をつかみとろうとした。作業台の下に隠してある四五口径を。だが、その場所に腕を伸ばそうとした瞬間、青い目の男がメタルカッターを振りおろした。

21

密売人から盗んだジープの積み荷をひとつ残らず黒塗りのバンに移しかえたあとは、ナンバープレートや指紋など、証拠になりそうなものをすべて消し去ってから、ジープを納屋に置き去りにした。ほとぼりが冷めるころを見計らって、クラレンスにこの家を貸している夫婦がそれを始末してくれるはずだった。それが済むと、クラレンスとドンはバンに乗りこみ、ウエストチェスター郡のすぐ北に位置するヨンカーズ市のありふれたビジネスホテルへ向かった。ジョー、エレーナ、ジュノの三人はボルボでニューヨーク市内をめざし、必要となる品々を仕入れることになっていた。ほかのメンバーとちがって、ジョーは小型の旅行鞄を持参していなかったため、途中でドラッグストア・チェーンの〈ウォルグリーンズ〉に立ち寄り、徳用パックの靴下とボクサーパンツ、これまた徳用パックの黒いTシャツを購入した。

「なんだ？　何か言いたげだな」後部座席に買い物袋を投げいれ、運転席に乗りこみながら、ジョーは訊いた。エレーナとジュノがふたりして、にやにや笑いを浮かべていたのだ。

「なんでもない」動きだしたボルボの助手席で、ジュノは言った。「だけどさ、あんたってずいぶんと身軽に旅行する質《たち》なんだね」

「いまから新婚旅行に向かうところだとは気づかなかったな」

「それにしたってさ、歯ブラシも買わないのかい？」

「シャンプーとか、カミソリもよ」後部座席から、エレーナも茶々を入れた。

「そういうものは、全部ホテルに揃ってると思ってたな」

「わたしの推測じゃ、こういう徳用パックの下着を、いつも母親が買ってきてくれてるんでしょ？」笑みを浮かべるエレーナの顔が、バックミラー越しに見えた。ジュノは声をあげて笑った。

ジョーも笑って言った。「惜しいな。買ってきてくれるのは祖母ちゃんだ」


ニューヨーク市内に入ったあとは、ジュノの指示に従って、ウォール・ストリートに程近い繁華街へ車を走らせた。最新の高性能機器を専門に扱う電器店の前で停車すると、クラレンスから受けとった現金でポケットをふくらませたジュノが、ひとり車から跳びおりた。

「一時間くらいはかかると思う。店に集まるメカおたくどもと、ちょっくら情報交換をしなきゃならないからさ」

「わかった。そのころ、また拾いにくる」ジョーは言って、車を出し、さらに数ブロック進んでから、エレーナが指定した店の前に車をつけた。そこは、ジュノの入っていった店よりもずっと安価だが、同じくらいに専門性の高い商品を扱う店だった。いわゆるパフォーマーを得意客とし、多種多様なウィッグや、舞台用のメイク用品や、スパンコールをふんだんにあしらったランジェリーなどを、豊富に取り揃えているのだ。

「駐車場を見つけて、車をとめてくる。先に入っていてくれ」

「そんな手間は省きましょ。徳用パックの下着を買うような男に、手伝ってもらうことなんてない。ジュノを拾う場所で、わたしも落ちあうわ。それと、心配はご無用よ。わたしが選ぶものに、きっと満足してもらえるはずだから」車の窓越しにエレーナは言って、店の入口へ向かっていった。

ガラス扉を閉じ、店内に消えていくエレーナの後ろ姿を見つめたまま、ジョーは信号が青に変わるのを待った。徐行運転で二ブロックほど進んだところで、駐車禁止エリアに車をとめた。レッカー撤去区域でないかぎり、違反切符を食らおうがかまいやしない。この車も二日後には乗り捨てることになるし、書類に記載されているのは、どのみち偽名なのだから。調理済みの惣菜を売るデリカテッセンでガムを買い、小銭をつくった。ぶらぶらと数ブロックを歩くうちに、珍しく故障していない公衆電話を見つけた。受話器を取りあげ、交換手を介して、FBIのニューヨーク支局につないでもらった。交換台のオペレーターが電話に出ると、ドナ・ザモーラ捜査官につないでほしい旨を伝えた。回線がまわされるのを待っていると、留守番電話の音声が聞こえてきた。ジョーは受話器を架台に戻し、腕時計に目をやった。一時三十分。昼食をとりに席をはずしているか、会議にでも出席しているのか。あるいは、入院中だということもありうる。ビーンバッグ弾とはいえ、至近距離で撃たれたら、内臓が損傷しないともかぎらない。そのときふと、自分がいまニューヨーク支局からほんの数ブロックの距離にいることに気づいた。加えて、しばらくは時間をつぶさなければならない。ジョーはそちらの方角へ歩きだした。どうしてこんなことをしているのかも、向こうに着いたら何をするつもりなのかも、定かではないままに。

途中でヤンキースのキャップを買い、密売人のジープから失敬したサングラスをかけた。ニューヨーク支局の建物に隣接するフォーリー・スクエアに到着すると、屋台でホットドッグとミネラルウォーターを買ってから、職員専用の通用口が見晴らせる場所で木陰のベンチに腰をおろした。ホットドッグを頬張りながら、行き交う人々を眺めた。白いワイシャツと、明るい色のネクタイと、サスペンダーを身につけた金融界の男たち。ぱりっとしたお堅いスーツをまとった女たち。グラウンド・ゼロを探してきょろきょろしている観光客。ひときわ地味なスーツを着た、お役所勤めの男たち。小脇に書類を挟み、困り果てた顔をしたニューヨーカーたち。そこに捺印するなり、受理するなり、修正するなりしてもらいたいのに、それが叶わずにいるのだろうか。四十分が経過し、そろそろあきらめなくてはと思いはじめていたとき、それが見えた。ドナ・ザモーラ捜査官が角を曲がり、こちらへ向かってくる姿が。今日は前回と異なる紺色のスーツを着て、なかに淡いグレーのブラウスを合わせている。黒人の若い男とお喋りをしながら、並んで歩いている。仕立てのいい紺色のスーツに、白いシャツに、赤いネクタイに、短く刈りこんだ髪。あれは同僚の捜査官だろう。まちがいない。ふたりは道端でハグを交わした。ただし、ロマンティックな空気はいっさい漂っていない。しかも、男の薬指には結婚指輪がはめられていた。そのあと、男のほうは建物の入口に向かって歩きはじめ、ザモーラ捜査官はコーヒーを売る屋台の列にひとり並んだ。ジョーもベンチから立ちあがり、ザモーラ捜査官の後ろに並んだ。

ジョーにはそうする権利が充分にあった。目下のところは、なんら嫌疑をかけられているわけでもない。指名手配をかけられているわけでもない。いまは武器も携帯していない。望むなら、あの建物に入っていって、男子便所を使わせてほしいと頼むことだってできる。さりとて、こんなことをする必要もない。ものごとをわざわざ複雑にする必要などまったくない。こんな無用のトラブルは、プロならば避けて然るべきではないか。時間をかけたり、リスクを冒したりする価値があるのは、避けようのないトラブルだけだ。けれども、人生というもの自体、避けようのないトラブルなのではないか。性的本能というものは、そもそも複雑な代物なのではないか。そして、リスクを伴わない愛などない。世の中には、プロの存在しえないゲームもある。

ザモーラ捜査官の順番が、いよいよ次にまわってこようとしていた。ジョーの後ろには、さらに数人の客が並んでいた。ジョーはザモーラ捜査官の真後ろに立った。そうしようと思えば、艶やかな髪のにおいを嗅ぎとることも、首にキスすることも、耳もとでささやきかけることもできるほど近くに。これまでで唯一の接触が、ふたりが唯一触れあったのが、後ろ手に手錠をはめられたときに向こうのはめていたブレスレットの鋲《びょう》だけなのだと、あるいは、自分の放った弾がなめらかな肌に残したであろう紫と黒の花模様だけなのだと思うと、不思議な感じがした。

ついに順番がまわってきて、ザモーラ捜査官はワゴン車の窓に近づいた。窓の向こうでコーヒーを淹れながら、若いイエメン人の男が声を弾ませた。

「いらっしゃい、秘密諜報員！　調子はどう？　美味しいラテはいかがだい」

「こんにちは、サミール。是非、いただくわ」ザモーラ捜査官は笑顔で応じた。

サミールは支度に取りかかった。巧みな手さばきでエスプレッソを淹れ、シューッと噴きだす蒸気と共に、熱いミルクをそそぎいれた。「今日も悪人を捕まえたのかい。シナモンは？」

「鋭意努力中よ。ええ、お願い」

「そのまま努力を続けて。あなたならきっと、そいつを捕まえられるよ」コーヒーを手渡しながら、サミールは言った。

「ありがとう。そうするわ」そう言って、ザモーラ捜査官は踵《きびす》を返した。

サミールはジョーに向かって、「次のひと！」と叫んだ。だが、ジョーはさっさと列を離れ、反対の方角へ向けて足早に歩きはじめていた。人込みにまぎれこみながら、ガムの包み紙を開けていた。後ろは振りかえらなかった。けれども、もしそうしていたなら、建物に入るまえに不思議そうにジョーの後ろ姿を見つめるザモーラ捜査官の姿を目にしたことだろう。車に戻ると、フロントガラスに駐車違反切符が貼られていた。ジョーはそれを剝がしとり、ヤンキースのキャップともどもゴミ箱に投げ捨てた。

ドナは地下にある自分のオフィスに、少し遅れて昼食から戻った。頭のなかでは、なおもジョー・ブロディーのことを考えていた。あれは本当にブロディーだったのかしら。そう思うだけで、心の均衡が崩れそうになった。そして、留守番電話に残された最初のメッセージを確認した途端、完全に均衡を失って、椅子にへなへなとすわりこんだ。

おべっか使いの卑劣なノリス。あの田舎者のタレコミ屋が、自宅に設けた作業場で死体となって発見された。しかもどうやら、極度に残忍な、容赦ない拷問を受けたようだというのだった。

22

　アンクル・チェンは理性と、忍耐と、寛大な心を失わずにいるつもりだった。なんといっても、自分は理性的で、忍耐強く、寛大な人物として知られている。あるいは、少なくとも、それに異論を唱えようとする者などひとりとして存在しない。今回も、報復行動に出るまえに、ジオにはまるまる二十四時間の猶予を与えてやった。じつに手ぬるい対応だった。あのジョーとかいう輩《やから》が寝起きをしているジャクソン・ハイツの巣穴なり、ジオのストリップクラブなりからフラッシングまでやってくるには、おおよそ三十分、道が混んでいたとしてもせいぜい四十五分ほどしかかからないはずなのだから。ジオのことは気にいっていた。生まれたときから知っていた。ジオが生まれるまえの父親のことも。

　しかしながら、甥の死からまる一日が経過したとき、そしてジオから、ジョーとはまだ連絡がとれていないし、どこにいるかもわからないが、デレクの殺害にはいっさい関わっていないはずだと告げられたとき、アンクル・チェンは忍耐を失いはじめた。そこで、ジオにちょっとしたメッセージを送ることにした。自分の我慢にも限界があるのだということを思い知らせるために。

　そのころジオは、娘のノラをサッカーの練習へ車で送っていこうとしているところだった。どれくらい遅刻することになるだろうと推算したり、忍耐を失うまいと努めたりしながら、娘が支度を終えるのを待っていると、妻のキャロルがやってきて、とつぜん肘をつかんできた。そしてキッチンへ引っぱっていったかと思うと、小声でこんな話をしはじめた。「ノラがね、何かあなたに相談したいことがあるみたいなの」

「そうか……」ジオは腕時計を確かめた。練習の開始時刻まで、あと十五分しかない。「手短に終わる話だといいんだが。すでに遅刻寸前だからな」

「あの子、今週、初潮を迎えたの」

「なんだって？　それで、あの子は大丈夫なのか？」

ジオはうっかり大声を出した。

「しぃーっ……もちろん、大丈夫よ。それより、大きな声を出さないで」

「ああ、すまない」ささやくような声に戻して、ジオは言った。「きみが不意討ちを食わすものだから。次からは、後生だから警告をしてくれ」

「何を言ってるの。次って何？　娘が生まれた時点で、それが警告でしょう？　こういう日がやってくるなんて、知らなかったみたいに言わないで。だいいち、初潮を迎えるのは喜ばしいことだわ。大人の女性の仲間入りをしようとしてるってことだもの。身体がそのための準備を始めたってことなのよ」

「ああ、わかってる。わかっちゃいるけど、頭が追いついていかないんだ」

「それなら、さっさと追いつかせてちょうだい」キャロルはやれやれと腕を組み、セラピストの顔つきになって、こう続けた。「そのせいで、あの子が恥ずかしい思いをしたり、肉体の自然な変化を不快に感じたりするようなことがあってはならないのよ。あの子がコンプレックスを抱《いだ》くようにでもなったらどうするの。こういう時期こそ、父親のサポートが重要なんだから」

「ああ、そうだな。心しておくよ。それにしても……」ジオはキャロルの肩に手を置き、声をひそめることを忘れずにこう訊いた。「何か悩みがあるとして、どうして父親に相談するんだ？　そういうものは普通、母親にするものなんじゃないのか」

「相談なら、もう受けたわ。それで、性に関する話題になったとき――」

「せ、性に関する話題？」なんてこった。キャロル、まさかノラのやつ――」

「落ちついて。別にセックスがどうのって話じゃないわ。あの子はまだ、充分な知識すら得ていないくらいだもの。ほら、これを使って。汗をかいてるわ」キャロルは言って、紙ナプキンを差しだした。「いまはただ……そう、あの子の人生がこれからどういうふうに変わっていくのか、そういう対話を始めるころあいだってだけのこと」そして不意に眉根を寄せながら、「それはともかくとして、生理が来たことをあなたに報告するかってあの子に訊かれたから、わたしはもちろん、イエスと答えたの。そうしたらあの子、どうしても相談したいことがあるって言うの……しかも、あなただけに」

「そうか、わかった……」自分ではなく父親が選ばれたことがキャロルには面白くないのだと、ジオはすぐに感づいた。おかげで、少しだけ気分が上を向いた。その一方で、いったいどんな相談をされるのだろうと思うと、ひどく不安にもさせられた。「まあ、ティーンエイジャーがどんなに気まぐれな生き物かは、きみがよく知っているだろ」

「パパ！」ノラの声が響きわたると同時に、階段を駆けおりる足音がした。悪さをしようとしているところを見つかりでもしたかのように、ジオはびくっと肩を撥ねあげた。「パパ、早く行こう！　遅刻しちゃう！」

「わかった、いま行く！」ジオもそちらへ叫びかえした。

「とにかく」キャロルが最後に、ふたたび小声でささやいた。「あの子はあなたを必要としているんだから、しっかり力になってやってちょうだい。そして、そう、いまこそ男をあげるのよ」

「それはそうと……」シートベルトを締めて助手席にすわり、スマートフォンの画面を覗きこんでいる娘に向かって、ジオは意を決して話しかけた。頭をフル回転して、会話の口火を探しに探した。「……最近はどんな調子だ？」

ノラは顔をあげて、父親を見た。「生理が来たこと、ママからもう聞いたの？」

ジオはいささかたじろいだが、前方に目を向けたままウインカーを出し、肩越しに左を振りかえりながら車線を変更することで、何気ないそぶりをかなりうまく演じられた……と自分では思った。「ああ、ママから聞いたよ。本当に喜ばしいことだ。つまり……自然なことだ」隣に目をやると、褐色の大きな瞳がこちらを見つめていた。ジョーは前方の道路に視線を戻し、ひとつ咳払いをした。「まあその、正直に言うとだな、パパはこれまでずっと、おまえはこういう話をママとだけしたいんだと思いこんでたんだ。つまり、ママは女だし、精神科医だし、セラピストだし、それに……それに比べて、パパは……ほら、あれだ」ジオは片手をぶんとひと振りした。

「うん。言いたいことはわかるよ、パパ。それも理由のひとつだから。だって、生理が来たことを最初にママに打ちあけたのは、ナプキンとかいろんなものを用意してもらわなくちゃいけなかったからだもん。そういうのはパパに言ってもどうにもならないでしょ」

ジオはひょいと肩をすくめてみせた。ノラの言うことはもっともだ。

「でも、理由はもうひとつあるんだ。だって、もしあたしがそうしなかったら、ママがほら、めちゃくちゃ傷ついちゃうに決まってるじゃない？」

その言葉に、ジオはくつくつと笑った。

「けど、ママってば、なんだか子供への思いいれが強すぎる気がするんだよね。パパもそう思わない？　精神科医の子供がいちばん情緒不安定だってみんなが言う理由、あたしにはすっごくよくわかる気がするんだ」

「なんだと？　誰がそんなことを言ってるんだ？　おまえも誰かにそんなくそ……いや、そんなことを言われたのか？」

「そうじゃないってば。もう、落ちついてよ、パパ。ちゃんと前を見て運転して。あの車に追突しちゃうよ。あたしはただ、そこがポイントだって言いたいだけ。ママとあたしは結びつきがものすごく強すぎて、あいだには誰も入りこめない感じなの。だけどあたしは、ママとのあいだにちゃんと境界線を引く必要があるって気がするんだ。それと、よくわからないけど、ときどき、あたしはママよりパパのほうに似てるんじゃないかって感じることもある」

「へえ、そうなのか？」ジオは顔をほころばせた。

「たとえば、どんなところが？」

「たとえば、ほら、何に対しても、あんまり思いいれが強くないところとか」

「なんだって？　それはどういう意味だ？　おまえたちきょうだいがパパにとって何より大切だってことくらい、ちゃんとわかって――」

「はいはい、ちゃんとわかってるよ、パパ。パパがあたしたちを愛してるってことは、ちゃんとわかってる。あたしが言いたいのは、そういうことじゃないの。あたしはただ……パパはママとちがって、なんて言うか、他人と馴れあわないってこと。だからパパは、秘密にすべきことを秘密にできる。そういうところ、あたしは尊敬できるな」

「それはどうも」

「でも、ママはね、性に関する話題が持ちあがったとき、いきなり本とかビデオとかを用意して、あたしをきちんと教育しようとしたの。それであたしは、なんだか何も話せなくなっちゃって。でも、パパになら相談できる気がした。パパなら、絶対に秘密を漏らしたりしないだろうって。それに、あたしを異常だって決めつけたりもしないんじゃないかって……」言いながら、ノラはじっと父親を見つめた。

「もちろんだよ、ノラ」とジオは応じた。

「よかった。それなら打ちあけるね」ノラは深呼吸をひとつしてから、口を開いた。「先週、うちのチームがワイルドキャッツとの試合に勝ったあと、祝勝パーティーを開いたの、覚えてる？」

「ああ、覚えてる」ジオは落ちついた声で答えたが、頭のなかは大いに荒れ狂っていた。なんてこった！　まさか、そのときに睡眠薬でも盛られたのか？　レイプされたのか？　もしおれの娘にドラッグを飲ませたやつがいたら、いや、誘いをかけただけでも、生きたままそいつの皮を剝いでやる……

「それで、そのときキスしたの」

「つまり……」

「ううん、キスだけ。それ以上はなし。一塁に進んだだけよ。問題ないでしょ？」

急上昇していた血圧がふっと引いていくのを感じた。

「そうか、それならいい。そういう自然な成長過程を経て、誰でもみんな、その、あれに――」

「もう、パパってば。考えてもみてよ。祝勝パーティーだよ？　うちのサッカーチームのよ？　女の子しかいないのよ？」

「……なるほど」

「でもね、キス自体はたいしたことじゃないの。みんなやってることだから。ただのおふざけっていうか。その子とキスしたのも、その一回だけだし……なのにいま、あのときのことを考えると、変な気持ちになるの」

「悪い気がしなかったんだな？」

「うん、全然」ノラは父親と視線を合わせてから、ふ

たたび目を伏せた。「すごくいい気持ちだったたってい
うか」

「そうか」

「でもね、いままでに男の子とキスしたことも一度だけあるの。ユダヤ教の成人式のお祝いで、おうちにお呼ばれしたとき、〈スピン・ザ・ボトル〉ってゲームのなかでイーサン・スタインバーグとね。そのときも、いい気持ちだった。それであたし、パパに訊きたくて……もしあたしが同性愛者だったら？　もしそうだとしたら、パパはどう思う？」

ジオは駐車場に車を乗りいれた。数人のチームメイトが、グラウンドで準備運動をしている。つま先と膝を交互に使って白いボールをリフティングするたびに、刈りたての瑞々しい芝の上でストレッチ運動をするたびに、ポニーテイルが宙を舞っている。それ以外のチームメイトもみな車をおり、背中に名前のプリントされたユニフォームの細い肩にばかでかいバッグをさげて、グラウンドに向かっている。ジオは車をとめて、ギアをパーキングに入れた。エンジンはかけたまま、笑みをたたえて娘を見つめ、優しくその手を取った。

「いいかい、ノラ……」言いかけたところで、コンソールボックスの上に置いてあった携帯電話がぶるぶると震えだした。メールの着信。送信者は〝ネロ〟とある。

「メール、読まなくていいの？」

「いいんだ。いますぐじゃなくてもいい……いいかい、ノラ……」

「なあに、パパ？」

「この世に生きているかぎり、パパはおまえのことを心から愛しつづけるよ。ありのままのおまえを。おまえがどんな人間であっても。おまえがどんなふうに変わろうとも。それにしても、あのメールときたら、最悪のタイミングで送られてきたな」そう言って、ジオは大袈裟に顔をしかめてみせた。

「わかった！」ノラは父親に抱きついた。「ありがとう、パパ。あたしも愛してる」

「こちらこそありがとう、ノラ」込みあげる感謝で胸がいっぱいになって、ジオも娘をきつく抱きしめた。

「それから、このことはママには内緒にしてね。約束よ？　ママが知ったら、すぐさまあたしのことを、グループセラピーだかなんだかに通わせようとするに決まってるもん」

「まさか、そんな」そのとき、ふたたび電話が振動しはじめた。「……その点は心配しなくていい」

「それならよかった。パパ、電話を取って。きっと仕事の話でしょ。あたしも、もう行かなくちゃ。それと、もし時間までに迎えにこられなかったら、メールして。レイチェルの車に乗せてもらうから」

「ああ、わかった。おっと、そうだ。ノラ！」

腰をひねってドアを開け、片足を地面におろした姿勢で、ノラは振り向いた。「なあに、パパ？」

「もっと大きくなるまで、これだけは心がけてほしいんだが、女の子と一緒にいるときは……男の子と一緒にいるときはなおさらに、きちんと節度を守ってだな……なんというか、その……ネッキングまでにしておくんだぞ？」

「あははっ。パパ、愛してる」

ノラは巨大なダッフルバッグをつかみ、車から跳びおりると、弾んだ足どりでチームメイトのもとへ駆け寄っていった。ノラがレイチェルに抱きつく姿が窓越しに見えた。前回の試合で二ゴールを決めた、体格のいいブロンドの少女。あの子が例のキスの相手なのだろうか。そんなことを考えながら、ジオはさきほどのメールを開いた。

問題発生。トラックの件。いますぐ会えますか。

「くそっ」思わず声が漏れた。あの混雑した通りを、また逆方向へ引きかえさなければならないのか。ジオはメールに返事を打った――**わかった。ダイナーで会**

おう。

　ジョーが〈サーカス・シティー〉を訪れたのは、午後五時ごろのことだった。お察しのとおり、そこはサーカスをモチーフにした大型のストリップクラブだ。踊り子たちがポールに絡まるだけでなく空中ブランコにも乗っていたり、奥の小部屋で覗き見ショーが楽しめたりと、往年のカーニバルを思わせる趣向が凝らされている。店はすでに営業を開始していたが、まださほど混雑してはおらず、支配人と話をするには絶好のタイミングだった。支配人はキットという名の男で、以前にも何度か顔を合わせたことがある。予想どおり、キットは支配人室にいた。開けっぱなしの扉の向こうで、重役クラスが使うような高級オフィスチェアにふんぞりかえったまま、ビキニと蝶ネクタイとピエロの真っ赤な鼻をつけたバーテンダーを、遅刻するなと叱りつけていた。ところが、戸口に立つジョーに気づくと、ビキニのバーテンダーを仕事に戻れと追いかえし、代わりにジョーを手招きした。ジョーは部屋のなかに入って、扉を閉めた。

「やあ、ジョー。よく来てくれたな。さあ、すわってくれ。頼むから、仕事を探してるんだと言ってくれないか」

「さて、どうするかな。あんたの店ではいまも、用心棒にサーカスの怪力男みたいな扮装をさせてるのかい」

「ああ。だが、おかげでおれの店はまだつぶれちゃいないだろ？　それに、あんたがうちに来てくれるなら、踊り子たちのサービスも、酒も、みんなただでくれてやるぞ」

「そいつはじつにそそられるな。だが今日は、頼みがあってここへ来たんだ」

　キットは背もたれから身体を起こした。椅子が甲高い軋みをあげた。「いったいどんな頼みごとだ？」

ジョーは紙幣を五枚、シャツのポケットから取りだし、デスクの上に置いた。「いまこの場で五百ドルを受けとったら、いっさい何も質問しないってたぐいの頼みごと。あとで追加の五百ドルを受けとったら、ここでは何ひとつ起きなかったことにするってたぐいの頼みごとだ」

やけに長く感じられる二十五分のドライブののち、ジオがようやくダイナーの駐車場に車を乗りいれたとき、部下のネロはすでにそこにいて、ジオの到着を待っていた。愛車のキャデラックのボンネットにもたれて煙草を吸っていたが、ジオがやってきたことに気づくと、ぽいとそれを投げ捨てた。それから車に近づいてきて、開いた窓越しに車内を覗きこんだ途端、煙のにおいがつんと鼻を突いた。

「ジオ、お休みのところをすみません。ですが、お耳に入れておいたほうがいいだろうと思いまして。偽造品のバッグを詰めこんだ例のトラックなんですが。ほら、ルイ・ヴィトンだの、グッチだののの……」

「ああ、それがどうした」

「襲撃されていました」

「襲撃された？」ジオはぐっと眉根を寄せた。「それはその、文字どおりの意味か？　ハイジャックみたいに乗っとられたってことなのか？」

「はい。すみません」言いながら、ネロは煙草のパックに手を伸ばした。

ジオは正直、驚いていた。あのトラックは警察に押収されたとばかり思っていた。ISISのせいで新たに被った損害のひとつだと思いこんでいたのだ。なのに、まさか強奪されていたとは。原則として、ジオからものを盗む者はいない。ジオが盗むことはあっても。しかも、そういうときですら、相手から無礼を働かれることはない。

「誰の仕業だ？」

ネロは肩をすくめて言った。「全員、マスクをかぶっていたそうです。ただ、トニーのやつが言うには、仲間同士で交わす言葉が中国語に聞こえたと」

「トニーは中国語が話せるのか？」

「いえ。ですが、子供が学校で習ってるとかで。断言はできないそうですが。広東語の可能性もあると言ってました。お役に立てず、すみません」

「いや、いいんだ、ネロ」ジオはすべてを悟っていた。アンクル・チェンが声高に、明確に、伝えようとしていることを。要するに、これは威嚇射撃だ。ほどなく自分は、三合会との戦争に突入することとなるだろう。わが組織と同じくらいに根の深い、中国系の巨大組織と。そして、イタリア系のほかの組織がこちらに加勢してくれたとしても、この戦争では多くの血が流れ、膨大な出費を強いられることとなるだろう。そんな事態を避けるための最善策は、古くからの友人であるジョーをあちらへ差しだすことだった。

23

三時間後、〈サーカス・シティー〉の店内は興奮の坩堝《るつぼ》と化していた。ポールやブランコの上では、踊り子たちが身をくねらせていた。ステージの上では、三十分ごとにライオン使いのショーが披露されていた。シルクハットをかぶった女が鞭とスツールを手にして、子猫の耳と尻尾をつけた女ふたりを追いまわすというものだった。バーテンダーや給仕係はみな、ピエロの扮装をしていた。巨体の用心棒は案の定、豹柄の腰蓑一枚を巻きつけた、原始人のような形《なり》をしていた。筋肉をぴくぴくと動かしながら扉の横に立ちはだかる男の姿が絶大な効果をあげていることを、認めないわけにはいかなかった。

そうした演出がばかげていようとなかろうと、店内にいる客はみな喜色満面で浮かれ騒いでいた。ネクタイをゆるめたコンピューターおたくに、会社員に、車のセールスマン。工事現場の土木作業員。テーブルひとつをまるまる占領する、地下鉄職員の団体客。誰も彼もが花の金曜日に羽目をはずし、手にした給料の大部分をバタフライパンティーの紐に押しこんでいる。

ジョーはこれに先立って、いったん店を離れていた。必要となる機材を取りに戻り、それを店に運びこんで、セッティングを済ませておいたのだ。作戦の鍵となるエレーナはいま、身支度を整えるために楽屋へ引っこんでいた。ボブ・シャッツが来店するまでに、お膳立てはすべて整っていた。

話に聞いていたとおり、シャッツは寡黙なタイプの男だった。猫背で、少々肥満ぎみで、ネクタイは大きく曲がっていた。赤毛に目がないというクラレンスの見立ても正しかった。〝今夜、初お目見えのルビーです！〟というアナウンスが流れるやいなや、黒いブラジャーとパンティー、黒いガーターストッキングと黒いハイヒールのみを身につけ、赤毛のウィッグをかぶったエレーナが姿をあらわすやいなや、シャッツはにわかに色めき立った。視線はエレーナに釘づけになっていた。暗がりからようすを窺《うかが》うジョーの目には、息をすることさえ忘れているように見えた。

エレーナに一見の価値があることは、誰もが認めざるをえないだろう。きっとロシアにいたころは、体操チームか何かの一員であったにちがいない。あるいはエレーナの祖国では、女の子がみな幼いころから、そうした授業を受けることになっているのかもしれない。いずれにせよ、エレーナは鱒を釣るようにシャッツを針にかけ、リールを巻いてたぐり寄せた。〝これよりルビーが、奥の小部屋で覗き見ショーに登場します！〟とのアナウンスが流れると、シャッツはまるでゾンビのようにふらりと立ちあがって歩きだした。実際には、ほかにもふたりの客が同様の行動をとっており、そのうちひとりはシャッツよりもいくぶん近いところにいたため、ジョーがグラスの炭酸水を〝誤って〟そいつの服にこぼすことで、シャッツに先頭を譲らせた。おかげでシャッツは真っ先に通路を進むことができた。〝ルビー〟と記されたネームプレートの前に立つと、カーテンのあいだを抜けて、小部屋に足を踏みいれた。

室内は、カーニバルのびっくり人間ショーか、驚異の館を彷彿とさせる飾りつけがなされていた。そこにスツールが一脚置いてあって、壁にはめこまれた人工木製の扉には、目の高さに覗き穴が設けられている。客は一枚十ドルのメダルを買い、それを投入口に入れるごとに五分間、穴の向こうを眺めることができる。シャッツはメダルを購入し、覗き穴に片目を押しつけた。何も起こらなかった。見えるのは暗闇だけだった。

「少しだけお待ちになって。まだ支度ができてないの」エレーナの甘い声が響いた。

わずか五分という貴重な時間のうち、十秒ほどが過ぎ去った。ようやく覗き穴が開くと、そこにルビーの姿が見えた。ルビーは椅子に片足を載せていた。上半身を揺らしたりくねらせたりしながら、自分の身体をあちこちまさぐり、バレリーナのように高々と脚をあげては、くるりと背を向け、こちらへ尻を突きだした。焦らすようにゆっくりとブラジャーをはずすようすを、シャッツは食いいるように見守った。自分の荒々しい息遣いが耳にうるさいほどだった。やがて、ルビーがまさにバタフライパンティーを取り去ろうとした瞬間、覗き穴がぱたんと閉じた。時間切れ。シャッツは大慌てでもう一枚、投入口にメダルを入れた。ルビーのなまめかしい姿態が視界に戻ってきた。ルビーはまたもやシャッツを焦らしだした。バタフライパンティーの紐を思わせぶりに上げ下げして、シャッツの目を釘づけにしておいてから、ついにパンティーを脱ぎ捨てると、太腿を開いて、あそこをむきだしにした。シャッツは言葉を失った。息をすることもできなくなった。頭もほとんど働かなくなった。するとそのとき、ルビーが小声でささやきかけてきた。

「お望みなら、この扉を開けて、こっちに入れてあげてもいいのよ。ただし、メダルは要らない。二十ドルを現金でいただきたいの」

シャッツはすぐにそれと察した。十ドルのメダルを客が一枚使うごとに、踊り子が稼げる金額は六ドルのみ。店側が取り分として、四ドルを差し引いてしまうからだ。だが、もし客が二十ドルを現金で渡せば、踊り子はその全額をそっくり自分の懐におさめることができる。シャッツはこくりとうなずいてから、向こうにはこちらが見えないことを思いだし、しわがれた低い声で「わかった」と答えた。

目の前の扉が開くと、シャッツは姿見でも通りぬけるかのように、おずおずと足を踏みだした。ルビーはシャッツの手から二十ドル札を引きぬいた。生まれたままの姿で。いや、ハイヒールとガーターストッキングを除けば、素っ裸の状態で。それから、ルビーはシャッツを椅子にすわらせて、その膝の上にまたがった。シャッツは歓喜の渦に呑みこまれた。身体が石にでもなったかのように、ぴくりとも動けずにいた。

ルビーはシャッツの手を取り、そっと握りしめた。

「わたしに触れてもいいのよ……」耳もとでささやきながら、きゅっと引き締まったまん丸い尻に、シャッツの両手をあてがった。「強く握りしめられると、すごく感じちゃうの……」

シャッツは言われたとおりにした。ぎゅっと尻を握りしめると、ルビーはかすかに喘ぎながら、うっとりと喉を鳴らした。ルビーの乳房が、頰をかすめんばかりの距離にあった。ところが次の瞬間、夢のような時間は唐突に終わりを告げた。

「おい！　ここで何してやがるんだ？」

声のしたほうを振りかえると、Tシャツとジーンズを着て、憤怒の形相をした男の姿が目に飛びこんできた。男はルビーの腕をつかんで立ちあがらせてから、すかさずシャッツの襟首をつかんだ。「てめえ、いったいどういうつもりだ！　おれの女とファックしようってのか！」

「まさか！　ちがいます！　そ、そんなつもりは……わたしはそのひとに言われて――」

「こいつが何を言ったってんだ？」男はルビーを振りかえった。「このまえ警告したよな。これで最後だ。この店では二度と働かせねえ。それからてめえは……」今度はシャッツを振りかえり、「首をへし折られるまえに、とっととここから出ていきやがれ！」

シャッツは脱兎のごとくに逃げだした。その姿が完全に見えなくなると、ジョーは人工木製の扉を閉め、覗き穴を覆うように取りつけておいた装置をはずした。その間を利用して、エレーナは脱ぎ捨てたものを拾い集めたが、それを身につけることはしなかった。ふたりは足早に通路を進み、ジュノが待つ物置部屋へ向かった。

「虹彩の情報は採れたか？」ジョーがジュノに問いかけた。

「うん、採れたよ」ジュノは言って、ノートパソコンの画面を指差した。そこには、シャッツの虹彩を大写しにした画像が映しだされていた。覗き穴にレンズをかぶせた小型カメラから、ジュノが写しとったものだった。「お次は指紋だね」ジュノはエレーナを振りかえり、懐中電灯によく似た器具を拾いあげた。「気をつけて。どこかにすわったり、触ったりしないでおくれよ。両手をあげたまま、じっとしててくれ」

エレーナは指示に従って、両腕を頭の上にあげた。ジョーが電灯を消し、ジュノが手にしたブラックライトのスイッチを入れると、エレーナの尻にシャッツの両手の指紋が浮かびあがった。まえもってジュノが振りかけておいた特殊なパウダーに跡が残って、ブラックライトを当てたときだけ、目に見えるようになる仕組みだった。

「完璧だ」エレーナの尻を見つめて、ジュノは言った。

「指紋が？　それとも、わたしのお尻が？」首を後ろにまわしながら、エレーナが訊いた。

「どっちもだよ。そんじゃ、じっとしててね」ジュノは透明で粘着性のあるグラシン紙のようなものを二枚取りだし、ふたつに割れた尻のそれぞれに一枚ずつをそっと押しつけた。

「できるだけ早く済ませるつもりはある？」エレーナが肩越しに尋ねた。

「念には念を入れてるだけだよ」ジュノはそう応じてから、貼りつけた紙を剝がしとり、じっとそこに目をこらして、指紋がきれいに採れていることを確認した。

「よし、完了だ」

エレーナはすぐさまウィッグをはずし、外出着——普通の下着と、ジーンズと、トレーナー——を身につけはじめた。ジュノはその間に、持ちこんだ機材を掻き集めていった。ジョーは支配人室まで歩いていって、キットに追加の五百ドルを渡したあと、ふたりを連れて裏口を抜け、ボルボがとめてある場所へ向かった。全員が車に乗りこむと、ジョーはアクセルを踏みこんだ。


三人はそのままヨンカーズ市へ向かい、地元住民が集うこぢんまりとした酒場に入った。店内では、奥のボックス席でビールを飲みながら、クラレンスとドンが待っていた。ふたりは期待に満ちた表情で三人を見あげた。ジュノが両腕をあげ、ガッツポーズをしてみせた。

「やったな。よくぞやってくれた」クラレンスが言って立ちあがり、全員と握手をしてまわった。「問題は起きなかったか？」

「うん、なんにも。ジョーの立てた計画は、シルクみたいになめらかだった」ジュノが言って、椅子に後ろ向きに腰かけた。クラレンスはドンの隣に席を移し、エレーナとジョーはその対面に腰をおろした。

「わたしの評価はしてくれないの、ジュノ。作戦の成功は、わたしのお尻にかかっていたと思うんだけど」からかうようにエレーナが言った。

「これから話そうと思ってたんだよ。あのお尻は、シルクなんかよりずっとなめらかだった。証言台に立ったっていいよ。ここにいるなかでただひとり、あのお尻に触れた人間として」

ジョーはにやりとしてジュノに言った。「あの妖精の粉を擦りこむときには、さぞかしたんまり時間をかけたにちがいないな」

ジュノはひょいと肩をすくめた。「念には念を入れなきゃなんなかったからね。指紋を鮮明に採取するためにはさ」

「これで準備は整ったな」クラレンスが言った。「今夜の出来事がシャッツの口から漏れることは、まずないだろう。警察の事情聴取を受けても、羞恥心が邪魔をして、ひと言も漏らすことができないはずだ」

「せっかくの見物《みもの》を見逃すとは、悔しいかぎりだ。あんたらには脱帽したぜ」ドンが言って、ジョーに片手を差しだした。「あんた、かなりの切れ者だな。しかも、事前に言ってたとおり、面倒なことにはいっさいならなかった」

ジョーは軽く微笑んで、握手に応じた。「そいつはどうも。お褒めにあずかり光栄だ」

「それじゃ、この調子で計画を進めよう」クラレンスが話を戻した。「計画どおりにことが運べば、いっさい血を見ることなく、目的を達成できるはずだ。それこそ、一滴の血も流れることなく。クライアントも、そのためにプロを雇ったんだしな」少し動きはぎこちないながらも、クラレンスは杖を使わずにボックス席から立ちあがり、携帯電話を取りだした。「明日決行すると、クライアントに伝えてくる。酒はおれの奢りだ。好きなものを頼んでくれ」そう言って、ウェイトレスを手招きした。

「わたしのお尻をねぎらうためにも、ここはわたしの好みに合わせてもらうわ」エレーナは言って、ウェイトレスに顔を向けた。「全員にウォッカを」

「おれのぶんはコーヒーにしてくれ」

ジョーが言うと、エレーナは大仰に顔をしかめてみせた。「どうしちゃったの、ご老体。ひょっとしてあなた、脳みそだけで腹がついてないの？」それから、ドンとジュノを交互に見やった。「たしか、英語にはこういう言いまわしがあったわよね？」

ドンがたまらず、くすりと笑った。「それを言うなら、〝腹〟じゃなくて〝タマ〟だろうな」

ジュノもにやにや笑いを浮かべて言った。「ぼくもコニャックを注文するつもりだったんだけど、そんなこと言われちゃ、ウォッカを飲むしかないね」

ジョーもウェイトレスに顔を向けた。「それならおれも、コーヒーをエスプレッソに変更してくれ」

ホテルの客室にチェックインしたあと、ジョーは自分とジュノの続き部屋を隔てる扉をノックした。

「入っていいよ！」と叫ぶ声を受けて、ジョーはジュノの部屋に入った。ジュノはベッドの端にちょこんと腰かけ、明日のヤマのために購入したモニターのひとつを使ってコンピューターゲームをしていた。「なんか用？」モニターから目を離すことなく、ジュノが訊いてきた。画面上では、ジュノの操るキャラクターが陸軍兵の装備を身につけ、銃を乱射しながら、炎に包まれた建物のなかを疾走していた。

「できれば今夜中に、きみの専門分野で助けてもらいたいことがあるんだが」

「明日使う機材か何かが壊れたの？」

「おれの部屋のテレビに、HBO局の番組が映らないんだ」

「わかった。この害虫どもだけやっつけちゃうから、ちょっと待って」ジュノがボタンを押すと、砲弾が一発、画面の奥をめがけて飛んでいった。爆発と同時に、ばらばらの肉片があたりに飛び散り、悲痛な悲鳴が耳をつんざいた。一瞬ののち、建物が崩壊して、画面が瓦礫に覆われた。ジュノは「くそっ」と毒づいた。

「どうした？」

「屋根が崩れちまった」

ジョーはジュノの隣に腰をおろし、画面に目をこらした。「たぶん、あの柱が崩れたんだ。耐震強度の低い建造物においては、上からの重みを支える構造物付近で対戦車擲弾《RPG》を使うことは避けたほうがいい。まずはショック・グレネード弾を放りこんで、敵の動きを封じておいてから、内部に侵入して仕留めればいい」

「こいつをプレイしたことがあるのかい、ジョー。あんたもゲーマーだったなんて、感激だな」

「おれが言っているのは、現実世界での話だ」

「そっか。でも、いまはちょっとだけ、そっちの世界のことは忘れときなよ。ほら、これ」ジュノは言って、ジョーの手にコントローラーを押しつけた。

「おいおい、おれにプレイしろってのか？　おれはこういう代物にケーブルテレビの番組すら映せない人間だぞ」

　ジュノがリセットボタンを押すと、新たなキャラクターが画面上にあらわれた。黒い肌に迷彩服をまとい、こんもりとしたアフロヘアの下に赤い鉢巻を巻いた、アクションヒーロー・マニアの兵士。「ほら、こいつがあんただよ。コントローラーのボタンはこっちから順に、撃つ、走る、ジャンプ、キック、パンチ、って感じ。簡単だろ？」

　ジュノがスタートボタンを押すと、ジョーは必死にコントローラーを操作したが、キャラクターがふらふらとさまよい歩いてしまって、建物の入口を通りぬけさせることすら困難だった。「くそっ、コントローラーが壊れてるみたいだ」

「いいや、あんたがちょっとトロいだけだね。もしかして、白人のキャラにしたほうが使いやすいのかな。それなら、変更したげるよ」

「ばかを言うな」ジョーは笑って、ジュノの手を押しのけた。それからコントローラーを握りなおし、自分のキャラクターを建物の内部に侵入させると、そこかしこにひそむ人影に向かって、片っ端から銃弾を浴びせはじめた。「どうだ？　さっきより良くなっただろう？」

「たったいま、味方の指揮官を撃ち殺したことを除けばね。このゲームの舞台はヴェトナムじゃないんだからさ」

「それなら、キャラクターがＰＴＳＤに苦しむ設定もないのか？」ジョーは訊きながら、猛烈な勢いでボタンを連打した。すると、画面のキャラクターがとつぜん連続ジャンプをしはじめて、敵の兵士に撃ち殺された。「ちくしょう。銃が弾詰まりを起こしたみたいだ」

「ちがうよ。押すボタンをまちがえただけ」

「くそっ」

「ゲームってやつには、多少の根気も必要だよ」ジュノはカウンターまで歩いていって、ジュースのボトルを何本か手に取った。「なまぬるいグレープ・スナップルでも飲んで、気を取りなおしたら？」

「すかしたやつだと揶揄してくれてもかまわないが、そいつは絶対に冷やしてから飲むべきだ。氷を取ってくる」ジョーは言って、アイスペールをつかんだ。

　ところが、扉を開けはしたものの、廊下に出ることはためらわれた。廊下の先にあるエレーナの部屋の前に、ドンとエレーナの姿を見つけたからだった。

「ありがとう。でも、ご遠慮するわ」エレーナは言いながら、腰を引き寄せんとする逞《たくま》しい腕をふりほどこうと、身をよじっていた。「格闘術は、また別の機会に教えてあげる。いまは睡眠が必要なの。大仕事を明日に控えてるから」そう言って、自分の部屋の扉を開けた。

「強い酒をもう一杯引っかけてからのほうが、よく眠れるぜ」ドンが言って、ふたたびエレーナに歩み寄り、ぐっと顔を近づけた。「それから、すさまじく強烈なオーガズムにも、同様の効果がある」

「ええ、そうね」エレーナは蕩《とろ》けるような笑みを浮かべて、ドンを見あげた。「まさにそうしようと思ってたところよ。部屋にひとりきりになれたらね」それだけ言うと、部屋にするりとすべりこんで、扉を閉めた。

それが行動開始の合図だと判断して、ジョーはおもむろに足を踏みだし、アイスペールを振りながら廊下を進んだ。

「やあ、ドン」すれちがいざまに、ジョーはドンに声をかけた。

ドンは何ごとかをぶつくさつぶやきながら自分の部屋に入り、扉を叩き閉めた。

アイスペールに氷を入れ、廊下を引きかえしていると、エレーナが自分の部屋の戸口に立って、疑るような目つきでこちらを見すえていた。

「ジョー……」呼びとめられて足をとめたジョーに、エレーナは言った。「あなた、どうしてわたしとドンのことを覗き見していたの」

「おれは氷を取りにいこうとしていただけだ。ジュノとふたりで、グレープ味のスナップルを飲もうと思ってね」

エレーナは苛立たしげに眉をひそめた。「もしかしたら、あなたが助けてくれるんじゃないかと思ったのに。こんなにか弱い乙女の窮地を黙って見ているなんて、あんまりだわ」

ジョーはにやりと笑ってみせた。「そんなことをするつもりは毛頭なかった。だが、いささか気を揉んでいたことだけは認めざるをえないな。危惧していたのは、きみがドンを殺しちまって、死体の始末を手伝わされるんじゃないかってことだったが。ドンのやつは見るからに重たそうだからな」そのジョークにエレーナが微笑むのを見届けてから、ジョーはふたたび歩きだした。「おやすみ」と声をかけてから、ジュノの部屋の扉を開けた。

「おやすみなさい」エレーナも言って、扉を閉めた。

24

その日は土曜だったから、厳密には、ドナは報酬を受けずに私的な用件にあたっていることになる。けれども、何をしているのかと尋ねられたら、ナイトクラブの一斉検挙で見つかった手がかりを追っているのだと答えることもできた。もしくは、直感に従っているのだと。あるいはまた、むず痒いところを掻きむしっているだけなのかもしれないと。真実にいちばん近いのは、いったいどの答えなのだろう。自分ではよくわからなかったけれど、マイクが娘のラリッサを迎えにやってきた（サッカーチームの練習のあと、ピザと映画を楽しむらしい）あと、ドナはひとり車を走らせた。クイーンズへ。ジャクソン・ハイツへ。ジョー・ブロディーの祖母であり、唯一の生きた肉親でもある、グラディス・ブロディーの住まいへ。ドナの知るかぎり、グラディスはありのままのジョーを知る唯一の人物だった。そう、ジオ・カプリッシを除いては。

古ぼけた煉瓦造りのアパートメントの外階段までたどりつくには、キックボードや自転車に乗ったり、サッカーボールを蹴ったり、地面にチョークで描いた線を使って石蹴り遊びをしたりしている子供たちの群れを、巧みによけながら進まなければならなかった。前庭に入ったあとは、屋根付きの私道の両脇に並べた折りたたみ椅子にすわって繰り言をまくしたてあう老婆たちのあいだを、集中砲火に耐えながら通りぬけなければならなかった。ようやくたどりついた表玄関では、タンクトップ姿の太った男が、扉の横に置いた牛乳パック運搬用のプラスチックケースにすわって葉巻を吹かしていた。その男が無遠慮な視線を浴びせてくるなか、ドナは4-Aと記されたプレートを探して、ブザーを押した。だが、それに応える者はなかった。

「誰に会いにきたんだ?」不意に男が訊いてきた。途端に、口髭のあいだからもれる葉巻の煙と、いささかの体臭も入りまじったにおいが鼻をついた。男の耳と腋からは、ぼうぼうと毛束が突きだしていた。毛の量があまりに多すぎて、体内には収容しきれないかのようだった。

ドナは微笑んで、こう答えた。「グラディス・ブロディーさんに。いつごろお戻りになるか、ご存じかしら」

男は肩をすくめた。「そんなこと知りたがる人間がいるか?」

ドナはかろうじて笑顔を保ったまま、ぎゅっと奥歯を嚙みしめた。「ええ、ここにいます。個人的にお話ししたいことがありまして」

男はその言葉を咀嚼しながら、探るようにドナの目を見つめかえした。そうした膠着状態がしばらく続いたあと、とつぜん、老婆のひとりが声を張りあげた。

「もういいよ、ルイ！　とりあえず、聞くだけ聞いてみるから！」

ルイと呼ばれたその男は即座に笑みを浮かべ、純金製の金歯とヤニで黄ばんだ前歯を覗かせながら、ある方向を葉巻の先端で指し示した。グラディスは輪のなかでいちばん小柄な女性で、その容貌はさながら干しエビを思わせた。白髪《はくはつ》を丁寧に結いあげ、蛍光ブルーのスラックスに、真っ青な靴と、赤、緑、黄色の入りまじったオウム柄のブラウスを合わせていた。百ミリサイズのスリム煙草を吸いながら、ドナを手招きし、こう尋ねてきた。「お嬢さん、素性は？」ドナは一瞬、戸惑った。もしかして、何人の血を引くのかと尋ねられているのかしら。すると、グラディスはさらにこう続けた。「ソーシャルワーカー？　それとも刑事？」けれども、ドナが答えを口にするより早く、グラディスはみずからそれを打ち消し、丸レンズの巨大なサングラス越しにじっと目をこらしながら、こうたたみかけた。「ちがうね。それにしちゃ、着ているスーツが上等すぎる。なら、弁護士かＦＢＩだ」

「ええ、ＦＢＩのほうです。ＦＢＩ捜査官のドナ・ザモーラと申します」ドナは笑顔をつくって答えると、バッジを呈示してから、片手を差しだした。

グラディスはその手を取って、握りかえした。「たいしたもんだ。あんたのママはさぞかし鼻が高かろうね」

「ええ、ありがとうございます」

「同僚の男どもに、顎で使われたりするんじゃないよ」

「ええ、努力します」

「それで、用件はなんだい。あたしを逮捕しにきたのかい？」

その場にたむろする老婆たちの体形はさまざまで、ゆったりとしたワンピースを着ている者もいれば、グラディスと同様のカジュアルな装いをしている者もいたが、そのなかにひとり、あろうことかビキニ姿の老婆もいた。その御仁はひとりぽつんと日向に陣取って、銀色の日焼けシートを地面に敷き、すでにビーフジャーキーのごとく乾燥処理された肌を、さらにこんがりと炙っていた。そして、そうした全員がこちらに顔を向け、じっと聞き耳を立てていた。ドナはぎこちなく笑ってみせながら、ゆっくり首を振った。「いいえ、まさか。そんなんじゃありません。ちょっとお訊きしたいことがあるだけなんです。ご自宅にお邪魔して、ふたりきりでお話を伺わせていただけませんか」

グラディスは短くなった煙草の先で新しい煙草に火をつけながら、肩をすくめた。「あたしはここでかまわないよ。外で新鮮な空気を吸ってるのが好きなんだ。ただし、日陰に限るけど。日焼けしやすい質《たち》だから。あんたみたくスペイン人に生まれてれば、丈夫できれいな肌が手に入ったんだけどねえ」

「あの、ええと……」ドナが返答に困っていると、さきほどのルイが気を利かせて、自分のすわっていたプラスチックケースを運んできてくれた。ドナは「ありがとう」と礼を言ってから、耳を澄ます老婆たちにふたたび微笑みかけつつ、ケースの上に腰をおろした。

「お訊きしたいのは、お孫さんのジョーゼフ・ブロディーに関することなんです」ドナは思いきって、作り話を切りだした。国家の安全を脅かす可能性があるとして事情聴取を受けたすべての人間の、現在の所在地を確認しているだけなのだと。ところが、グラディスは手のひと振りで、無造作にそれを退けた。

「ジョーの居場所なんて、誰が知るもんかね。あの子はとにかく、どこかにいるよ。あたしにわかるのはそれだけ。当節じゃ、家族の無事を確認するのはあの子のほうであって、あたしじゃないからね」

「でも、以前はしていらっしゃったわけですよね？お孫さんがもっと若いころは」

「そりゃあもう、もちろんだよ。それこそ生まれたときから、あたしがあの子を育ててきたんだから」

「ご両親のこともよくご存じでしょう？」

「やめてちょうだい。両親？　そんなたいそうなもんじゃないよ。あのふたりも、まだほんの子供だったんだから。母親のほうは、世の中のためになったことなんて一度もなかった。あの子の母親とそっくり同じにね」

「母方のお祖母さまのこともご存じなんですか？」

「もちろんよ。一家全員を知ってるわ。ずうっと昔からね。マージ！」ワンピースにスリッパを履き、髪にカーラーをつけっぱなしにしている太り肉《じし》の老婆に向かって、とつぜんグラディスは声を張りあげた。「ファビオリ一家のこと、覚えてるだろう？」

　マージが物知り顔でうなずくのを見届けてから、グラディスはこう続けた。「イタリア系の一家だったよ。そのことが気に食わなかったってわけじゃない。あたしは博愛主義者だからね」そう言うと、煙草を突きだし、あたり一帯をぐるりと指差した。「あたしはひとを人種で選り好みしたりはしないよ。イタリア人も、ユダヤ人も、白人も、スペイン人も、みーんな大好きさ……だけど、事実は事実だからね。ジョーの母親のレジーナ・ファビオリは、ありゃあ、すこぶるつきの美人だったよ。その点は認めてやらなきゃね。だけど、あの娘は酒飲みだった。毎晩、遊び歩いてた。そのツケがまわったんだろうね。身体を壊して、ジョーが二歳のときに死んじまったのさ」

「お気の毒に。そんなに幼いときに母親を亡くすなんて。あなたの息子さん、ジョーのお父さまはどんな方だったんですか？」

「あたしのせがれかい？」グラディスがぶんと手をひと振りすると、煙草の灰がドナのスラックスの上まで飛んできた。「まったくの役立たずだったね」

「何度も警察の厄介になったことは存じあげていま

す」声に同情の響きをにじませるよう努めて、ドナは言った。「窃盗と詐欺の前科記録が残っておりますので」

　グラディスはふっと微笑み、物思いに沈んだようすで言った。「そう、せがれは最高の策士だったよ。だけど、せがれの懐に入った金は、湯水のように流れでていくばかりだった。原因はギャンブルさ。それから、呪いだね」

「呪い……というと？」老齢の女性にとって、それが〝月経〟を意味する言葉だということは知っていた。

「アイルランド人の呪いよ。大酒飲みだってことさ」

「なるほど」

「そのせいで、せがれのほうも命を落とした。ジョーが六歳のときにね。あたしはあの子にとって、たったひとりの肉親になった」グラディスは肩をすくめた。「あたしはやれるだけのことはやったよ。ジョーは本当に不憫《ふびん》な子さ。だけど、あの子は抜群に頭が切れた。ハーバードに入学して、金持ちの家の子供らなんかより、ずっと優秀な成績をおさめた。そいつら全員をカモにもしたけどね。おかげで、大学から追いだされちまった。あいつらきっと、きまりが悪かったんだろうね。あの子にまんまとしてやられたもんだから。それで、あの子は軍隊に入ることにした」

「入隊が決まったときは、さぞかし誇りに思われたでしょう？」

「まさか。それどころか、鶏冠《とさか》に来たわよ。自由を手放すための書類に署名するばかが、どこにいるってのさ。しかも、のこのこ戦場へ出かけていくために。戦場なんて、銃撃戦真っ只中の刑務所みたいなもんじゃないか。そんなところへ、みずから志願して行くってんだから！　けど、まあ、あの子は軍隊でも立派にやってたわよ。英雄だなんて称えられてね」グラディスはいったん言葉を切り、すぱすぱと煙草を吸ってから、「だからって大目に見ちゃあくれなかったけどね」と言って、吸いさしを踏み消した。「ほかに知りたいことは？」

戸惑いをおぼえつつ、ドナは率直に質問をぶつけた。

「お孫さんがこのところ、どうしていらっしゃるかはご存じですか。たとえば、頻繁に会っている相手はいるのかしら」

グラディスはにやりとして言った。「ガールフレンドはいるかって訊きたいのかい。そうさね、もしあたしがまだ現役の占い師だったら、いまもヴィレッジで水晶玉を覗きこんでたなら、ずばり、こう指摘するだろうね。あんた、あの子に特別な感情を抱《いだ》いてるんだねって」

ドナはそれを笑い飛ばしてみせたものの、頬が真っ赤に染まっていくのが自分でもわかった。「いやだわ、グラディスさん。そんなのはどうかしてるって、おわかりのはずでは？」

「もちろんよ、お嬢さん。だからこそ、ひとはそれを愛と呼ぶの。とにかく、タロット占いをしてほしかったら、またいつでもおいでなさいな」

ラリッサが眠りについたあと、ドナは寝ずに待っていた母親とふたりでハーブティーとクッキーを囲み、語らいのひとときを持っていた。

「ひとつ訊いてもいい？」クッキーをひたして食べようと、冷蔵庫から牛乳を出しながらドナは切りだした。「ママはどうして一度も再婚しなかったの？」

母親はひょいと肩をすくめた。「どうしてそんなことをしなくちゃならないの？　わたしにはあなたがいて、やり甲斐のある仕事もあって、充分な年金も受けとれる。夫を必要とする理由がどこにあるのかしら」

ドナの母は都市圏交通局《MTA》で、窓口係として働いている。二十五年もの間、地下鉄の駅のブースで、はじめのうちは代用硬貨のトークンを売ったり、のちにメトロカードを売ったり、観光客に道案内をしたり、改札口の回転ゲートやメトロカードの自動販売機が故障したとなれば、ブースを隔てる透明なプラスチックボードが白く曇るほどに激しく息巻く利用客の怒号に耳を傾けたりしてきた。母親がそれをやり甲斐のある仕事だと考えていることには、正直、驚きを禁じえなかった。けれども、当人は心からそう考えており、娘にもそこに就職するよう強く勧めてきたほどだった。母はドナが車掌になってくれることを望んでいた。訛《なまり》があるせいで、自分にはなれない職業だと思いこんでいたからだ。けれども、娘のドナはきれいに澄んだ声をしているうえに、いっさい訛がないとも信じこんでいた。当のドナは自分の喋り方を、ワシントン・ハイツで——ドミニカ系住民が数多く暮らし、スペイン語が飛び交うあの地区で——生まれ育った人間のようだと感じていたのだけれど。

「わたしだってそっくりそのまま、同じ質問を返したいわね」母の言う声がした。「あなたの仕事なら、充分に自活できるし、娘も養える。なのに、自分たちを養ってくれるような夫がほしいなんて思う?」

「だけど、恋人もつくらずにひとりぼっちで生きるなんて、寂しいと思ったことはないの?」

「恋人が要らないなんて、誰が言った? わたしは、夫は要らないと言っただけよ。ちゃんと恋人は必要としてたわ」

「ママったら!」

「もちろん、あなたにも恋人は必要よ」

「ママ!」

ドナの母はひとつ肩をすくめると、ドナの牛乳にクッキーをひたした。

「それじゃ、わたしをお祖母ちゃんの家に預けていたときに……?」ドナは思いきって訊いてみた。

「まあ、そういうことね。それと、あなたには友だちも必要だわ。ラリッサをわたしに預けているとき、あなたを訪ねてきてくれる友だちが。あるいは、あのいかれポンチの元亭主にラリッサを預けているときも。

職場に気になるひとはいないの？」

「そんなの……いないわ」と答えるなり、ある男の顔がひとりでに頭をよぎった。

「嘘をおっしゃい。母親を騙せると思ってるの？　その言い方で、すぐにわかったわ。気になっているひとがいるんでしょ？」

「まさか、ちがうわ。そんなんじゃない。だって、そんなの不可能だもの」

「ドナ！　まさか、既婚者なの？」

「やだ、もう。そんなわけないじゃない。ママったら、わたしをどんな人間だと思ってるの？」

母親はどっちつかずの表情で肩をすくめた。

「わたしはただ……つまり、そのひとはどう考えても、夫に向いているタイプじゃないの。それだけはまちがいないわ」

「なら、どんなところがすてきなの？　刺激的で、ユーモアがあって、優しいとか？」

〝すまない〟――ショットガンの引鉄を引くまえに告げられた言葉が思い浮かんだ。ストリップクラブの前で手錠をかけたときに浮かべられた笑みも。ドナも微笑んで、こう答えた。「そのひとのことを、まだよくは知らないの。でも、なんとなく、そういうひとなんじゃないかって気がするわ」

「そのうえ、ハンサムにちがいないわね。頬が染まってるところを見ると。向こうもあなたに気があるの？」

「そんなの、わかるわけないでしょ？　いま言ったとおり、そのひとのことは何も知らないに等しいんだから。ただ……仕事中に一、二度、顔を合わせた程度だもの……いいえ、三度かもしれないけど、たったそれだけ」

「ばか言わないで。わからないわけがないじゃない。相手はあなたのこと、どんな目で見つめてた？　どん

なふうに笑ってた？ 相手が自分をどう思っているか
なんて、目を見ればわかるはずよ」
ドナは思案に耽《ふけ》りながら牛乳にクッキーをひたし、
舌の上でそれが溶けるに任せた。「……じつは、つい
先日のことなんだけど……アンディーと昼食をとって、
局まで歩いて戻っているとき、そのひとを見かけた気
がするの」
「それで？ 何があったの？」
「何も。それが本当にそのひとだったのかどうかも、
よくわからないの。でも、コーヒーの屋台に並んでい
るとき、ほんの一瞬……気のせいかもしれないけど、
そのひとがわたしの真後ろに並んでいるのが見えた気
がして。なんだか、わたしに話しかけようとして、思
いとどまったような……そのあと振りかえったときに
は、もう彼はいなくなってた。人込みにまぎれてしま
っていた……」
「まったく、何をやってるんだか。次に見かけたら、
そのひとを呼びとめて、こんにちはって挨拶なさいな。
向こうがデートに誘ってくるかどうか、確かめるの
よ」
ドナはくすくすと笑って、クッキーをもう一枚つま
んだ。「じつを言うと、もうすでに誘われたわ。友人
の結婚式に一緒に出席しないかって」
「ほらね？ もうわかりきってるじゃない。向こうも
あなたに気があるのよ。どうして誘いに乗らなかった
の？」
「そうするわけにはいかなかったからよ」
「どうして？」
「……仕事があったから……そうするわけにはいかな
かったの。そうよ、彼となんてありえない。この話は
忘れて」
「いいわ、わたしは忘れてあげる。だけど、あなたは
忘れちゃだめよ。それと、頭がおかしいんじゃないか
と笑ってくれてもかまわないけど、あなたのママは世

の中に通じてるってことだけは覚えておいて。わたしには、ある予感がするの。あなたとその彼の仲はまだ終わってない。今後まだ、なんらかの進展があるはずよ」

「あら、そう？　だとしたら、ママのその予知能力は、それがいいことなのか悪いことなのか、どっちだと告げてるの？」

「さあね。それはまだわからないわ。ものすごくいいことか、ものすごく悪いことかの、どちらかだとは思うけど」

「それはすてき。ものすごく楽しみだわ」ふと気づくと、牛乳にひたしすぎたクッキーがぼろぼろと崩れ、グラスの底に沈んでいくのが見えた。「ああ、もう！　見てよ、これ」ドナは慌ててティーカップのスプーンをつまみあげ、クッキーをすくいだして、スープのように口に運んだ。

25

香水強奪作戦はすじ書きどおりに進行した。とつぜん歯車が狂いだすまでは。

一行は香水メーカーの本社付近にある小さな丘の上にバンをとめ、ジュノがそのバンの後部で配置についた。そこは本社の敷地の裏手へと続く一本道の先にあって、あたりは閑静な住宅街。通りの両脇には大きな屋敷が建ち並び、大きな樹木が生い茂っている。そして、灯っている街灯は数本のみ。おかげで、真新しいぴかぴかの黒いバンが暗がりにとまっていても、少なくともしばらくのあいだなら、誰の目にも留まることはないはずだった。敷地の正面にはゲートと、駐車場と、正面玄関があって、この時間帯でも警備員が周囲に目を光らせている。建物自体は五階建てで、一階と五階を除く各階に、ぐるりとバルコニーがめぐらされている。バルコニーは上方に防水布製の日よけが張られていて、あちこちに植物が植えられている。社員が休憩をとったり、煙草を吸ったりするためのスペースであることはまちがいないが、クラレンスによると、この会社では芳香性の高い特殊な花や草木を、商品開発のために育ててもいるらしい。

ジュノを除く四人は、クラレンスが運転するボルボで敷地の横手へまわりこんだ。この位置なら、蔦《つた》に覆われたフェンスから建物までの距離を最短で移動できる。そして、ここから真正面に見える建物の外壁には通用口があって、その傍らには、大型ゴミ容器《ダンプスター》とエアコンの室外機が並んでいる。それを目視したところで、ドン、エレーナ、ジョーの三人は車をおりた。全員が黒ずくめの服装で、スキーマスクをかぶり、手袋をはめ、肩にはＡＫ‐47を、背中には小型のバックパックをかついでいた。クラレンスは強奪後の逃走に備え、ボルボの運転席で待機することになっていた。

ドンがフェンスの金網を切り、ぐるぐると上に巻きあげた。それから小型のマイクに向かって、イヤホン越しに耳をそばだてる相手にささやいた。「いいぞ。フェンスの準備は完了した」

それを耳にしたジュノはバンの後部ドアを開けて、ドローンを飛び立たせた。家々や木立の上空をなめらかに飛行し、本社ビルへと向かっていくさまに、ジュノはうっとりと見入りかけた。けれども、すぐさまはっと我に返ってドアを閉めると、雲に覆われた夜空にドローンが吸いこまれていくあいだに、モニターの電源を入れた。車内には三台のモニターが並べられていた。そのうちのひとつには、ドローンの機首についているカメラが捉えた映像が映しだされている。ふたつめのモニターに映しだされているのは、監視カメラが捉えて、受付カウンターに控える警備員のもとへ送られている映像。ただし、そのシステムはすでにハッキングを済ませてあったから、いつでも好きなときに機能を停止できる。そして、三つめのモニター。そこには、警備会社の本部が管理する、レーダー探知機の映像が映しだされている。敷地内のマップ上に碁盤目状のラインが引かれ、そこで動くものがあれば、蛍光グリーンのシルエットが表示される仕組みになっているのだ。ただし、リスや鳥といった小さなシルエットであれば無視される。もしも人間のサイズのシルエットが規定時間外に表示されるようなことがあれば、警察が駆けつけてくる。こちらは探知機自体にプログラムが組みこまれているため、ケーブルを見つけだして物理的に切断することによってのみ、映像を遮断することが可能なのだが、それはジュノの流儀に反していた。代わりにジュノが選んだのは、警備会社の本部にいる連中に〝すべて異常なし〟と思いこませるという作戦だった。自分の放ったドローンが香水メーカーの敷地上空を舞っているのに、レーダー探知機のモニターには何も映しだされていないことを確認して、ジュノはにんまりと微笑んだ。それからいくつかのボタンを押して、ドローンに搭載されている電子機器を操作した。

「いいよ。これでレーダーは働かない。なかに入っても大丈夫」マイクに向かって、ジュノは告げた。

ドンの合図を受けて、二人は行動を開始した。周囲を警戒しつつ、最初にエレーナ、続いてジョーがフェンスの穴をくぐりぬけ、頭を低くさげたままの姿勢で通用口に駆け寄った。通用口の両脇に分かれて足をとめ、外壁に背中を押しつけて待った。ドンもこちらへ駆けてきて、ダンプスターの陰にうずくまった。

「扉を」エレーナが小型マイクにささやいた。

カチッという音と、「開けたよ」と告げるジュノの声がした。エレーナはドアノブをまわし、ジョーに無言でうなずきかけた。

「次はカメラだ」ジョーがマイクにささやくと、今度は監視カメラが機能を停止した。

「カメラも消したよ」

ジョーがうなずくのを受けて、エレーナが扉を押し開けた。ジョーはライフルをかまえて、すばやくなかに踏みこんだ。がらんとした廊下の先に目をこらしても、機能を停止した監視カメラが一台、こちらを見つめかえしているだけだった。ジョーが手をひと振りすると、エレーナはドンに合図を送った。それを受けて、ドンもダンプスターの陰から跳びだし、通用口を通りぬけた。エレーナもなかに入って、扉を閉めた。本社ビルへの侵入は成功した。第一段階が完了した。

トムはたとえ週末であっても、深夜勤務が苦にならなかった。ひとつめの理由は、警察学校に入って本物のバッジをつけるための試験が控えており、深夜のほうが静かで勉強が捗《はかど》るから。ふたつめの理由は、この時間帯なら上司がいないから。いや、二人いることはいるのだが、いてもいないようなものだったから。ひとりめの上司、古株の警備員であるルーは、建物の外の巡回を担当していた。そうすれば、こっそり煙草が吸えるからだろう。ふたりめの上司、バリーはいま便所にこもっている。ポルノ雑誌《ハスラー》の最新号を持ちこんでいった点からすると、もうしばらくは出てこないだろう。

そんなわけで、監視カメラの映像がいったいいつ途絶えたのか、トムにはよくわからなかった。参考書を夢中で読み耽《ふけ》っていて、モニターを見ていなかったのだ。ところが、ふと顔をあげてみると、一列に並んだモニターすべてが砂嵐に覆われていた。トムはひどく面食らって、トランシーバーに手を伸ばそうとした。すると次の瞬間、死体の指のように冷たくて硬い何かが、うなじに触れるのを感じた。

「だめだ、手を離せ」男の声が言った。「動くな。少しでも動いたら、命はない。わかったな？」

トムは凍りついた。いま自分の身に起きていることが信じられなかった。

声を発することもできずにいると、銃口がさらに強く押しつけられた。「わかったな？」

「は、はい。わかりました」

「それじゃ、まずは両手を広げてカウンターに置き、ほかの警備員がいまどこにいるのかを教えるんだ」

トムは言われたとおりにした。

「いいぞ、その調子だ。それじゃ今度は、右手だけを使って、トランシーバーを拾いあげろ。男子便所にいるやつは、バリーというんだったな？　そのバリーに、いますぐ戻ってきてくれと伝えるんだ。モニターに不具合が生じたみたいだから、見にきてほしいとな。ただし、深刻なトラブルではないふうを装うんだ。わかったな？」

トムは黙ってうなずいた。

「よし、やれ」銃を突きつけたまま、男が言った。

「バリー、応答願います。こちらはトム」

長い沈黙が続いて、ようやく声が返ってきた。「……なんだ？」

「ちょっと見てもらいたいものがあるんです。たいしたことじゃないけど。モニターの調子がどうもおかしくて」

「ちくしょう、なんだよ。もうちょっと待てないのか？」

「ぼくひとりじゃよくわからなくて。ルーは巡回に出てますし」

「それを言うなら〝一服に出てる〟だろ。笑えることに、あの野郎、冬場はそれほど巡回を担当したがらないんだ。まあいい。すぐに戻る」

トイレを流す音が聞こえた。男がくつくつと忍び笑いを漏らした。トムもにやりと笑ってから、自分が命を脅かされていることを、はたと思いだした。

「トム、いまのはなかなかよかったぞ」背後から男が言った。「この調子でやれば、無傷で家に帰れるだろう。さて、お次は両手を頭の上にあげて、じっと動かずに立っているんだ」

トムは命令に従った。男はトムの腰から拳銃とホルスターをベルトごとさっと抜きとると、トムの両手を後ろにまわし、奪ったベルトで縛りあげた。それから優しくトムの背中を押して、床にうつ伏せにさせた。

「いまからきみを縛りあげるが、少しのあいだだけだから、我慢してくれ。こちらの用事が済むまで、少しのあいだ、ここでじっとしているんだ。いいな？」

トムがこくんとうなずくと、男はトムの両足に梱包テープを巻きつけ、布袋を頭からかぶせた。トムは一瞬、パニックに陥りかけたが、布袋がかなり薄い生地でできていたため、楽に呼吸することができた。じつのところこの男は、武装強盗を犯そうという人間にしてはずいぶんと心配りがきいている。トムはカウンターの陰に静かに横たわりながら、自分がいま被害者となっている犯罪がニューヨーク州刑法の何条に反するのかを、必死に思いだそうとした。

トムという名の若い警備員の手足を縛り、頭に布袋をかぶせ終えると、ジョーはエレーナとドンにうなずきかけた。エレーナはトイレへと通じる廊下の手前で、壁に背中を押しつけて立った。ドンはカウンターの陰に身をひそめ、正面玄関の見張りについた。バリーという名の警備員――トムよりも年嵩《としかさ》で、大きな形《なり》をした男――が丸めた雑誌を小脇に挟み、ベルトのバックルを締めながら廊下を出て、ロビーへ足を踏みいれた。エレーナはいともたやすくバリーの足を払い、床にうつ伏せに組み伏せた。バリーは苦しげにうめき声をあげ、悪態をつきはじめた。ジョーはすかさずライフルの銃口をバリーのこめかみに押しつけ、こう告げた。「動くな。少しでも動いたら、命はない」

今回はエレーナの手も借りて、ジョーはバリーから銃を奪い、トムと同様に縛りあげた。トランシーバーをバリーの口に近づけ、またもや些細な用件で三人めの警備員、ルーを呼びだすよう命じた。それが済むと、バリーの頭にも布袋をかぶせて、ドンとふたりでトムの隣まで引きずっていった。あとは三人揃って、カウンターの陰にうずくまった。

数分後、正面玄関にルーが姿をあらわした。ルーは暗証番号を打ちこんで、警報装置を解除してから、扉を開けてなかに入ってきた。その瞬間を見計らって、ドンが弾かれたように立ちあがり、ライフルの照準をルーの胸に定めた。「動くな！　指の一本でも動かしやがったら、心臓をぶちぬくぞ！」

三人の警備員を一ヵ所にまとめて床に横たえると、ジョーら三人はスキーマスクをはずした。ドンはそのままこの場に残って、一階の見張りにあたることになっていた。ジョーとエレーナはカウンターをまわりこんで、玄関ロビーの奥へと進んだ。

「エレベーターを頼む」ジュノに告げると、すぐさまするりとドアが開いた。なかに乗りこみ、エレーナが五階のボタンを押した。

エレベーターのドアが五階で開くと、ふたりはエレベーターホールを通りぬけ、エレベーターのドアにも似ているが、大きな一枚板でできている白いスライディングドアの前に立った。ドアの横には、ATM機によく似た端末装置が設置されている。〝スタート〟と表示されたタッチパネルに、エレーナが指を触れた。

「認証を開始します。虹彩読取機に目を押しあててください」女性の声を模した、穏やかな合成音声が聞こえてきた。

エレーナは背中のバックパックから小型のタブレット端末を取りだし、その画面に映しだされたシャッツの虹彩の画像を、端末機のカメラに押しあてた。

「虹彩が認証されました。続いて、表示された線に沿って、両手をタッチパネルに当ててください」

エレーナはシャッツの指紋がプリントされたプラスチック製のシートを取りだし、タッチパネルに表示された外郭線に沿って、それを押しあてた。

「指紋が認証されました。ようこそ、ドクター・シャッツ」

一瞬の間を置いて、ドアが開いた。

「いまから研究室に入る」イヤホンをつけた全員に向かって、ジョーは言った。第二段階の完了だった。

第三段階には、比較的、長い時間を要する。エレーナは広大な研究室を突っ切って、壁にはめこまれた、天井までの高さがある扉――金庫室の扉――に近づくと、持参してきた工具の包みを解きはじめた。エレーナの持ちこんだ専用の工具を駆使しても、チタンと鋼鉄が幾重にも折り重なった扉を切断するには、ある程度の時間を要するはずだった。

それを待つあいだ、ジョーは戸口に立って警戒にあたった。ひとけの絶えたエレベーターホールを監視し、エレベーターに動きがないことを確認しては、研究室を見渡した。大概において、この研究室も世間一般の研究室とおおよそ似通ったものだった。ステンレス製の作業台に置かれた、大量の試験管や、ビーカーや、ガスバーナー。さまざまな機械や、コンピューター。ハンガーラックにかけられた、大量の白衣。ただし、ここには膨大な数の棚が備えつけられていた。何段にも何列にもおよぶ棚が、壁際を埋めつくしていた。そこにはまず、丁寧にラベルを貼られ、ゴム栓で封をされたガラス容器が並んでいる。色付きの液体が入っているものもあれば、花弁や、草葉や、木片や、粉末状に擂《す》りつぶされた香辛料や、明るい色あいの種がおさめられたものもある。煙草の葉やドライフルーツが入っているものもあれば、ゴム片や、オイルや、種々の黴《かび》をおさめたものまである。動物の毛や皮ばかりを集めた棚や、世界各地で採取された土ばかりが並ぶ棚もある。人間の汗の棚も。分泌液の棚も。血液の棚も。

向かいあう壁際では、飼育ケージが何段にも重なり、連なっており、そこで小動物が飼われている。その大半は、ガラスの水槽のなかで群れをなす大小のネズミで、共同生活を送りながら、餌を食べたり、糞をしたり、そしておそらくは、猛烈なスピードで繁殖したりしている。ある大型のケージでは、ひとつところに押しこめられた何羽もの鳩が、窮屈そうに羽をばたつかせている。ほかのケージには数匹の猿もいて、エレーナが室内に足を踏みいれた途端にキーキーと鳴きわめいたり、跳びはねたりしはじめたのだが、餌をやりにきたのではないと気づくと、にわかに興味を失っていた。

部屋の奥の片隅には、その一角を隔てるように、透明なプラスチックの壁と扉がそびえていて、その内側が滅菌室として用いられている。滅菌室のなかにも、さまざまな機械や器具が置いてあり、壁の穴から伸びる黄色い手袋越しにも作業ができるようになっている。扉の手前に据えられた棚には、前面にジッパーのついた無塵服と、長靴と、ヘアキャップが収納されている。

ジョーは想像をめぐらせた。白衣姿のシャッツやほかの研究者たちが、なんらかの液体が入ったビーカーに別の液体を一滴か、粉末をひとつまみ加えるさまを。そしてそのあと……いったい何をするのだろう。やはり、においを嗅ぐのだろうか。何かと何かを混ぜたにおいが良くなったのか、そうでないのかを、どうやって判断するのだろう。そもそも、限られた一部の人間だけが快く感じるにおいはどうなのか。たとえば、子供のころ病気になったとき、祖母が加湿器の水に溶かしいれてくれたヴィックスヴェポラップのメンソール臭は？　加湿器の立てるため息のような音をひと晩じゅう耳にしながら寝ていたから、あのにおいはジョーにとって、庇護といたわりを意味するようになっていた。それから、祖母の煙草やヘアスプレーのにおいは？　あれは、愛情を意味していた。それなら、ぐつぐつと煮立つアヘンのにおいは？　あれは苦痛からの解放が近づいていることを意味していた。そうとも、あのどんよりと濁った黒い液体を静脈に流しこめば、体内にみなぎるその液体の味をそのままに感じとり、においをそのままに嗅ぎとることができる。記憶が呼び覚まされるかのごとく、味覚や嗅覚が外ではなく内から押し寄せてくる。それまでずっと、脳の片隅に蓄積されていたかのように。あるいは、神経回路のなかに数珠つなぎに連なっていたかのように。あるいは、全身を流れる血液のなかにひそかに眠っていたかのように。夢も、悪夢も、喜びも、苦痛も、愛さえも――すべてがその一滴を、あるいは数滴の混合液を待ち望んでいる。それらすべてを解き放ってくれる、適正量の一服を。広口瓶のガラスの内側に閉じこめられて眠っているそうしたにおいが、良かれ悪しかれ、この世界へ解き放たれる瞬間を。

さまざまな形状のノコギリやら小型のトーチランプやらを、取っかえ引っかえに使いつづけていたエレーナがようやく手をとめたときには、合計一時間が経過していた。「こっちに来て手伝って。これをはずすには力が要るわ」保護ゴーグルをはずしながら、エレーナは言った。

ジョーは折りたたみナイフを取りだし、刃を広げた。胸の高さまである大きな切りこみの溝にナイフの刃を突き刺し、何度も位置をずらしながら、ゆっくりとそれをこじ開けた。手でつかめるくらいにまでほじくりだすと、ふたりがかりで端をつかんで、力いっぱい手前に引いた。高密度の金属でできた分厚い扉板は、まるで石板のように、墓碑銘を刻まれるのを待っている粗削りの墓石のように感じられた。ついにその金属板が手前に傾き、大きな音を轟かせながら倒れると、床に敷かれたタイルがひび割れ、砕け散った。エレーナは大きな扉のなかに、小さな扉をつくりだしたというわけだ。そのときようやく、ジョーは悟った。エレーナがなんのプロであるのかを。あの身ごなし。用心深くもあり、いたずらでもある、あの目つき。エレーナは侵入窃盗のプロであり、〝猫〟なのだ。

「腕がいいな」ジョーは言って、胸の高さに開いた隙間をくぐりぬけた。

エレーナはジョーの背中に向かってつかのま誇らかに微笑みかけてから、すぐさまそれを掻き消して、マイクにささやいた。「金庫室に入ったわ」第三段階の完了だった。

ふたりはクラレンスの指示に従って、壁を埋めつくす引出しだの、棚に並ぶガラス容器だのには目もくれず、まっすぐ金庫室の奥へと向かい、ガラスの扉がついた戸棚の前に立った。戸棚のなかにはガラス容器が四つだけ収納されていた。いずれの容器も小さなチューブ形をしており、それよりひとまわり大きめの特殊な形状をしたプラスチックケースに保護されている。それはさながら、特注のギフトボックスにおさめられた貴重な宝石を思わせた。ケースはいずれも封がなされ、前面に番号が振られている。ジョーがてのひらに書きとめておいた長たらしい番号と合致するものは、すぐに見つかった。ガラス容器の中身は、まるで尿の検体のような、わずか数オンスの黄色い液体だった。

「いかにも百万ドルの価値がありそうだな」ジョーは言って、ケースを取りあげ、エレーナに手渡した。エレーナはそれをバックパックにしまいこんだ。ほかのものにはいっさい手をつけず、ふたりは金庫室をあとにした。

ジョーがエレベーターホールを確認し、エレーナにうなずきかけると、エレーナはマイクにささやいた。

「香水は手に入れた。これから脱出するわ」

「一階は異常なし」イヤホンからドンの声がした。

「こちらも異常なし」ジュノの声がそれに続いた。

「こちらも異常なし。予定の場所で帰還を待つ」車内で待機中のクラレンスも言った。

エレベーターに乗りこむやいなや、エレーナとジョーは互いに顔を見合わせて、にんまりとせずにはいられなかった。ジョーが片手を差しだすと、エレーナはそれを握りかえした。一階でドアが開くと、ジョーが先に立ってエレベーターをおりた。玄関ロビーのあるほうに向かって、廊下を引きかえした。そして、ロビー手前の角を曲がったちょうどそのとき、不意に視界が暗転した。

第三部

26

「ジョー……ジョー……」

意識を失っていた時間は、さほど長くなかった。自分が生きていることと、後ろ手に縛られて床に転がっていることがわかるやいなや、とっさに頭に浮かんだのは、警察に捕まったのかということだった。だが、ちがった。ジョーはまだ、あの香水メーカーの本社ビルのなかに、玄関ロビーにいた。必死にジョーを起こそうとするエレーナの声が、傍《かたわ》らから聞こえていた。

「ジョー！」エレーナが叫ぶと同時に、鋭く尻を蹴りつけられた。

「もういい。意識は戻ってる」懸命に後ろへ首をまわそうとしながら、ジョーは言った。「何が起きたんだ？」

「ドンが裏切ったわ」

「どれくらい経った？」

「たぶん、一分くらい。ドンが背後からあなたを殴りつけて、わたしに銃を突きつけたの。あの男を殺すチャンスは得られなかった。いまのところは、まだ」

「そうか、わかった。ちょっと待ってくれ」

ジョーは縛られた手をどうにか腰までおろし、指先を使って、尻ポケットに入れてあった折りたたみナイフを引っぱりだした。ナイフの刃を広げてから、身をくねらせて後ろにさがり、エレーナのほうに近づいた。

「これを使って、手を縛っているものを切れるかどうか試してみてくれ」そう言って、ジョーは待った。エレーナがもぞもぞと動く音と、唸るような声が聞こえた。頭がずきずきとした。頭頂部に痛みをおぼえたが、出血はしていないようだ。ドンのやつは、ひとを気絶させる技術になかなか長けているようだ。

手首に巻かれた梱包テープを切ることに成功すると、エレーナは床に起きなおってナイフをつかみ、ジョーの手首を自由にしてから、自分の足首のテープを切った。エレーナからナイフを受けとって、ジョーも自分の足首に巻かれたテープを切った。

それからすぐさま立ちあがり、銃を取りだして、弾が抜きとられていないことを確認した。玄関ロビーの向こう側、受付カウンターのそばに、三人の警備員がなおも横たわっているのが見えた。ただし、場所は少し移動していて、そのうちのひとり――おそらくはトム――は、釣り針に突き刺されたミミズのように身をくねらせている。

「どっちへ逃げた？」ジョーはエレーナに問いかけた。

「裏手へ。わたしたちが入ってきたほうよ」そちらに向かって、ふたりは駆けた。走りながら何度も小型マイクに呼びかけたが、返事は返ってこなかった。ジョーは床に転がる警備員を跳び越えた。

「助けてくれ！　誰か！」トムが叫んだ。バリーはいま、どうにかはずみをつけて起きあがろうと、前後左右に転げまわっていた。ルーは鼾《いびき》をかいていた。

ジョーとエレーナは廊下を駆けぬけ、通用口の前で足をとめた。ジョーが顔を向けると、エレーナはこくんとうなずいた。ジョーはドアノブをつかみ、扉を引き開けた。ふたり揃ってライフルをかまえ、戸口を抜けた。次の瞬間、まばゆい光が顔を照らした。まぶしさに目がくらむ直前に、ほんの一瞬、逃走用の車で走り去るクラレンスの姿が見えた。するとそのとき、いきなり銃声が響きわたった。頭上で建物の外壁が砕け、コンクリートの欠片が降りそそいだ。ふたりは慌てて建物のなかへ飛びこみ、扉を叩き閉めた。

ジョーとエレーナはふたたび廊下を走りぬけ、玄関ロビーに戻った。なんと、バリーは床から立ちあがっていた。両手両足を拘束され、布袋をかぶせられたままの姿で前に進もうと、何歩か跳びはねたところで、ふたたび床に倒れこんだ。ルーはまだ眠りこけていた。トムは床の上をくねくねと這って、玄関扉の手前までたどりついていた。そして、そのガラス扉の向こうから、警官隊が近づいてくるのが見えた。どうやらSWAT部隊のようだ。シールド付きの防弾ヘルメットとボディアーマーをつけ、額にヘッドランプを灯し、銃を抜いてかまえている。

「エレベーターへ！」ジョーはエレーナに言って、ロビーから反対側へ伸びる廊下を駆けぬけた。ふたたびエレベーターに乗りこんで、五階のボタンを押した。

「クラレンスのやつ！　あの臆病者！　あいつも絶対に殺してやるわ」エレーナが毒づいた。

エレベーターのドアが開いた。外に出て、階数表示のランプを見あげた。もう一台のエレベーターが近づいてきている。ふたりは駆け足で研究室に戻り、今回はなかから扉を閉めた。カチッという音がして、頭上に赤いランプが灯った。

「扉がロックされました。セキュリティーシステムを作動します」穏やかな女性の声が告げた。

ジョーは大きく息を吐きだした。これでしばらくは時間が稼げる。シャッツを含めた三人の人間にしか開けることのできない、どんな火力をもってしても燃やすことのできない、鋼鉄製の扉のなかにいれば。

「ジュノはどうしたのかしら」何か役に立ちそうなものはないかと、研究室のなかをあちこち引っ掻きまわしたり、引っくりかえしたりしながら、エレーナが言った。「警察につかまったんだと思う？」

「わからない」嘲《あざけ》るように鳴きわめく猿の声に負けじと、ジョーは答えた。「だが、この反応は、香水強盗を取っ捕まえるためだけにしちゃ、ずいぶんと大袈裟すぎやしないか？」

SWAT部隊が扉をがんがんと叩く音が聞こえた。それにしても、いきなりSWATが送りこまれてくることなどあるだろうか。とにかく、連中がいちばんの腕っこきであることはまちがいないから、自力で扉が開かないことは、すぐに見ぬいてくるだろう。そしてもし、シャッツがすでにここへ駆けつけていて、五階まで呼び寄せられていたらどうなるか。

エレーナが腹立ちまぎれに作業台を蹴り倒した。

「何も見つからないわ」

「仕方ない。屋上に出てみよう」

ふたりは非常口に向かった。エレーナが銃をかまえるのを待って、ジョーは扉を押し開けた。警報器が鳴り響き、赤い光が明滅しはじめた。これで研究室の扉は完全にロックされた。もはやシャッツでさえ、あれを開けることはできない。警備会社の人間がやってきて、ロックを解除するまでは。けれどもそれはふたりにとって、後戻りはできないということをも意味していた。ふたりはともかくも屋上に出た。光が漏れだすのを避けるために、そっと扉を閉め、低く腰を落とした。その姿勢のまま屋上の端まで走っていって、目から上だけを出し、眼下のようすを窺《うかが》った。駐車場にとまっているパトカーと、回転灯が見えた。警官隊の手にする懐中電灯の光が、暗がりに沈んだ敷地のなかに、点々と浮かびあがっている。だが、その大半は建物の正面に集中しているようだ。非常口の見張りをエレーナに任せて、ジョーは建物の外辺をぐるっとめぐり、周囲の状況を確認した。

「おそらく、警察はおれたちを完全に封じこめたと考えている。だから、建物の外にはさほど目を配っていないんだろう」エレーナのもとへ戻ってきたあと、ジョーは言った。

「おそらく、彼らの考えは正しいわ」エレーナは屋上のへりからふたたび下を覗きこみ、顔を戻して、こう言った。「わたしにひとつ考えがある。あなたは反対するとと思うけど」

「生きて帰れるなら、反対はしない」

「生きて帰れるかどうかは、場合によるわ。あなた、身体はどれくらい柔らかい？」


ふたりは手を取りあってジャンプした。まずは、ジョーが屋上の床から外壁へと這うケーブルを引きはがし、一方の端を腰に巻きつけた。それが済むと、外壁から突きだした出っぱりの上にエレーナとふたりで立ち、そこから四階のバルコニーをめがけて飛びおりたのだ。身体が防水布製の日よけに当たって大きく弾んだ。そこからはするするとすべり落ちて、灌木の茂みのなかに落下した。その重みを受けて、腰に巻いていたケーブルのもう一方の端がはずれ、屋上からはらりと落ちてきた。

「怪我はない？」エレーナが訊いてきた。茂みに落ちたとき、少し引っ掻き傷ができただけだった。

「ああ、いまのところは」ジョーは言って、バルコニーの欄干によじのぼった。

エレーナの手を取り、ふたたびジャンプした。またしても日よけの上をすべりおり、今度は、丸テーブルの上に立てられたパラソルの上に落っこちた。おかげで落下の勢いは削がれたが、ジョーはそのあと椅子の上に落下して、すでに痛む頭をしこたま打ちつけてしまった。エレーナは予想したとおり、猫のように軽々と着地を決めてみせた。

三つめの日よけは、それほどすんなりとはいかなかった。ふたりで同時に飛びおりたはずが、今回はどうしたわけか日よけの支柱に激突してしまったらしく、日よけがたわんで、横ざまに傾いでしまったのだ。ふたりは滑り台から投げだされるかのように、階下のバルコニーに放りだされた。揉みくちゃになって悪態をつきながら、バルコニーの床に転げ落ちた。とはいえ、それでもどうにか、二階までおりてくることはできた。

あとは地面に飛びおりるのみ。だが、ここがいちばんの大ジャンプになる。しかも、落下の衝撃をやわらげてくれる日よけはない。

　ジョーは腰に巻きつけておいたケーブルをはずし、コンクリートにボルトで固定されたベンチの脚に一方の端を括《くく》りつけてから、強く引いて強度を試した。次に、そこから伸びるケーブルを自分の腰にぐるりと一周してから、もう一方の端をエレーナのベルトの背中側に結んだ。

「準備はいいか？」

　ジョーが尋ねると、エレーナはこくんとうなずいた。ジョーはバルコニーのへりに足をかけて踏んばり、ぐっと膝を突っぱって、ケーブルを持つ手に力を込めた。

「手を放したら承知しないわよ」エレーナが言った。

「放すものか」とジョーは答えた。

　エレーナは慎重に外壁をすべりおりていった。たるみのなくなったケーブルがぴんと突っぱると、ジョーは上半身を後ろに倒して体重をかけたまま、少しずつケーブルを繰りだしていった。エレーナは糸を伸ばす蜘蛛さながらに、ケーブルの先に吊られていた。右へ左へ揺られながら、登山家のように外壁を伝いおりていくうちに、ついにつま先が地面を捉えた。ケーブルがゆるみ、エレーナの重みがかからなくなったことを感じとると、ジョーはバルコニーの端から顔を突きだし、下を覗きこんだ。こちらに手を振るエレーナの姿が見えた。

　エレーナはベルトに括りつけていたケーブルをほどいた。そのぶん増えたたるみを利用して、ジョーは腰に巻いていたケーブルをはずした。それが済むと、エレーナはケーブルの端をエアコンの室外機に固定した。ジョーはズボンからベルトをはずした。バルコニーのへりから突きだした出っぱりにいったん腰をおろし、ケーブルのまわりにベルトを巻きつけてぎゅっと縛った。ベルトの両端を両手でつかみ、そっと宙へと身を躍らせた。

はじめはたるみのぶんだけ、身体ががくんと下に落ち、吐き気を催しそうなほどぐらぐらと揺れた。だが、重みでケーブルがぴんと張ってからは、ベルトにつかまって脚をばたつかせるうちに、下で待っていたエレーナが身体を受けとめてくれた。ジョーがベルトをほどいているあいだに、エレーナがケーブルを切断すると、ケーブルはすうーっと宙を舞い、暗がりに沈む外壁のそばに垂れさがった。ふたりは敷地を走りぬけ、フェンスに開いた穴をくぐりぬけた。本来ならそこで、クラレンスが待っているはずだった。

ジョーとエレーナはいま、全速力で走っていた。香水メーカーの本社ビルを背に、静まりかえった住宅地を走りぬけた。ほどなく警察も、バルコニーから垂れさがるケーブルを見つけるなり、研究室の扉を開けるなりして、賊が逃げ去ったことを知るだろう。そうなれば、本格的な追跡が始まる。いますべきは、そのまえにできるだけ距離を稼ぐことだ。

だから、ふたりは走った。街灯の光を避けて脇道に入り、通りかかる車があれば、茂みの陰や、家々の私道に身を隠した。本社ビルから五ブロックほど進んだところで、サーチライトをつけたパトカーがこちらへ近づいてくるのが見えたときには、路上駐車された車の陰の側溝に飛びこんだ。そうして逃走を続けるうちに、ジョーが探し求めていたものが、ようやく目の前の私道で見つかった。

「待った。こっちだ」ジョーは押し殺した声で言って、その私道まで小走りに引きかえした。そこには、古ぼけたリンカーンがとめられていた。白い塗装の下のほうに、ぐるっと錆が浮いている。「見張りを頼む」ジョーはエレーナに言ってから、スキーマスクをかぶせたライフルで、三角形の小さなサイドウィンドウを叩き割った。そこから手を入れて、めいっぱいに腕を伸ばし、しばらく手探りしたあとに、ドアのロックを解除した。そのまま運転席に乗りこみ、エレーナのために助手席側のドアを開けた。それからナイフを取りだして、イグニッションキーの差しこみ口に刃先をぐっと突き刺した。かなりのおんぼろ車なだけに、バッテリーがあがりきっていないことを祈りながら、力いっぱいナイフをまわした。エンジンが咳きこむような音を立ててから、不意に息を吹きかえした。ヘッドライトを消したまま、ジョーはギアをバックに入れ、車を私道から通りに出した。そこから数ブロック、猛スピードで車を飛ばしてから、ようやくヘッドライトを灯し、スピードを落とした。十分後、ふたりを乗せた車はニューヨーク市内に向けて、ハイウェイをひた走っていた。

「どこへ向かう?」とジョーは訊いた。

「さあね」エレーナは言って、煙草に火をつけた。

「かくまってくれそうな友だちはいないの?」

「いまはいない」とジョーは正直に答えた。

エレーナはふうっと煙を吐きだした。「わたしにはいるわ。ブライトン・ビーチに」

「そりゃあいい。それはそうと、ひとつ頼みを聞いてもらえないか。もし煙草を吸うつもりなら、窓を開けてくれ。それと、後生だからシートベルトを締めてくれ」

27

サウス・ブロンクスのどこかにある空き地で、ドンとジュノは黒塗りのバンに火を放っていた。あの美しい精密機械が——とりわけあのドローン版ステルス戦闘機が——煙となって立ちのぼってゆくところなど、ジュノには目にすることが耐えられなかった。けれども、今回のヤマでは、あまりにたくさんのことが起こりすぎていた。ジュノはこのヤマにも、新たな相棒となったドンにも、ほとほと嫌気が差しはじめていた。

裏切りを働くつもりなど、毛頭なかった。あのときジュノはバンのなかに——〃わが城〃とでも呼ぶべきコントロールセンターに——いた。それまでは、すべてが時計のように（あのばか高いスイス時計のように）寸分の狂いもなく進んでいた。ついさきほど、ジョーとエレーナから香水を手に入れたとの報告を受けたばかりで、ジュノはひとり悦にいっていた。エレーナのことがさらに好きにもなっていた。ポールダンスができるうえに金庫破りまでできる女を、気にいらない男なんているわけがない。あとは、三人の脱出と、車を出したというクラレンスからの報告を待つだけだった。そうしたらジュノも撤収作業に入り、バンを走らせてみんなと合流するはずだった。ところが、いくら待っても報告は入ってこなかった。ジュノはさらに待った。応答を呼びかけても、返事を返してくるのは、クラレンスだけだった。そのクラレンスも、いまだ待機中だと言った。ジュノはさらに待った。ほんの数分が、まるで拷問のように長々と、何時間にも感じられた。するとそのとき、不意にバンのドアが勢いよく開き、ジュノは驚きに跳びあがった。ドアを開けたのはドンだった。

「くそっ、なんだよもう、脅かすなって」

「香水は手に入れた。ずらかるぞ」すばやく車に乗りこみながら、ドンは言った。

「どういうこと？　ほかのみんなは？　あんたはクラレンスの車で逃げる計画だったろ」

「計画は失敗した。早くここからずらからねえと」助手席からドンが言った。

「けど、ぼくの考えじゃ——」

ドンはライフルの銃口をジュノに向けた。ジュノはまったくの丸腰だった。「おれの考えじゃ、おまえにはふたつの選択肢がある。金持ちになるか、死人になるか、どっちにするんだ？」

ジュノは肩をすくめた。「金持ちのほうがましだね」

「同感だ。それじゃ、セキュリティーシステムを復旧しろ」

「けど……」ジュノはそれに抗議しようとしたが、何を言っても無駄だということはわかっていた。だから、ドンに従った。いまから数秒と経たないうちに、警備会社が非常事態の発生に気づくはずだ。おそらく数分後には、警察が駆けつけてくる。もう後戻りはできなかった。

「車を出せ」ドンに言われて、ジュノはアクセルを踏みこんだ。

ドンの道案内で、車はサウス・ブロンクスのどこだかへ向かっていた。ジュノにとっては、まるで馴染みのない地域だった。ジュノはブルックリンで生まれ育った。子供のころから頭が良くて、ひとつのことにのめりこむ質《たち》だったため、知恵と才覚を武器に世渡りするすべを、自然と身につけていった。ただし、けっして裏切りは働かない。友だちを騙すこともしない。それがジュノの信条だったけれど、何よりも生き延びることが大切だとも、身に沁みてわかっていた。この世は情けも容赦もない競争社会だ。だいいち、あいつらがいつからぼくの友だちになったっていうんだ？

　サウス・ブロンクスの空き地へたどりつくまでに、ドンの緊張はほぐれはじめていた。少なくとも、ライフルを引っこめる程度には。ジュノのことは信用していなかった。だいたい、黒人ってのは好きにもなれねえ。ただし、人種差別主義者と一緒にしてもらっては困る。単に、黒人は信用がならないのだ。いや、ドンは誰のことも信用していなかった。また、その必要もなかった。ジュノが利口だということはわかっている。もはや後戻りはできないのだということも、いまに理解するだろう。ジュノはいまおれと行動を共にしている。ほかの三人とは連絡を絶ち、別行動をとっている。もしそれが叶うなら、クラレンスは嬉々としておれらふたりを殺すだろう。だが、まずは例のヤマを優先して、取引をしようとするはずだ。ジョーとエレーナはサツに捕まったか、すでにこの世にいないはずだ。ジュノに残された唯一の逃げ道は、おれに付き従うことだけ。だから、ジュノはそうするはずだ。

　ドンはジュノに命じて、空き地にバンをとめさせた。それから、ひそかに歩道にとめておいた、取りたてて特徴のないトヨタ・カローラに近づいた。トランクに隠しておいたプラスチック爆弾を取りだし、手早くバンにセットした。カローラに乗りこみ、空き地をあとにすると同時に、バンが爆発して、すべての証拠を焼き、ジュノの玩具を融かしていった。

28

ジョーはへとへとにくたびれ果てていた。かつては、寝食もままならないまま長期間の移動に耐える訓練も、トラックや、軍用輸送機や、地面に掘った穴のなかで可能なかぎりの仮眠をとる訓練も受けていた。だが、いまはもう、そうした生活を習慣とはしていない。そのうえ、張りつめた神経と悪夢が、充分な休息をとることをまったく許してくれなかった。盗んだリンカーンは、エンジンをかけっぱなしにしたまま、イースト・ニューヨークにあるゲームセンターのそばに乗り捨てた。エレーナによると、そのゲームセンターは悪ガキどものたまり場だから、そのまま放置しておけば、落書き小僧やマリファナ狂いが嬉々として乗りまわすなり、小金ほしさに売っぱらうなりするだろう、とのことだった。そのあとふたりは、リンカーンの車内で見つけたピクニック用のブランケットでライフルをくるみ、もぐりのタクシーを拾って、ネプチューン・アヴェニューへ向かった。現在、その界隈は、ロシア系住民が数多く暮らす地域となっている。タクシーをおりたあと、エレーナはジョーを連れてさらに何本かの通りを進み、板張りの遊歩道へといざなった。なまぬるい風の吹く夏の夜だというのに、遊歩道にはなおもひとがあふれかえっていた。チョウザメとニシンの燻製に舌鼓を打つ家族連れ。ウォッカを飲みながらトランプに興じる、ハーフパンツとビーチサンダル姿の男たち。サッカーボールを蹴りまわしたり、自転車に乗ったり、キックボードに乗ったりしている子供たち。タイヤが厚板をリズミカルに叩く音が、耳に心地よかった。遊歩道に灯された無数の光の向こうでは、波打ち際が月光を浴びてきらめいている。さらにその彼方では、大海原が――いまは闇に沈んで目にすることのできない、果てしない海が――寄せては返すを繰りかえしながら、どこまでも広がっている。ふたりはある建物の玄関ホールに入った。エレーナがブザーを押すと、すぐになかへ通された。あらかじめ連絡を入れておいたのだ。

迎えいれられたアパートメントは、心が安らぐたぐいの乱雑さに満ちていた。玄関を入ってすぐにオープンキッチンがあって、その先にダイニングルームと兼用の居間がある。ガラスの引き戸を抜けると、バルコニーに出ることができる。その向こうから響く波音を聞きとることはできたが、カーテンはぴったり閉じられている。両側の壁にはそれぞれ、寝室へ通じる扉がある。居間のなかには、何脚もの詰め物入りの肘掛け椅子やら、革張りのソファやら、レース編みの白いテーブルクロスをかけた木製のダイニングテーブルやらが所狭しと並んでいて、テーブルの上は、それ以外のすべての場所と同様に、もので覆いつくされていた。本だの、キリル文字で書かれた新聞だの、吸い殻が山盛りになった灰皿だの、からのティーカップだのが、山のように積みあげられていた。食器棚の上には、ロシア伝統の湯沸し器、特大のサモワールが鎮座していた。二脚の安楽椅子のあいだには、対戦途中のチェス盤が放置されていた。壁際の書棚は、本や新聞の重みに耐えかねて、ときおり軋みをあげている。そうしたものに囲まれて、居間の中央に立っていたのは、ロシア系の老人だった。ふさふさの白髪《はくはつ》に、麻のスラックスに、皺くちゃの白いシャツに、スリッパといういでたちで、口には煙草をくわえている。

老人はエレーナの両頬に三回、キスをした。「ようこそ」と言いながら、ジョーとも握手を交わした。だが、そのあとはすぐさまエレーナとふたり、ロシア語で長々と話しこみはじめた。その会話の最後に、笑みをたたえたまま何度もこくこくうなずくと、エレーナとジョーを寝室へ通した。この部屋もまた同様に、所狭しと家具が並べられていた。ヘッドボード付きの大きなベッドに、鏡付きの化粧台に、整理箪笥がひとつずつ。何脚もの椅子に、何台ものテーブルに、何枚ものラグ。老人がエレーナに手ぶりで場所を示すと、エレーナは一カ所だけぽっかりとあいた白い壁の前に、背すじを伸ばして立った。老人はランプの光の当たり具合を調節し、小型のデジタルカメラをポケットから取りだして、写真を撮った。

「あなたの番よ」エレーナに言われて、ジョーも同じ場所に立った。老人はジョーの写真も撮り終えると、ロシア語で何ごとかをぼそぼそつぶやきながら部屋を出ていった。ところが数秒後には、ウォッカのボトルとショットグラスふたつをトレイに載せて戻ってきた。エレーナが何かを告げると、老人はジョーを見やり、さもおかしそうに笑ってから、ふたたび部屋を出て扉を閉めた。

ジョーの問いかけるようなまなざしに気づき、エレーナは肩をすくめて言った。「あなたはお酒を飲まないって言っただけ。冗談だと思われたみたいね」それから扉のスライド錠をかけ、斜めにした椅子を扉に立てかけた。もし扉が開けば、それが大きな音を立てて倒れるだろう。

「あの男のことを信用していると言ってなかったか？」

「警察に通報するようなことは絶対にしないと言っただけよ。どのみち、英語はほとんど喋れないし、ロシアでは、正気の人間が警察を呼ぶことはない」それだけ言うと、エレーナは足首のホルスターからベレッタを引きぬき、弾が込められていることを確認してから、枕の下にすべりこませた。「ここならまあまあ安全よ」そして、ウォッカのボトルをつかみあげ、ごくごくと中身を呷《あお》った。

「おれにもくれ」ジョーは言って、エレーナからボトルを取りあげた。その視線を浴びながら、ウォッカを長々と喉に流しこんだ。思わず顔がゆがんだ。食道が焼けるように熱かったが、いまのうちに睡眠をとっておく必要があった。食道を焼いた液体のぬくもりが、またたく間に胃袋に広がっていくのを感じた。それから、緊張によってこわばった全身に広がっていくのも。できることなら、やがては脳にまで達してくれるといいのだが。ジョーはもう一度、酒を呷ってから、エレーナにボトルを返した。

「ブラボー。これであなたもロシア人の仲間入りね」

エレーナは微笑みながら言うと、バスルームに入って、シャワーを全開にしておいてから、漏れだしはじめた湯気と共に、戸口に姿をあらわした。「ロシア人たるもの次にすべきは、熱い湯気とお湯を全身に浴びることよ」

金庫を破ったり、屋上から飛びおりたりしたときと同様の猫のように敏捷な動きで、エレーナは服を剝ぎとり、足もとに山積みにしていった。エレーナがブラジャーをはずそうと背中に手をまわしたとき、ジョーはあるものに気がついた。これまで一度も目にしていないはずのもの。ストリップクラブで全裸になった、いや、全裸であると思われたときも、そこになかったはずのもの。それは刺青だった。エレーナの胸には、左右の鎖骨の下の窪んだところに、黒い八芒星がひとつずつ描かれていた。驚きに目を見開くジョーの前で、エレーナはボトルをつかみとり、乾杯でもするようにひょいと持ちあげてみせてから、ふたたびそれをごくごくと呷った。そして、ボトルを手にしたままバスルームに入り、扉を開けっぱなしにしたままシャワーを浴びはじめた。エレーナがこちらに背を向けたとき、ジョーはほかにも刺青があることを見てとっていた。背中の中央に、繊細なタッチで陰影までつけて、嬰児《みどりご》を抱く聖母マリアが黒一色ででかでかと描かれていたのだ。ショーツを脱ぎ捨てたエレーナが、火傷しそうなほど熱いシャワーの下に進みでたときには、左右の尻の上部に描かれた髑髏とドルマークが見えた。

物思わしげに微笑みながら、ジョーはベッドに腰をおろし、手早くスニーカーを脱いだ。Tシャツとジーンズも脱ぎ捨てた。ボクサーパンツと靴下だけの姿になって、ひとつ伸びをした。日よけに飛びおりたときにぶつけた背中の痛みにうめき声を漏らしながら、腰を折って靴下を脱いだ。ウォッカのおかげで、頭痛はいくぶんやわらいでいた。ゆっくり動いているかぎり、問題はない。とはいえ、エレーナのもとへ向かうまえにもう少しだけ背中を伸ばしておこうと、ジョーはベッドに横になった。

エレーナがシャワーを浴び終え、バスタオルを巻いてバスルームを出たときには、ジョーはベッドに長々と横たわり、すでに寝息を立てていた。

「いい夢を、ジョー」エレーナは言って、ウォッカのボトルを手にしたままベッドに入り、頭を枕に載せた。その下にひそむベレッタの感触に、ほっと息を吐きだしながら。

29

エイドリアンが上機嫌でないことはまちがいなかったが、クラレンスが本当に恐れているのはヘザーのほうだった。長身の痩せ型で、氷のような目をしたエイドリアンは冷酷な殺し屋であり、おそらくはある種のサイコパスでもあるはずだが、少なくとも自制心は備えていた。クラレンスが電話をかけて、計画に支障が生じたことを伝えても、あのヤマのクライアントであるエイドリアンは声を荒らげることとすらせず、こちらへ来てくれと告げただけだった。そして、ことの顚末を報告したときも、まばたきすらすることなく、スープが冷めてしまったとでもいうかのように、わずかに顔をしかめただけだった。もちろん、エイドリアンとて、こうして言いぶんを聞くよりも、いますぐ心臓をえぐりだしてやりたいのだろうことは、重々わかっていた。この男なら、こんなふうに悠然と微笑んだまま、あるいは冷たいスープを口にしたときのようにほんの少し顔をしかめるだけで、それをやってのけるだろうということも。だが、エイドリアンなら少なくとも、まずは状況を検討しよう、相手の言いぶんに耳を傾けようとする。一方のヘザーは――シャンプーのＣＭから抜けでてきたかのような、ブロンドの妖精は――こちらが椅子にすわりもしないうちに、さっさと銃を引きぬき、相手を蜂の巣にしてもおかしくなかった。だが、幸いにも、ヘザーはいまのところ、こちらを睨《ね》めつけているだけだった。

エイドリアンに椅子を指し示されて、クラレンスは腰をおろした。わずかに胸を撫でおろしながら。窓から望む緑豊かなハイラインの眺望も、それを後押ししてくれた。このアパートメントは、ヘザーが大量に所持する偽名のIDや銀行口座のひとつを使い、インターネットを介して借りたものだ。部屋の鍵は、最新の偽の住所宛てに、宅急便で送られてきた。このアパートメントの入っている建物はかなり大きくて、下のほうの階にはショッピングフロアやレストランフロアや屋内駐車場が入っており、つねに人通りが多いため、人目につくことなく出入りすることができる。裕福で洗練された地域に暮らす、裕福で洗練された夫婦として、周囲に溶けこむことができる。大きく開け放たれた窓の前でおれを殺すなんてことは、まずもってしないはず。ハイラインをぶらつくほかの金持ちどもや、何千もの観光客から丸見えなのだから。あのハイラインは、かつては鉄道高架やハイウェイとして用いられていた。それが廃線となったあと、川に沿って走る空中緑道へと生まれ変わった。その公園が、すぐそこの眼下に広がっているのだ。ときおり、露出癖のある連中が、近くに建つホテルの窓際で性行為におよんでいることもある。すぐ下のハイラインを行き交う人々に見せつけて、興奮を得ようというのだろう（あるいは、世を拗ねた連中が言うように、ホテル側に金をもらって、そういう芝居を打っているだけなのかもしれない）。だが、この夫婦にどういう性癖があるにせよ、けっして露出狂ではない。もしふたりがおれをなぶり殺しにするつもりなら、かならずブラインドを閉めるはずだ。クラレンスはひとつ息をしてから、何が起きたのかを語りだした。

「すべてが完璧に運んでた。計画に手抜かりはいっさいなかった。あとはとっとと退散するだけだというときになって、あいつらが裏切りやがったんだ」

「あいつらってのは？」エイドリアンが訊いてきた。

「イギリス野郎の傭兵、ドンだ。それから、ジュノってガキも」

「たしかなのか？」

「ドンの野郎はおれの待機していた場所を通らなかっ

た。つまり、ほかの場所から逃げたってことだ。いちばん可能性が高いのは、正面ゲートからだな。警備員はみんな縛りあげられてたし、監視カメラは機能を停止させてあった。なのに、ドンの野郎が逃げだしたあとで、何者かがセキュリティーシステムを復旧した。となれば、ジュノの仕業にちがいない」

「残りのふたりは？」目に殺意をぎらつかせて、ヘザーが訊いてきた。「ロシア女と、あんたの引きいれた男。前回のヤマでヘマをやらかしたとき、命を救ってくれたってやつはどうなの？」

「おそらく、サツに捕まった。いや、警察が駆けつけてきた時点で、おれは現場を離れちまったから、実際のところはわからねえ。だが、あそこから無事に抜けだせる人間がいるとしたら、あのふたりだけだ」

「あんたはとっととんずらをこいて、そいつらを置き去りにしたのね」嘲《あざけ》るようにヘザーが言った。

「賢明な判断ではなかったな。そのふたりがここにいれば、多くの情報を得ることができたろうに」と、エイドリアンも言った。

「仕方がなかった。もしおれまでパクられちまったら、どうなるんです？　例の作戦がすべておじゃんになっちまう。おれだけが唯一、やつらとつながってるんだ。お忘れじゃないでしょう？　そちらがそれを望んだんだから」クラレンスは携帯電話を取りだし、ふたりに見せた。「いま、どいつが例の物を手にしていようと、そいつはかならずおれに電話をかけてくる。そうする以外に、金を手に入れる方法がありますか？」

しばしの間を置いて、ヘザーはふんと鼻を鳴らしたが、すぐに脚を組んで椅子にもたれかかった。どうやら、こちらに跳びかかるつもりは失せたらしい。エイドリアンは何やら考えこみながら、じっと携帯電話を見つめていた。

「ちょっと失礼」クラレンスは椅子から立ちあがり、キッチンのほうへ顎をしゃくった。「できれば酒をいただきたい」

エイドリアンはうなずいた。「それで、自分たちが盗みだしたものの正体を、連中はまだ知らないんだな?」冷凍庫からウォッカを取りだし、丈の低いグラスに氷を満たしているクラレンスの背中に向かって訊いてきた。

「ああ、誰ひとり気づいちゃいねえ。だって、知りようがないでしょう?」グラスにウォッカをそそぎながら、クラレンスは続けた。「それに、ともかくもあいつらはプロだ。何千、何万という人間が死ぬことになるとわかってたら、あのヤマを引き受けたと思いますか?」

しばらく考えこんでから、エイドリアンはふたたび口を開いた。「あの報酬額じゃ、引き受けないだろうな」

「そのとおり」とクラレンスは答えた。頭のなかでは、このおれだってもっともらって然るべきだと考えてい

たが、口に出しては言わなかった。「破壊的な力を持つ殺人ウィルスを盗みだすとなれば、香水ひと瓶を盗みだすより、遥かに高額の報酬を要求してたはずです。ひょっとすると、ドンはそれを狙ってるのかもしれない。ロシア女のほうは……わかりません。あの女には得体の知れないところがある。けど、あのジョーの野郎は? ああいうタイプのことなら、よく知ってる。こんなことに巻きこまれると、これっぽっちでもわかっていたなら、あの森のなかの道でおれを見捨てていたはずですよ」クラレンスは言って、大きくひと口、ウォッカを飲んだ。「だが、心配はご無用だ。連中がまだそれに気づいていないことの証がひとつある。おれがまだ生きてるってことです」

エイドリアンは笑い声をあげた。「なら、おまえにも、何ひとつ気に病むことはないってわけだな」

ヘザーが爪ヤスリを振りながら言った。「そいつらが好奇心に負けて、小瓶の中身のにおいを嗅いでみよ

うとしないかぎりはね」

「そうだな」とエイドリアンもうなずいた。「そんなことになれば、街じゅうの人間がみんな死んじまう」

ヘザーとエイドリアンはスタンフォード大学で出会い、三年生のときに婚約した。そして、卒業（エイドリアンは成績評価平均《GPA》三・九の優等、ヘザーは四・〇の最優等の成績をおさめた）を迎えてすぐの、ある暖かな春の日に結婚した。ふたりは美男美女で、いずれも聡明で、いずれも孤児だった。まあ、ある意味、孤児のようなものだった。エイドリアンの両親は、エイドリアンが幼いころに他界していた。ヘザーの父親は、愛人とベッドにいるときに心臓発作を起こして死んだ。母親のほうはヘザーを産んだ直後から、依存症治療施設と精神科病棟に入退院を繰りかえしていた。エイドリアンは奨学金を得て学校に通った。ヘザーは無尽蔵の信託財産にほとんど手をつけていないも同然だった。

けれども、そうしたあきらかな類似点や、喪失や、天賦の才能が多々あるにもかかわらず——第三者の目には、ふたりが完璧なカップルであるかのように見える要素が多々あるにもかかわらず——ふたりを一心同体に結びつけたのは、もっと深いところにある要素——危険思想——だった。自分には何かひととちがうところがあることに、ヘザーはまえまえから気づいていた。いや、正しくは、何か〝邪悪な〟ところと言うべきなのかもしれない。ヘザーに善悪の観念が少しでも備わっていたなら、おそらくそう表現していただろう。ヘザーは早い段階から、反社会性パーソナリティ障害——やんわりとした最新の言いまわしを使わずに言うなら、ソシオパス——の可能性があるとの診断を受けていた。けれども、母親が保護者資格を剝奪されるたびに後見人を引き受けていたお抱え弁護士や、身のまわりの世話を焼いてくれていたばあやや、医者——言い換えるなら、使用人たち——がいたおかげで、ヘザーは何不自由なく、何ものにも束縛されることなく、超弩級に残忍で凶暴な子供へと成長した。そして、持ち前の知性と、運動能力と、愛らしい笑顔をもってすれば、全寮制の女学校に転入することなどたやすくできた。その場所こそ、若きサディストにとって、理想的な鍛錬の場となるはずだった。

ただし、ヘザーには自己認識が欠けていた。そして、邪悪な衝動に身を任せたり、抑えこんだりを代わる代わるに繰りかえすことで、自分を押し殺しつづけていた。そう、エイドリアンと出会うまでは。まったく不釣りあいな環境で生まれ育ってきたにもかかわらず、エイドリアンはヘザーによく似ていた。まさにそっくりだった。ただ一点を除いては。エイドリアンには、全身全霊を捧げるべき大義があったのだ。アメリカの自由民主主義を揺るがし、弱らせ、最終的には破壊するという大義が。

大いなる目標、とエイドリアンはそれを呼んだ。そして、エイドリアンがヘザーにほどこした〝教育〟のひとつは、こうだった。エイドリアンのような人間――大義のために身を尽くす戦士たち――は、週単位や、年単位や、選挙の周期でものごとを考えるのではなく、数世紀先を、次の時代を見すえている。未来を創造しようとしているのだ。現に、この国の惨状を見てみるがいい。そうすれば、最も楽天的な平和主義者がめざしうるどんな目標より、あの大いなる目標こそがもっと現実的に、もっと身近なものに感じられるだろう。きっかけさえ与えられれば、アメリカは自滅する。おれたちはそれを手助けしようとしているだけなのだ。

30

ジョーが目を覚ますと、エレーナの両手がぎゅっと手を握りしめていた。「ジョー……ジョー……起きて……」そっとささやきかける声も聞こえた。

「どうかしたのか?」ジョーはがばっと跳ね起きて、周囲を見まわした。室内はまだ暗かった。すでに顔を出していた月が、窓の向こうに見えた。打ち寄せる波の音が聞こえた。全身が汗にまみれていた。

「どうもしないわ」と答える声は、これまでとちがって聞こえた。優しくなだめるようにささやく声が、さらにこう続けた。「あなた、寝ながら大声で叫んでいたから」

「そうか……」ジョーはヘッドボードにもたれかかった。乱れた呼吸がしだいにやわらいでいった。エレーナはジョーの額を撫で、髪を撫でつけた。

「どんな夢を見ていたか、覚えてる?」なおもささやくように、エレーナは言った。

「いや、覚えてない」と、ジョーは嘘をついた。

エレーナの指が脇腹の傷痕と、太腿に走る長い傷痕をなぞっていった。

「いいのよ」エレーナはささやきながら、身体をずらした。両腕をジョーに巻きつけ、ぎゅっと抱きしめた。柔らかな肌の感触を肌に感じた。エレーナがゆっくりと息を吸ったり吐いたりする動きも。「言いたくないなら、言わなくてもいい」

ジョーは何も答えなかった。そしてほどなく、ふたりはそのままの姿勢で、ふたたび眠りに落ちていった。

31

ラリッサはゆうべから父親の家に泊まりにいっていた。自由にすごすことのできる日曜の朝の予定を、ドナはまだ決めていなかった。ジョギングをしようか。たまにはゆっくり新聞でも読もうか。それとも、のんびり寝てすごそうか。まさか七時に起床して、慌ただしく仕事へ向かうことになろうとは、これっぽっちも思っていなかった。

前日の土曜の晩には、会話の盛りあがらない初対面の相手――出会い系サイトで知りあった税理士――とのディナーで気まずい思いをした。相手の男に申しぶんはなかった。頭も良くて、容姿も整っていて、礼儀正しくて。なのに、ちっとも胸がときめかなかった。

そのことを双方が感じとっているみたいだった。ディナーのあとで、うちに来て一杯やらないかと誘われたけれど、ドナがそれを断ると、相手もなんだかほっとしているように見えた。そう、それが問題なのだ。法執行関連の職に就く男たちは何かと面倒だから、そういう男たちとはもうつきあわないと、離婚後に誓いを立てていた。それ以外の職に就く男たちは、退屈であるか、こちらが相手を気にいったとしても、向こうが心底くつろげないかのどちらかだった。いざとなればわたしが相手の尻を蹴飛ばせるということを感じとり、怖じけづいてしまうのかもしれない。あるいは、脇腹のホルスターにおさめられている拳銃のせいなのかもしれない。以前、ある男がキスから愛撫に進もうとして、図らずも脇腹の銃に触れてしまったことがある。そのとき男は「ごめん!」と叫んだ。まるで、わたしに撃たれることを恐れてでもいるかのように。いや、実際そうだったのだろう。男はもう二度と、その先に進もうとしなかったのだから。

　だから、午前七時二分に電話が鳴りだしたときも、寝室のベッドにまったくのひとりぼっちでいたドナは、寝起きのくぐもった声で「もしもし」と応じた。それは非常事態発生の知らせ――〝総員配置につけ〟の知らせ――だった。昨晩、ウエストチェスター郡で、国の極秘研究施設に何者かが侵入し、最高機密にあたる何かを盗みだしたというのだ。


　次に目が覚めたときには、太陽がすでに空にのぼり、エレーナはベッドからいなくなっていた。ジョーはベッドから起きあがって、窓の外を見まわした。早くも数人が海に出て、波を掻き分け泳いでいる。砂浜をジョギングしている者もいる。年老いたロシア系住民たちが遊歩道のベンチに腰かけている。凧を飛ばしている者もいる。

　コーヒーのにおいがした。寝室の扉は閉じているが、鍵は解かれており、椅子も脇によけられている。ジョーは手早く服を身につけ、部屋を出た。エレーナは膝を抱えた姿勢でソファにゆったりと腰かけ、コーヒーをすすっていた。この部屋の主である老人は、その傍《かたわ》らに置かれた椅子にすわって煙草を吸っている。

「おはよう」老人は訛《なまり》の強い英語で言って、ジョーにもコーヒーを注いでくれた。

「どうも」砂糖とクリームを手ぶりで断りながら、ジョーは肘掛け椅子にすわって、カップを口に運んだ。

「見て、もう仕上がってるわ。ほらね、いちばんの腕利きだって言ったでしょ」エレーナが言った。

　エレーナは昨晩、車のなかから老人に電話をかけて、宿泊の許可を取りつけたあと、ジョーに向かって、偽名をふたつ考えだすよう言ってきた。そしてそれを、老人宛てにメールで送信していたのだ。そんなわけでエレーナはいま、その成果を得意げに差しだしてきていた。まずは、ジョーが考えだした偽名のひとつが記載された運転免許証と、もう一方の偽名を使ったパスポート。さらには、両方の偽名をそれぞれに用いたクレジットカードが二枚。エレーナにもまた、同様の二セットが用意されていた。「代金は後払いにしてほしいと伝えてあるわ。例の報酬が入るまで待ってほしいってね。わたしがかならずここへ戻ってくるって、ちゃんとわかってるから許してくれたわ」

ジョーは老人の手による作品をためつすがめつ、とっくりと眺めた。それから、老人に笑みを向けた。

「すばらしい出来映えだ。こんなに精巧なものは、これまで目にしたことがない」

エレーナがそれをロシア語に通訳すると、老人は見るからに嬉しそうにしながらも、口ではそれを笑い飛ばした。そのあとロシア語で何か言ってから、新しい煙草に火をつけた。エレーナが老人の言葉を訳してくれた。「あなたに詫びなきゃいけないと言ってるわ。その偽造品が、ひと晩でできる精一杯だったからって。

一週間もらえれば本物を用意してやれたのに、ですって」

32

ジオの手の者がアンクル・チェンへの報復に打ってでたのは、日曜の朝のことだった。ジオに選択の余地はなかった。三合会との戦争は何より避けたいものだったが、ジオの所有物を奪っておきながら罰を受けない人間の前例など、絶対につくるわけにはいかない。とはいえ、船の上からロケットミサイルを発射するといった行為に打ってでておきながら、のちに経済制裁や貿易戦争へと転ずるような怒れる国々とそっくり同じに、トラック強奪に対するジオの報復もまた、おおむね非暴力的なものとなるはずだった。

マンハッタンのキャナル・ストリートに建つとある店では、観光客にがらくた同然の安物を販売する売り場の奥に、煌々と明かりの灯された大きな白い一室が隠されている。そこでは、ほぼ全員が女性からなる客たちが、ルイ・ヴィトンだのエルメスだのグッチだのケイト・スペードだのといった高級ブランドのバッグ、財布、ベルト、その他諸々の革製品の精巧なコピー商品に、嬉々として大枚を落としていく。例の盗品もまた、折りたたみテーブルの上に山積みされている。売り子は主に中国系の女で、年代は、タピオカミルクティーを好んで飲むティーンエイジャーから、突っかけを履いた老婆までさまざまいて、押しあいへしあいしながら怒号をあげる女たちの群れを相手に、きびきびと商品を売りさばいている。客のほうもまた、あらゆる人種と職業とからなっている。女性実業家や弁護士、企業の重役もいれば、プレゼントを買いにきた母娘《おやこ》連れも、ブルックリンやロングアイランドやニュージャージー州から友人同士で連れだってやってきた仲良しグループもいて、そうした誰もが、破格の値段に釣られて集まってきている。その一室のさらに奥では、ふたつ並んだトイレ（そのうちひとつは〝男子用〟と表示されているが、今日は例外）を待つ長い行列の向こうに、地下へとおりる階段が伸びている。階段をおりた地下のフロアでは、主にナイジェリアとガーナからやってきたアフリカ系アメリカ人の男たちが、巨大な山をなす商品を袋詰めしては、カラフルな毛布でくるんだりしている。その毛布を、道端や、駅や、バスの発着所や、公園で地べたに敷いて店を開き、警官が近づいてきたらさっと丸めて、人込みにまぎれこむという寸法なのだ。

その日、一階の店舗では、中国系の年嵩《としかさ》の男がふたり、カジノのピットボスさながらに売り場を歩きまわっては、金の流れに目を光らせていた。店の入口では、若く屈強な男がふたり、戸口の両脇で見張りと警備に立ち、警察がやってきた場合と、店に来た客に何者かがとつぜん襲いかかるといった万が一の場合に備えていた。だが、まずもってそうした事態は起こりえない。なぜなら、ここは三合会のシマなのだから。ほかの組織なら、野良猫や野犬のように仲間内で争うこともあるかもしれないが、アジア系の組織はしっかり統制がとれているうえ、よどみなく任務を遂行することや、通りに騒ぎを持ちださないことで知られているのだ。

ところが、この日曜はちがった。午前十一時ごろ、ブランチ直前のタイムセールに大勢の客が殺到するさなか、ジオの差し向けた男たちが行動を開始した。腕力という点において、相手側との差は歴然としていた。まずは一台のバンが、店の横手を走る路地にバックで侵入してきた。その間に、筋骨逞《たくま》しい荒くれ者どもを満載した二台の車が表通りをやってきて、店の前に二重駐車し、ほぼ完全に出口をふさいだ。車から男がふたり飛びだして、戸口に立つ見張り役に体当たりをかました。続いて、スキーマスクをかぶった男たちが店内になだれこみ、大声で怒鳴りちらしながらバットを振りまわしたり、テーブルを蹴倒したりしはじめた。それからいきなり、ひとりの男が天井に向けて銃を発砲した。パニックが巻き起こり、店じゅうの客が出口へ押し寄せた。すでに勘定を済ませていたかなりの数にのぼる女たちは、腕いっぱいの戦利品を抱えて走りだした。店内はまさに、誰でも飛びいり参加できる運動会のごとき様相を呈していた。一方で、路地のバンにいた男たちは、店の横手の通用口から、バンへの積みこみ作業を開始していた。トラック強奪によって生じた損失を、それで埋めあわせようという算段だった。現に、店内に陳列された商品のなかには、まったく同一と思われる品もあった。

そうこうするうちに、ジオの手下たちは、無差別の暴力と破壊行為に酔い痴れるあまり、忘我の境地に陥った。敵の力を見くびり、気をゆるめた。いかなる場合においても、それだけは絶対にあってはならないことだった。まずは、ひとりの老婆がいきり立ち、スツールをつかみあげて振りかぶるやいなや、目の前にいる男の脳天に叩きつけた。隣の男は、股間を蹴りあげられた。そのあと、騒ぎを聞きつけ、店の側に加勢したアフリカ系の男たちが階上に駆けつけ、総員総出の大乱闘が幕を開け、こぶしやバットが宙を飛び交った。しばらくしてサイレンの音が聞こえてくると、全員がぴたりと動きをとめ、一時停戦を宣言しながら、一緒くたに逃げだした。警察に捕らえられた者はひとりもいなかった。数人の客が店内に閉じこめられてはいたが、それもすぐに解放された。ただし、奥の間の売り場は封鎖され、商品はすべて押収された。大騒動の一部始終は地元ニュースで報じられた。

一族の〝遺産〟である〈カプリッシズ〉での日曜恒例のディナーへ向かうまえに、ジオはアイスクリーム・ワゴンの保管所の奥で、手短な報告を受けていた。こちら側の大勝利だと、部下のネロは誇らかに語った。襲撃に参加した男たちはみな、得意げに高笑いをしていた。しかしながら、ジオがそのとき感じていたのは、ストレスと、過去への憤懣と、未来への不安だけだった。それこそはまさしく、絶対に避けるべきだと、けっして捕らわれるなと、妻のキャロルから耳にたこができるほど言い聞かされていたところのものだった。そういうときには、ヨガの呼吸法を思いだせとキャロルは言った。いまここにいる自分と現状を、ありのままに受けいれろと。心の軸がぶれることのないよう、すべてを吐きだせと。

しかし、そんなことをしても効果はなかった。レストランに着いてからも食欲が湧かず、それが母親の癇に障った。ジオはジオで子供たちに八つ当たりし、そのことでキャロルまで憤慨させた。店を出たあと、ジオはキャロルに、ボクシングジムに寄って汗を流してくると告げた。この日ばかりは、是非ともそうしたほうがいいと、キャロルのほうからも勧めてきた。それほどに、今夜のジオは散々な状態にあったのだ。ジオはポールにメールを送った。ポールはそのとき映画館にいたが、一時間以内に落ちあえるとの返事が返ってきた。ジオは映画館でメールの返信を打つ人間を嫌悪していたし、あまりに我慢がならないときには、そういう輩《やから》から携帯電話を引ったくり、足で踏みつぶしてやることとすらあったのだが、このときばかりは安堵の息を漏らさずにいられなかった。

ジムに行くというのは、じつに巧妙な口実だった。ひとつには、ジオの所有する商業ビルのひとつが実際にボクシングジムと賃貸契約していて、仕事のあとや週末に出かけていっても不審がられることがないから。もうひとつには、帰宅時に痣《あざ》や傷ができていても、下手な言いわけを用意する必要がないからだった。

33

ジョーとエレーナは遊歩道のレストランでブランチをとることにした。さきほど入手したアイルランド国籍のクレジットカードが使えることで気を大きくしたエレーナは、キャビアを載せたロシアふうのパンケーキと、チョウザメの燻製の大皿料理と、イクラを添えたスモークサーモンを注文した。料理はじつに旨かった。ふたりはしばし口もきかず、夢中で料理をむさぼった。エレーナはジョーに負けないくらいのスピードで、同じくらいの量を平らげた。周囲のテーブルはどれも家族連れで埋まっていて、遊歩道を歩く人波は途切れることがない。子供と手をつないでコニー・アイランドをめざす若い夫婦は、遊園地のアトラクションやホットドッグがお目当てなのだろう。くわえ煙草でスケートボードを転がし、ベンチを跳び越えようとしているティーンエイジャーたちもいる。ぱんぱんに張りでた太鼓腹を抱えながら、波打ち際に向かっていくロシア系の老人たちも。その反対に、海水を滴《したた》らせながら砂浜に引きかえしてきて、濡れた身体を乾かそうと砂の上に腰をおろす老人たち。ショートパンツにサンダル履きで、もしくはジーンズにハイヒール履きで、足もとに気を配りながら板張りの遊歩道をたどっていく若い女たち。ベンチにすわってお喋りに花を咲かせている、老婆たちの集団。手すりにもたれて煙草を吸っている、それよりも若い男たちの一団。携帯電話を耳にあててぼそぼそ喋っている者もいれば、目を閉じたまま太陽に顔を向けている者もいる。その一団が浜辺に向かいながらシャツを脱ぎはじめると、全員の身体に刺青《いれずみ》が彫られているのが見えた。

「きみの刺青も見事なものだったな。ロシアにいるときに入れたのかい」ジョーはエレーナに尋ねた。

「あら、気づいてたの？　ゆうべはてっきり、わたしのことなんて眼中にないんだと思ったわ」エレーナはそう言うとウェイターを呼び、コーヒーを二杯頼んでから煙草に火をつけた。

ジョーはにやりとして言った。「いいや、ちゃんと気づいてたとも。ただ、おれは酒を飲むことに慣れてないんだ。もちろん、屋上から飛びおりることにも。なんというか……きみのおかげで、ゆうべのおれはへとへとにくたびれ果ててたんだ」

その言葉に、今度はエレーナがにやりとして言った。「そうね、大勢の男にそう言われてきたわ」

「どういうわけか、そう聞かされても驚きはおぼえない。だが、あの刺青には驚かされたな。ストリップクラブでの作戦のときには、化粧か何かで隠してたのか？」

コーヒーを運んできたウェイターにロシア語で礼を言いながら、エレーナはうなずいた。「あのときは、店の女の子たちに溶けこみたかったから。わかるでしょ？　身元の確認につながるような目立った特徴は、できるだけ少ないほうがいい。ロシア語の読める人間があの場に居合わせないともかぎらないわけだし」

「化粧をしていようがウィッグをかぶっていようが、きみがあの店の踊り子たちに溶けこめていたとは思えないが」

エレーナが声をあげて笑いだすと、口から煙がもうもうとあがった。「それはどうも。でも、いまさらそんなことを言いだしても手遅れよ。チャンスなら、ゆうべ与えてあげたのに」

ジョーは一緒になって笑った。コーヒーを飲み干し、テーブルのそばを通りかかったウェイターにクレジットカードを渡して清算を頼んでから、エレーナに顔を戻して言った。「それなら、偽装夫婦の片割れであるおれに、その埋めあわせとしてショッピングへ連れださせてくれないか」

ふたりは地下鉄でマンハッタンへ向かい、何軒かのブティックをまわった。ジョーはジーンズを一本と、Tシャツを何枚か、下着と靴下――今回は徳用パックではないもの――と、黒のスーツ、それに合わせた白のボタンダウンシャツを二枚と、黒と青のネクタイを一本ずつ購入した。エレーナは、ワンピースと、ジーンズと、Tシャツと、ランジェリーと、ブランド物のランニングウェアと、スニーカーを買った。それからドラッグストアにも立ち寄り、歯ブラシや歯磨き粉、制汗剤といった日用品をふたりぶんと、エレーナ用のヘアブラシも買った。最後に、それらすべてを持ち運ぶためのスーツケースを買って、ロウアー・マンハッタンにあるホテル――中くらいのランクで、中くらいの大きさのホテル――を選び、同じクレジットカードを使って、新婚旅行中のアイルランド人夫婦を装い、部屋をとった。ジョーは父方の大伯父を参考にして、インチキながらもまずまずのアイルランド訛《なまり》を披露した。日曜のフロントカウンターに立っている、愛想は抜群だけれどもさほど聡明ではない若い女を騙しとおすには、それで充分だった。

客室に入ると、荷ほどきと着替えを済ませてから、ふたたびホテルを出た。途中で見つけたゴミ箱に、さきほどまで身につけていた服を捨てた。ジョーはおろしたてのジーンズとTシャツ、エレーナは肩を大胆に露出した青いコットンのワンピースに着替えてあった。ふたりは散在する銀行を何カ所かまわり、クレジットカードのキャッシングサービスで現金を引きだした。そうしてついに、クラレンスの捜索を開始した。クラレンスを取っかかりにするのが、いちばん理に適《かな》っているからだ。ドンのことは呼び名しかわかっていない。ドンと呼ばれている、イギリス出身の卑劣漢ということだけ。ジュノはまだほんの子供だ。だが、クラレンスはこの街に長く居つき、プロとしての経歴も長い。

例のヤマに関わるすべてのメンツを雇いいれた、計画の首謀者――〝請負人〟――でもある。つまりは、その道で顔が広いということ、広く顔を知られてもいるということを意味している。

ジョーとエレーナは午後の残りの時間と夜の大半を費やして、じりじりと調査範囲を広げていった。ミッドタウンから始めて、しだいに北上しながらハーレムまで足を伸ばし、今度は南下してトライベッカまで。ただし、アンクル・チェンが目を皿のようにしている恐れのある、チャイナタウンに近寄ることだけは避けた。ふたりは酒場や、賭けビリヤード場や、奥の間のサイコロ賭博場、店先に立つマリファナの売人、美術品やその他の稀少な品を専門に扱う故買屋、ピザ店、ユダヤ教の戒律にのっとった惣菜のみを販売するデリカテッセン、フライドチキンのファストフード店、中国系キューバ人の営む食堂、普通のキューバ料理の店、二十四時間営業のドーナツ店などなどを訪ねてまわった。そのたびに何杯もの酒を奢り、ビリヤードの勝負にわざと負け、ほとんど手もつけられない料理を何皿も注文した。ウェイターや、バーテンダーや、賄賂が作用するすべての生態系に、小さく折りたたんだ紙幣を注ぎこんだ。

その結果わかったのは、クラレンスが輸送貨物の強奪と商業関連施設への侵入窃盗を専門とする、ベテランのプロとして知られているということだった。土木作業員のたまり場となっている酒場（裏で盗品の売買も行なっている）のバーテンダーによると、クラレンスは表向きにも請負業者を名乗っており、ニュージャージー州で乾式壁を施工する工務店を営んでいるという話なのだが、そのバーテンダーが目にした唯一の証拠は、ニュージャージー州のナンバープレートをつけたトラックだけであるという。回転式のカードファイルをくるくるまわして、古びた紙に記された電話番号まで見つけてはくれたのだが、その番号は市外局番が二一二だから、ニュージャージー州ではなくマンハッタンのものだとジョーが指摘しても、バーテンダーは肩をすくめるだけだった。そのあと、金融業界の男たちを得意客とするロウアー・マンハッタンの風俗マッサージ店を訪れた際には、ヤマを引き受けるかどうかを決めるまえに事前調査をしているのだと騙《かた》ったジョーに対して、ひとりのドアマンがこんなことを打ちあけた。自分のいとこが州北部で、クラレンスと一緒にムショ暮らしをしていた。クラレンスは武装強盗の罪で服役していた。あれは肝のすわった、信頼の置ける男だ。あいにく、いとこのほうはまたムショに逆戻りしちまったから、じかに話を聞くことはできないけれど。そのあと訪れたステーキハウスのウェイトレスからは、こんな話を聞きだせた。別れたボーイフレンドがクラレンスと知りあいで、何度かこの店に連れてきたことがある。クラレンスはいつもチップを弾んでくれて、感じのいいひとだった。元彼とは全然ちがった。あいつはスリで、賭けビリヤード師で、うだつのあがらない博打打ちなうえに飲んだくれで、酒を飲んでは嬉々として女を殴るろくでなしだった。五十ドルと引きかえに、ウェイトレスはそいつの行きつけの店を教えてくれた。ユニオン・スクエアの近くにある賭けビリヤード場で、ニューヨーク大学の学生たちをカモにしているという。今回は百ドル札を差しだしつつ、別れたガールフレンドに成りかわって制裁を加えてやるぞと仄めかすと――厳密には、〝男のシンボルを奪ってやるぞ〟というそれとない脅しをエレーナがかけると――ウェイトレスの元彼はすんなり口を割った。それで判明したのは、クラレンスがオールナイトのポーカーゲームを主催していたという、東三十丁目にあるアパートメントの住所だった。ジョーとエレーナはそこへ向かった。それはごくありふれた四階建ての、エレベーターのないアパートメントだったが、どれがクラレンスの部屋なのかを知るすべはなかった。ウェイトレスの元彼は部屋番号も階数すらも覚えておらず、クラレンスの姓を知る者もいなかった。仕方なくふたりはタクシーを拾い、いったんホテルに引きあげて、今後の策を練ることにした。

ホテルの客室に入りながら、ジョーは言った。「今夜はもう外には出ず、部屋にこもっているべきかもしれないな。ルームサービスを頼むか何かして。今日は人前に顔をさらす時間《フェイスタイム》が長すぎた」

「ビデオ通話《フェイスタイム》がしたいの？」エレーナは不思議そうに眉根を寄せながら、スマートフォンを差しだしてきた。

「どうもご親切に。だが、いまのはそういう意味じゃなくてだな、今夜のところはここに身をひそめて、クラレンス捜しの続きはまた明日にしようってことだ」

エレーナはひょいと肩をすくめ、無造作に靴を脱ぎ捨てた。「オーケイ。それじゃ、何をする？　つまり、あなたがベッドで眠りこけて、ドラゴンみたいな鼾《いびき》をかきはじめるまえに、ってことだけど」

ジョーも自分の靴を脱ぐと、本をつかんでベッドに転がり、ヘッドボードに寄りかかった。「きみがどうするつもりかは知らないが、おれはこれから読書をする」

エレーナはふんと鼻を鳴らし、スマートフォンをしまった。テレビのリモコンを拾いあげ、ベッドの端に腰かけると、選局画面を開いては次々とチャンネルを変えながら、数分ごとにちらちらとこちらを振りかえってきた。ところが、しばらくしてとつぜん驚きの声をあげたかと思うと、ロシア語で何ごとかを話しかけてきた。

「なんだ、どうしたんだ？」

「あなたが読んでるの、ロシア人作家の小説じゃない！『白痴』だわ。そうでしょ？」

「ああ、ドストエフスキーだ」

「好きなの？」

「ああ。あの作家の作品はどれも大好きだ」ジョーは手にした本を開いたまま、ベッド脇の小卓の上に伏せた。「そういえば、きみには少し、ナスターシャ・フィリポヴナに似たところがあるな。きみの気を引こうと駆けずりまわる男の姿が、目に見えるようだ。一方のきみは、そいつの差しだした何十万ルーブルもの金を、火に投げ捨てちまう」

「言ってくれるわね！　そういうあなたこそ、主人公のムイシュキン公爵に少し似てるわ。わたしはお金を火に投げ捨てたりなんて、絶対にしない。それがたとえルーブル紙幣であっても。少なくとも、トイレットペーパーとしては使えるもの。ちなみに、わたしがいちばん好きなのは『悪霊』よ。読んだことある？」

「ああ。どういうところが好きなんだ？」

「その本を読んだとき、こう思ったの。〝やっと理解者があらわれた〟って」そう言って、エレーナは笑った。

ジョーはぐっと身を乗りだし、まじまじとエレーナを見つめて言った。「そいつはいささかぞっとさせられるな。つまり、きみはスタヴローギンに共感したってことだろう？　今夜、安心して鼾をかけるかどうかわからないな。神の存在しない世界において、きみが善悪を超越した存在であるとするなら」

エレーナはにっこりとして、ジョーの腕をこぶしで突いた。「いいえ、わたしはスタヴローギンみたいな虚無主義者じゃないわ。人生に意味がないだなんて、思ってもいない。罪のない人間を傷つけたりもしない。わたしには信じてるものがあるから。ただし、それは神でも、人間でもない」

「そいつは意外だ」

「どうして？」

ジョーはエレーナの背中に手を伸ばし、肩甲骨のあいだに——ワンピースの肩紐のあいだにわずかに覗く、聖母マリアの光輪に——そっと触れた。「なら、これは？」

「ああ、それね。その刺青は、額面どおりの意味ではないの。あなたときたら、ロシアの小説は理解できるのに、ロシアの刺青は理解できないのね」

「なら、教えてくれ」

エレーナは軽く微笑むと、ジョーに背中を向けながらワンピースの肩紐をずらし、はらりと腰まで落として言った。「わが祖国ロシアでは、教会やマリア像といった宗教的な事物は、盗みを働く者にとっての幸運のシンボルとされてるの。そして、嬰児《みどりご》を抱いたマリアは、生まれながらの盗っ人だということを意味している。生まれながらの罪人《つみびと》だということをね」

「なら、これは？」ジョーは訊きながら、左の尻に陰影までつけて彫られたドルマークに指を触れた。

「知ってのとおり、〝わたしは金庫破りだ〟という意味よ」

「なら、これは？」今度は右の尻の髑髏に触れながら、ジョーは訊いた。腰のところでくしゃくしゃに丸まった青いワンピースの上から、空洞の眼窩がにたにたと笑いかけている。

「髑髏の意味なら、誰もが知ってるはずよ」なおも前を向いたまま、エレーナは言った。

「〝死〟か」

「ええ、そう。ただし、わたしの死ではない」

「きみが死へ追いやってきた者たちの、ということか」

するとそのとき、不意にエレーナがくるりとこちらを振りかえった。ワンピースをはらりと下に落として、じっと目を覗きこみ、唇に唇を近づけながら、こうささやいた。「ほかに質問は？」

ジョーはエレーナの肩に両手を置き、ふたつの星が描かれている場所に親指で触れた。「あとはこれだけ」

「ああ、その星ね」エレーナは肩をすくめた。「それについては、この国で意味するものと同じよ。要は、階級章のようなものね。わたしのランクの高さをあらわしている」そう言って、エレーナは微笑んだ。

「それなら、きみは王族だな」ジョーは言って、エレーナの唇にそっと唇を押しつけた。

「ええ、そうよ」ジョーの下唇をほんの一瞬、軽く嚙んでからすぐに放して、エレーナは言った。「わたしは盗っ人の王女なの」

34

「八番街にあるレバノン料理の店に、デリバリーを頼んだわ」

そう告げる声に、エイドリアンは新聞から顔をあげた。ヘザーが居間に入ってきて、ソファの隣に腰をおろした。

「ちゃんと、あの男のぶんも頼んでおいた」客間のあるほうへ素っ気なく手を振ってみせながら、ヘザーは言った。ふたりの邪魔をしないよう、テレビでスポーツ中継でも観ていようと言ったまま、クラレンスはずっと客間にこもっていた。

「注文したっていうのは、あのイスラエル料理店のことか？」

「あれはレバノン料理でしょ。わたしの大好きな、あのサラダがメニューにあるもの。ほら、豆の入ったやつよ」

「実際に店に行ったことがあるのか？　連中が話してるのを聞いたことは？　ありゃあ絶対にユダヤ人だ」

「注文はネットでしたもの。いいえ、ちょっと待って……あれはきっとエジプト人だわ。いま思いだしたんだけど、窓ガラスにラクダが描いてあったもの」

「おいおい、ヘザー。サボテンを飾ってる店の人間が、全員メキシコ人だとでも思ってるのか？」

「もういい。注文をキャンセルしてくるわ。子羊のケバブが食べたいだけだったのに。何よ、もう」

「別にいいさ。何人がつくっていようが、ヒヨコ豆はヒヨコ豆だ。あんなものには吐き気がする」エイドリアンは言って、新聞を足もとに投げ捨てた。紙面のすべてが、ヒヨコ豆に関する記事で埋まっているとでもいうかのように。「この国の白人ときたら、本当にどうかしてるぜ。ヒヨコ豆のペースト。サルサソース。ありとあらゆる異国の文化に、ありとあらゆる異国の料理。まるでフェティシズムのように、ひとつのものに執着しては、それを叩き壊す。その生みの親を国外追放にする。この国の白人至上主義そのものだ。途方もない量のヒヨコ豆やサルサソースを消費しておきながら、アメフトの試合中継を眺めるたびに、独立記念日を迎えるたびに、強迫観念にでも取り憑かれたようにトルティーヤ・チップスをディップしておきながら、そのシンボルの虜《とりこ》になっておきながら、そのシンボルのもとである民族のほうは全否定し、人間扱いすらしないんだからな」

「いまの話をテーマにして、期末レポートを書くべきね」背もたれにどさりと寄りかかりながら、ヘザーは言った。

「じつに笑えるね。この際だから言わせてもらうが、きみの理解力のなさには、ときどきいらっとさせられる」

「何を理解しろと言うの？　シンボルのほうは熱狂的に崇拝されていながら、それが象徴する人間のほうは撥ねのけられるってこと？　いいえ、わたしはブロンドの若い女だから、そんなことにはならない」

「なるほど。一本とられたな……」

「だいいち、そんな演説をぶったところで、あなたはミシガン州の生まれでしょ。そのうえ、ヒヨコ豆のペーストは大嫌いだし、サルサを食べると胸やけがするくせに」

「だから、一本とられたと言ったろ」そう言って、エイドリアンはヘザーの手を取った。「すまなかった。神経が張りつめてるんだ」

ヘザーは唇を尖らせ、手を引っこめた。

「ヘザー？　どうした？　きみも緊張してるのか？」

エイドリアンはヘザーの脇腹に手を伸ばし、こちょこちょとくすぐった。

「やめて……」

エイドリアンがふたたび手を伸ばし、今度は腋の下をくすぐると、ヘザーはくすくすと笑いだした。一緒になって笑いながら、エイドリアンは言った。「これで赦してくれるかい？　仲直りの印に、ユダヤ人のつくった子羊のケバブを一緒に食べよう」

ヘザーは笑いながら、エイドリアンに顔を振り向けた。「お黙りなさい。本当におばかさんなんだから」言いながらエイドリアンを抱きしめ、首の付け根のふくらんだ部分を押しつぶすと、エイドリアンが痛みにたじろぐのがわかった。「それにしても、あなた、本当に張りつめすぎだわ。このツボを押せば、少しはよくなるはずよ。そんなに気を揉まないで。大丈夫、何もかもうまくいくわ。絶対に」

「どうしてそう言いきれるんだ？」

「あなたを信じてるから」

ヘザーはエイドリアンの目をじっと覗きこんだ。少なくとも、エイドリアンはヘザーを信じていた。ヘザーが自分を信じているということを信じていた。ならば、それで充分だった。玄関のブザーが鳴った。ヘザーは弾かれたように立ちあがった。

「ヒヨコ豆だわ！　テーブルをセットしておいて！」

ヘザーは玄関へ向かった。エイドリアンはテーブルの上に、皿とフォークとナイフを並べた。それから、忌々しいヒヨコ豆を取りわけるためのスプーンも。ヘザーが片手に袋をさげて戻ってきた。じつに食欲をそそる香りだということを、認めないわけにはいかなかった。ひどく腹ぺこだということも。どうやら、半分はそのせいで気が立っていたらしい。

「嘘でしょ！」とつぜん、ヘザーが怒りの声をあげた。

「どうした？」

「何よこれ、信じられない！」

「何がだ？」

「子羊のケバブが入ってない！」

「冗談だろ？　配達員はどこだ？」

「もう帰ったわ」

「おれが話をつけてやる」

「もう帰ったってば。それに、まだほんの子供だったわ」

「取っ捕まえてやる！」肩越しに叫びながら、エイドリアンは駆けだした。配達員はまだエレベーターホールにいた。黒髪を長く伸ばして野球帽をかぶった猫背の白人のガキで、ブラックメタルバンドのゴルゴロスのTシャツを着ていた。

「おい、たったいま、おれのところに料理を届けに来たのはおまえか？」

「は？」

「注文の品をまちがえてやがったぞ。頼んだ料理が入ってなかった。子羊のケバブを注文したはずなのに」

「すいませんけど、おれは渡されたものを届けただけなんで。袋のなかに何が入ってるかなんて知りませんよ」

「なら、あれを袋ごと持ち帰って、おれたちが金を払ったほうの料理を持ってくるんだな」

そのとき、エレベーターのドアが開いた。配達員はなかに乗りこみながら言った。「無理ですよ、お客さん。おれはそれを届けるぶんのバイト料しかもらってないですもん。文句なら、店のほうに言ってくださいよ」

エイドリアンもエレベーターに乗りこんだ。「そうだな、おまえの言うとおりだ。店のやつに文句を言ってやるとしよう」

配達員は肩をすくめた。「好きにしてください。おれ、本当なら今夜は休みのはずだったんだ。おかげで、バンドの練習に出られなかったんすよ」

しばしの沈黙のあと、それを破って、エイドリアンは言った。「どんなバンドだ？」

「メタル。デスメタルとスピードメタルを合わせた感じかな」

「悪くないな」

ふたたび沈黙が垂れこめた。ドアが開いた。配達員は少しためらいがちにエイドリアンを見やって言った。「おれ、自転車なんで……」

「そうか。なら、向こうで会おう」

配達員はやれやれと上を見あげて、「わかりました」とつぶやいた。エイドリアンがドアを押さえてやっているあいだにエレベーターをおりると、〝駐車可〟の標識を支えるポールのところまで歩いていって、巻きつけてあったチェーンをはずした。野球帽の上からヘッドフォンをつけて、サドルに尻を乗せ、ペダルに足をかけながら、もう一度エイドリアンのほうをちらりと見やった。それからぐっとペダルを踏みこみ、車の流れに乗って走りだした。

夜の空気を肺いっぱいに吸いこみながら、エイドリアンは三ブロックの距離を歩いた。ヘザーが利用しているインターネットテレビでヨガのインストラクターが言っていたように、ゆっくり息を吐きだすことで、昂ぶる心を静めようとした。八番街に差しかかったとき、どこからともなくピザのにおいが漂ってきて、腹が鳴った。するとそのとき、目的の店が見えた。〈サハラの星〉。〈ザーの言うとおり、窓ガラスにラクダとピラミッドが描かれている。となると結局、エジプト人の店ということか。店のすぐ脇に伸びる路地を覗きこむと、さきほどの配達員の自転車が見えた。ほかに二台ある自転車と共に、チェーンでガス管につながれている。厨房の通用口の扉は突っぱりをかけて開け放たれており、鍋やフライパンの触れあう音が漏れだしてくる。そこから今度は、炙り焼きにした子羊肉のにおいが漂ってきている。エイドリアンは店の外壁にもたれて待った。ヨガなんかするより金属音《メタル》に耳を傾けたほうが、よっぽどリラックスできるかもしれない、などと考えながら。そうして二分ほどが過ぎたころ、さきほどの配達員がふたたび通用口から姿をあらわした。ヘッドフォンをつけたまま、新たな注文の品をおさめたビニール袋を両腕にぶらさげている。エイドリアンは右手を太腿の脇に押しつけたまま、光のもとへ進みでた。

「なんだ、さっきのお客さんか。話なら正面の入口から入ってしてくれないと」配達員は当惑した表情を浮かべつつ、頭のなかで鳴り響く音楽のせいで、やけに大きく声を張りあげて言った。それからくるりと背中を向け、自転車のそばに片膝をついた。エイドリアンはその瞬間を狙っていた。背後から配達員に近づき、左手で髪をつかんで、ぐいと後ろに引っぱった。野球帽とヘッドフォンがすべり落ち、猛々しいマシン・ミュージックが路地の静寂《しじま》に漏れだした。エイドリアンは右手でつかんだカミソリのように鋭いナイフを配達員の喉首に押しあて、真一文字に横に引いた。鮮血がほとばしり、地面に落ちた料理と白いビニール袋を血まみれにした。血飛沫《ちしぶき》を浴びないよう、エイドリアンは配達員の身体を前に倒した。折りたたみナイフの刃を配達員のジーンズで手早くぬぐってから、それをたたみつつ歩きだした。

新鮮な子羊肉か、とエイドリアンは思った。通りを横切りながら携帯電話を取りだした。「もしもし、へザーか？　いま思いついたんだが、ピザはどうだ？」

エイドリアン・カーンはアメリカで生まれた。とはいえ、両親はそれぞれイスラエルとパレスチナの出身だった。それぞれがジャーナリストと人権派の弁護士であると同時に、共に平和運動に従事する活動家でもあった。のちに祖国を離れたふたりは、よりにもよってミシガン州に居をかまえ、その地で母親が教職を得たあとでさえ、頻繁に中東の地へ赴《おもむ》きつづけた。武装勢力を制圧しようとしたイスラエル軍による集中攻撃に巻きこまれ、一家を乗せた車が大破したのは、そうした旅のひとつの最中だった。運転席と助手席にいた両親は共に絶命した。後部座席でチャイルドシートに乗せられていた、当時四歳のエイドリアンは一命をとりとめた。

その後も、双方が互いに責任をなすりつけあうせいで、両親の死にはいつまで経っても決着がつかなかったが、エイドリアンはいっこうにかまわなかった。なぜなら、責任は双方にあるのだから。やがて、里親のもとですくすくと成長したエイドリアンは、勉強でも、スポーツでも、狩りでも、アメリカ人の男子なら誰でも秀でていなければならないすべてのものにおいて抜きんでた能力を発揮するようになるにつれ、みずからの新たな祖国にこそ責任があると考えるようになった。歴史を学べば学ぶほど、さまざまな事実が見えてきた。アメリカが性懲りもなく中東諸国への干渉を続けていること。よくてもせいぜい、ばかみたいにまごまごしているだけであること。何より最悪なのは、自国の利益を早急に得んがためだけに、他国に暮らす多くの命をないがしろにしていること。ソ連に抗《あらが》うアフガニスタンの兵士に――やがてはイスラム原理主義組織のタリバンへ転身することとなる輩《やから》に――武器を供給し、訓練をほどこしたこと。そうした輩のアヘン取引や大麻取引を、CIAがひそかに仲介していたこと。暴虐な独裁政権を支持していたこと。それによって、イラン革命や、ホメイニの最高指導者就任がもたらされたこと。イランアメリカ大使館人質事件やイラン・イラク戦争を引き起こす一方で、その間は当然のようにサダム・フセインを支持したこと。自国の選挙で票を集めたいがためだけに、強硬派のイスラエル人や、ヨルダン川西岸地区を占拠する者たちを援護したこと。そして、その間ずっと、自分たちはすばらしい善行をほどこしたとして、高潔な民族だとして、自画自賛を続けてきたこと。だからこそ、同時多発テロ事件があれほどの衝撃をアメリカ国民に与えたのだ。これほど偉大な国の民を傷つけたがる人間がこの世に存在するということが、あいつらにはとうてい信じられなかったのだ。

だから、エイドリアンは心身の鍛錬を重ねた。奨学金を得て、軍隊式の規律正しい生活をモットーとする全寮制高校に入り、大学では歴史を学び、陸上トラック競技とマーシャルアーツにも打ちこんだ。卒業後は海外へ渡った。テロリストの世界に足を踏みいれ、訓練キャンプでのしごきに耐えた。やがて、両親が殺されたあの晩にイスラエル側の巡視隊を率いていたモサドの諜報員が、いまは引退し、イスラエルの首都テルアビブでカフェを開いていることを突きとめたエイドリアンは、そいつの喉を掻っ切ることで、自らの能力を証明してみせた。だが、エイドリアンは別に、イスラエルという国や民を憎んでいるわけではなかった。少なくとも、イスラエル人は堂々と、みずからの信念に従って立ちあがっている。善人のふりも悪人のふりもしていない。そうした点はきちんと認めていた。だからこそ、聖戦《ジハード》やパレスチナ解放のために無数の任務をこなす一方で、両親の死に加担したヒズボラの一派を誰が率いていたのかを突きとめることができるほどの情報網を得たとき、エイドリアンはその男も捜しだして、手にかけた。

その後、エイドリアンはアメリカに舞いもどった。そもそもから、イスラム教原理主義者たちのなかに完全には溶けこんでいなかった、アメリカ人の妻を伴って。そして帰国後は、鬚をきれいに整え、仕立てのいいブランド物の服を身につけた。独自の戦争を仕掛けるべく、構想を練りはじめた。

35

窓から差しこむ陽光のまばゆさに、ジョーはふと目を覚ました。素っ裸のままバスルームに行き、部屋に戻った。エレーナは丸くなって眠っていた。小さくて子供のようにあどけない寝顔が、くるまったベッドカバーの端から突きだしている。ジョーはルームサービスにコーヒーを注文してから、外線に切りかえ、ゆうべバーテンダーに教えてもらった二一二の市外局番から始まる番号に電話をかけた。これほど古い番号なら、固定電話につながるはずだ。もしもまだ解約されていないのであれば。幸い、回線はまだ通じていた。つながったのは留守番電話だったが、応じる声にはまちがいなく聞き覚えがあった。「お電話ありがとうございいます。〈デイヤー工務店〉のクラレンス・デイヤーです。ご用の方はメッセージをどうぞ」

受話器を架台に戻したとき、エレーナが目を開けるのが見えた。ジョーは優しく微笑みかけながら、その手を握った。

「おはよう」

エレーナも微笑みながら、「おはよう」と返してきた。

「コーヒーを頼んでおいた。それと、クラレンスのラストネームがわかった」

エレーナはぱっと跳ね起きて、全裸のままバスルームへ向かいながら言った。「それはよかった。すぐに向かいましょ」

ジョーは新品のスーツを着てネクタイを締めた。エレーナもおろしたての黒とシルバーのレギンスを穿き、黒とアイボリーのレースのブラに、とんでもなく薄手でべらぼうに高価な黒のTシャツを重ねた。ふたりは地下鉄に乗って、クラレンスが住んでいるものと目されるアパートメントまで行き、ずらりと並んだブザーのネームプレートを見まわした。目的のものは見つかった――デイヤー、3-C。いちおう試しにブザーを押してみたが、それに応える者はなかった。いったんアパートメントを出たふたりは、通りの角まで歩いていって、やけに高級ぶった小さなレストランに入った。窓際のテーブルを選んですわり、料理を頼んだ。ウェイトレスに注文を伝えるときと、目下の問題に関することを話しあうとき以外には、どちらもまったく口をきかなかった。ただし、身体のほうはせわしなく動かしつづけていた。料理を食べ、コーヒーを飲み、代わる代わるトイレに立った。だが、クラレンスの姿も、アパートメントを見張っている人間の姿も、いっさい見あたらなかった。建物を出入りする人間なら、何人かいた。だが、プードルを散歩させている老婆も、べビーカーを押している若い女も、郵便配達人も、クラレンスとは無関係であるものと思われた。そこで、ふたりは支払いを済ませてアパートメントに戻った。今回はジョーがアイルランド国籍のクレジットカードを使って、表玄関のバネ錠をいともたやすく開けてみせた。三階の右手の奥に3-C号室を見つけると、今度はエレーナが数本のピックを取りだして鍵穴に差しこみ、普通の人間が鍵を使って開けるのと変わらぬ速さで開錠してみせた。銃を手に、ふたりはなかへ踏みこんだ。ジョーが小さなキッチンとバスルームをチェックする一方、エレーナはまっすぐ奥の寝室へ向かった。だが、誰もいなかった。アパートメントのなかには人っ子ひとりおらず、ずいぶんと長いこと誰も足を踏みいれていないものと思われた。冷蔵庫のなかには調味料以外に何も入っていないし、玄関扉の下には、デリバリー店のメニューやクーポン付きのチラシがぎゅうぎゅうに押しこまれている。とはいえ、プロファイリングはぴたりと一致する。無造作だけれど、快適にすごせるよう家具が配置された部屋。たわんだソファに、リクライニングチェア。コーヒーテーブルの上を占拠する、大半がスポーツ欄とテレビ欄からなる新聞の山。壁に直接掛けられた、かなり大型のフラットスクリーンテレビ。ダイニングテーブルの中央に置かれている、円柱形の専用ケースいっぱいにおさめられたポーカーチップ。いかにも〝独身男のねぐら〟兼〝中堅クラスの犯罪者が賭博に明け暮れるたまり場〟っぽく見える。

クラレンスの居所につながりそうなものなり、香水強奪計画のクライアントの身元をあかしてくれるようなものなりを求めて、ふたりは家探しを開始した。だが、めぼしいものはほとんどなかった。ジョーが見つけたのはまず、〈デイヤー工務店〉関連の皺くちゃの往復書簡。ニュージャージー州ロディの住所が記載されてはいるが、これもまた、ただの私書箱であったり、空き家であったりと、空振りに終わる可能性が高い。

エレーナも手ぶらのまま寝室から出てきて、あれこれ不平を鳴らしはじめた。曰《いわ》く、どこもかしこも埃だらけだの。ベッドの下に隠してある、古ぼけたポルノDVDのコレクションが悪趣味すぎるだの。「あんな下品で安っぽいランジェリーをつけた女同士が絡みあうレズビアン物なんて、目も当てられないわ」そんなことをぶつくさぼやきながら、エレーナはキッチンに入り、手を洗おうと蛇口をまわした。流れだした水は赤錆が入りまじり、茶色く濁っていた。その水が透明になるのを待つあいだ、エレーナはなんの気なしに冷蔵庫へ目をやり、マグネットで留められた何層にも折り重なる雑多な書類をぱらぱらとめくりだした。そしてほどなく、得意げに微笑みながらキッチンを出ると、ジョーに一枚の名刺を差しだした。

DJジュノ
スピン、スクラッチ、プロデュース、ラップ
――なんでもござれ
あなたにぴったりのビートをお届け！

そこにはさらに、電話番号と、メールアドレスと、ブルックリンの住所が添えられていた。

「やったな。よし、ここに行ってみよう」ジョーは言いながら、名刺をポケットにしまった。エレーナとふたりで部屋を出て、玄関扉を静かに閉じた。階下におりようとしたまさにそのとき、警察が階段をあがってくるのが見えた。

36

うんざりするほど地道な作業ではあったけれど、それが転機となったことだけは、ドナも認めないわけにいかなかった。緊急招集のかかった前日の日曜は、まさに混沌の極致だった。国と郡と州から派遣されてきた五つの捜査機関がごちゃまぜになった、アルファベットパスタのスープのようだった。強盗事件の発生現場であるウエストチェスター郡の極秘施設では、それぞれの要員が至るところで鉢合わせをしては、剣突《けんつく》を食らわせあっていた。やがて、国家安全保障局と国土安全保障局がやってきて、全員を追いだしにかかるまで、五者参加型の小競りあいは続いた。その間に、犯行グループは——そいつらが何者であるにせよ、何を盗みだしたにせよ——まんまと逃げおおせていた。月曜の朝、ドナはいつもどおり職場に出勤した。ただし、この日は別の部署へ出向き、無数の顔写真や、監視カメラ映像から切りとった画像をぱらぱらめくっては、銃器強奪事件の際にほんのつかのまだけ逮捕した男の顔を探した。ドナが口述した詳細な特徴や、似顔絵師が描いたスケッチに基づいて、人数はかなり絞られていたものの、それでも、顔認識システムが呈示した人間の数は数百にもおよんでいた。そうしてついに、ツナサラダとアイスコーヒーを平らげた直後に、目的のものが見つかった。その男には服役した過去があった。おかげで、諸々の情報までもがデータベースに登録されていた。男の名はクラレンス・デイヤー。判明している最新の住所は、マンハッタンのマーリー・ヒル。

ドナは受話器を取りあげ、上司に報告を入れるやいなや、支度に取りかかった。現場へ急行するため地下駐車場へおりたときには、すでに、秘密諜報員どもが待ち受けていた。そう、これはＦＢＩとＣＩＡの合同作戦になる。ただし、ＣＩＡは単なるオブザーバーとして同行するだけ。ＣＩＡが国内で作戦行動をとることは、断じて許されないからだ。では、ＣＩＡ側の責任者は？　答えはなんと、ドナの別れた夫、エージェントのマイク・パウエルだった。

「それじゃ、教えてもらいましょうか。ＣＩＡがどうしてにわかに、この事件に関心を示しはじめたの？」車に乗りこみながら、ドナは尋ねた。

「そうした質問に答えられないことは、わかってるだろう」

ハンドルを握って車を走らせながらも、ドナはしつこく食いさがった。ここはアメリカの国土内だと。なのに、どうしてＣＩＡが介入してくるのかと。助手席にすわるマイク以外、同乗している者はなかった。なんらかの空気を察したのか、この車には誰も乗りたがらなかった。全員がバンや、もう一台のセダンに詰めこまれるほうを望んだのだ。

「そっちこそわかってるはずよ。遅かれ早かれ、わたしに教えなきゃならなくなるってことくらい。あなたが嘘をついてるときは、すぐにわかるんだってことも」

「わかったから、前を見て運転してくれ。トラックにぶつかる。やれやれ、まったく……」マイクは辟易《へきえき》としてつぶやいた。「まずは先日、ブロンクスの空き地で、焼け焦げたバンが発見された」

「それがどうしたっていうの？　あなた、ブロンクスに足を踏みいれたことなんてあった？　そこで何か証拠が見つかったの？」

「見つかった証拠はさほど多くないが、我々が関心を抱《いだ》くには充分なものだった。そのバンを燃やしたやつはじつに周到で、そのバンを吹き飛ばすのに、プラスチック爆弾を用いていた。町の酒屋を襲った程度のことで使うような代物ではない」

「プロの仕業ね」

「ああ、まちがいない。ひょっとすると、傭兵か元軍人かもしれない」

一瞬、ジョーの顔が頭をよぎった。「それで？　その続きは？」

「そこで、我々は鑑識チームを呼び、焼け跡を綿密に調べさせた。それこそインチ単位で。あるいはミリ単位で。その結果、見つかったのは、特殊なコーティング加工をほどこされた金属の焼け焦げた欠片だった。おそらく、ドローンに使われていたものだと思われる」

「ドローン？」

「とにかく、問題は、そのコーティング加工された金属が最先端のハイテク軍用機器に用いられているということだ。森のなかの銃器販売会できみが押収しそこねた盗品のひとつと、まったく同一のものに」

「なるほどね」

「これはまた、犯行グループがウエストチェスター郡の研究施設のセキュリティーシステムを、いかにして掻いくぐったかの説明にもなる。じつに洗練されたやり口だ。そして、きみの取り逃がしたクラレンス・デイヤーこそは、我々がはじめてつかんだたしかな手がかりだというわけだ」

　クラレンス・デイヤーの自宅があるブロックに到着したとき、すでに通りは一台のＦＢＩ車両によって封鎖されていた。防弾ベストとＦＢＩのロゴ入りジャンパーを着た面々が、バンから列をなしてぞろぞろと飛びだしている。ドナも車をとめ、拳銃の動作を確認してから、ＦＢＩのロゴが入ったキャップをマイクに向かって放り投げた。「ほら、それをかぶっていれば撃たれないわ」

「それはご親切に」

「あなたじゃなく、ラリッサのためよ」

　今回の作戦は〝大ちょんぼ〟をやらかしたドナにと

っての挽回のチャンスとみなされていたため、先頭を切って現場に突入することが許されていた。ドナは表玄関を抜けて、階段を駆けあがり、二階に着いた。さらに三階をめざそうと上を見あげたとき、それが見えた。よりにもよって、ジョー・ブロディーの顔。ジョーは手すりから身を乗りだして、こちらを見おろしていた。隣に、ブロンドの若い女がいた。

「動くな！　FBIよ！」銃をかまえながらドナが叫ぶが早いか、ふたりは視界から姿を消した。ドナは無線マイクに向かって応援を要請しつつ、階段を駆けあがった。3-C号室の扉を蹴り開け、マイクの掩護を受けて、室内に踏みこんだ。アカデミーで仕込まれたとおりの手順に従い、容疑者の退路を断ちつつ、まるで廃屋のように荒れ果てた室内を手前から順に確認していった。ところが、いちばん奥の部屋に入るやいなや、開け放たれた窓が目に飛びこんできた。ふたりはすでに、ここから逃げ去っている。

「容疑者は避難梯子《はしご》を使って逃走！　避難梯子の下へ向かえ！」そう指示を飛ばしてから、ドナはふたりのあとを追って、窓枠によじのぼった。

ところがあいにく、ジョーとエレーナは避難梯子をくだってはいなかった。反対に、梯子をのぼっていた。おかげで、窓枠を乗りこえて外へ出てきたドナに、屋上へ這いあがる姿を、間一髪で見咎められずに済んだのだった。ドナが梯子をおりていくあいだに、ジョーとエレーナは隣接する建物の上を可能なかぎり次々と跳び移り、路地に遮られて屋根が途切れる地点までたどりついていた。そしてそこから、避難梯子を使って地上におりることにした。FBIの包囲網を抜けだしていることを、切に祈りながら。

まずはエレーナが(なんといっても、エレーナは体操選手なのだ)スライド式の梯子を手際よくおろしながら、すべるように下へおりていった。そして、路地におり立ったエレーナが周囲を警戒しているあいだに、ジョーも梯子をおりた。共に地上におり立つと、通りの角から顔だけ出して、あたりのようすを確認した。いったん銃をしまってから、腕を組んで歩きだした。通りをそぞろ歩いている、お互いのことしか目に入っていない、身なりのいいカップルを装って、お喋りをしたり、くすくすと笑いあったりしながら歩きつづけた。

ＦＢＩのマークがついた車が一台、前方の角にとまっているのが見えた。紺色のスーツを着て、耳に無線受信用のイヤホンをつけた若い黒人の捜査官がひとり、見張りに立っているが、視線は別の方向へ向けられている。おそらく、近づいてくる車を警戒しているのだろう。そのそばを通りすぎるとき、ジョーはさりげなく反対側に顔をそむけた。エレーナは自然体を装い、ぺちゃくちゃとお喋りを続けていた。おかげで呼びとめられることもなく、かなりの距離を進むことができた。ところが、通りを渡るため、車道の先から迫りくる白いＢＭＷが通りすぎるのを待っていたちょうどそのとき、背後から、さきほどの捜査官が声を張りあげるのが聞こえた。

「とまれ！　ＦＢＩだ！　両手をあげろ！」

ジョーは次の行動に迷っていた。おとなしく両手をあげようか、走って逃げようかと考えていた。まさにその直後、白いＢＭＷに乗っている誰かが銃をぶっ放しはじめた。

ニュートン捜査官は苛立っていた。同性愛者であることを公表している（そうする以外に、愛するアリと結婚するすべがあったろうか？）アフリカ系アメリカ人の捜査官としては、職場のみんなから称讃され、祝福されていた。だが、しばらくすると、同僚たちが現場に突入していくなか、自分は通りの角で見張りに立つといったふうな、副次的な任務に追いやられるようになった。ドナ・ザモーラはニュートンにとって、同様の憂き目に遭っている仲間のひとりだった。なのに今日は、そのドナが現場責任者を任じられている。ニュートンはひときわの疎外感をおぼえずにいられなかった。もしかしたら、FBIを辞めてロースクールに入りなおすべきなのかもしれない。アリや、母さんや、アリの母親が勧めるように。

そうした物思いに沈んでいたとき、早口にまくしたてるドナの声がイヤホンから聞こえてきた。「階段にて容疑者を発見。繰りかえす。容疑者を発見。総員、追跡せよ。ひとりは白人男性、黒のスーツ、黒髪で目は青。もうひとりは白人女性、同じく黒ずくめの服装で、髪はブロンド」その声を聞くなり、ニュートンは気づいた。ついさっき通りすぎていった身なりのいいカップルの風貌が、いまの描写とぴったり一致するではないか。ニュートンは銃を抜きながら、ぱっと後ろを振りかえった。例のカップルはそこにいた。スーツを着た男と、シックな黒のレギンスとトップスを着た女が、涼しい顔で腕を組み、車の流れが途切れるのを待っている。ニュートンは両手で銃をかまえて叫んだ。「とまれ！　FBIだ！　両手をあげろ！」するとその直後、白いBMWの後部座席の窓から、アジア系の若い男が銃を乱射しはじめた。

その男が銃をぶっ放しはじめるやいなや、ジョーとエレーナは反射的に地面に突っ伏した。ジョーは後ろに首をまわして、「伏せろ！」と叫んだ。FBIの捜査官は車の陰にうずくまった。立てつづけに放たれる弾丸が、車のボディを削りながらかすめ飛んでいく。走りだす車に向かって、捜査官は二発の銃弾を放った。その間に、ジョーとエレーナは男の死角まで転がってから、全速力で駆けだしていた。角を曲がったところで、タクシーの後部座席から女がおりてくるのが見えた。エレーナはすかさずそこに乗りこんだ。

「どちらへ?」運転手が訊いてきた。

「まずは出してくれ」言いながら、ジョーも助手席に乗りこみ、運転手の頭に銃口を突きつけた。エレーナは背後に視線を配っていた。

「ちくしょう、なんてこった。殺さないでくれ」運転手は命乞いをしながらも、言われたとおりに車を出し、大通りを渡ってスピードをあげた。

「大丈夫、怯えなくていい。そこの角を曲がって、ロウアー・マンハッタンへ向かってくれ」穏やかな声でジョーは指示した。事実、誤って発射されることのないよう、手にした銃には安全装置をかけてあった。

「そこでとめてくれ」しばらく走ったあとで、ジョーは言った。

「おりるんですかい?」期待に満ちた声で運転手が訊いてきた。

「ああ、そっちがな」ジョーは言って、運転手の頭に拳銃を叩きつけた。ドアを開けて助手席をおり、丁重かつすみやかに、失神した運転手の身体を道端に引っぱりおろした。それが済むと、代わりに運転席へ乗りこみ、車を出した。身をよじってジャケットを脱ぎ、シートの上に運転手が落としていったニューヨーク・メッツのキャップをかぶった。エレーナはそのまま後部座席にすわっていた。こうしておけば、逃走中の男女ではなく、タクシーの運転手と女性客に見えるはずだった。車がロウアー・マンハッタンに入り、十四丁目を通過しても、エレーナは膝に置いた銃を握りしめていた。

「ところで、いったいぜんたい何者なの? さっき、わたしたちを銃撃してきたのは」エレーナが訊いてきた。

「あれはおれたちじゃなく、おれを狙った三合会の人間だろうな。巻きこんですまない」ジョーは正直に打ちあけた。

エレーナは肩をすくめて言った。「結果的には、おかげでうまく逃げられたんだから、よしとしましょ」

37

クラレンス・デイヤーのアパートメントから容疑者を取り逃がしたあと、建物の外に集合して各自報告を行なっていた際、どうにも不可解な点があると、アンドリュー・ニュートン捜査官がドナに打ちあけてきた。

「あのBMWの男が銃を乱射しはじめたとき……たぶん、あの短機関銃はウージーだったと思うが、とにかくそのとき、逃走中の容疑者の男のほうが……たしか、黒髪にスーツの……」

「ええ、そう。たしかにその男よ」とドナは応じた。そう、あれはジョー・ブロディーにまちがいない。でも、女のほうは何者なのか。

「……その男が地面に突っ伏しながら、こう叫んだんだ。『伏せろ!』って。あれはまちがいなく、おれに危険を知らせようとしていた。妙だと思わないか? FBIの捜査官が撃たれるかもしれないなんてことを、逃走中の武装した容疑者がどうして心配したりするんだ」

「あなたの言うとおりよ。たしかに奇妙な話だわ」

「それで、どう思う? このことを報告書に書くべきだと思うかい」最後にアンドリューが訊いてきた。

「やめておいたほうがいいと思うわ」とドナは答えた。


服装を変える必要はあったが、ホテルへ戻るわけにはいかなかった。エレーナの道案内で、ふたりはソーホーへ向かった。ジョーは運転していたタクシーを道端の消火栓の傍らにとめ、運転席のシートに置いたメッツのチームキャップのなかに、百ドル札を押しこんでおいた。またもやふたりはショッピングに取りかかった。ただし今回は、限度額に達する恐れのあるアイルランド国籍のクレジットカードはやめにして、もうひとつの偽名のカードを使い、ロサンゼルスからやってきた夫婦を装って、ジョーはダークブルーのスーツと、白いボタンダウンシャツを同じもので二枚、それからブラックジーンズと、Tシャツと、ボクサーショーツと、靴下を買った。エレーナは完璧なコーディネートの外出着を数点と、太腿までの長さがあるブーツを購入したうえに、ジョーが落ちあったときには、香水売り場まで物色していた。

「ショッピングって楽しいわね」伝票に新たな偽名を署名しているジョーに向かって、エレーナは言った。

「実生活ではきみと結婚しないよう、おれにたびたび言い聞かせてくれ」ふたりぶんの紙袋を両手にさげて、ジョーは言った。

「言い聞かせなかったら、そうしてしまいそうなのね?」とエレーナは茶化した。

今回は乗っとるのではなく普通にタクシーを拾って、

西四十丁目に建つ大きなホテルへ向かってもらった。その界隈は観光客でにぎわっているため、窓からの眺望をあきらめて、建物の裏手に面した静かな客室をとった。

「どうぞごゆっくりご滞在ください、ミスター・マクラッケン」クレジットカードを返しながら、フロント係が声をかけてきた。

「いやいや、よかったらフィルと呼んでください」とジョーは応じた。

FBIが現場の鑑識を行なっているさなかに、CIAエージェントのマイク・パウエルは通話記録を確認していた。それから職場に一本の電話を入れて、同僚のひとりに、ある番号について調べてもらった。すると案の定、あの埃まみれの古い固定電話回線は、何カ月ものあいだほとんど使われていなかったというのに、まさにこの日の朝、一本の電話がかかってきて、留守番電話につながっていた。ただし、電話をかけてきた相手からのメッセージは残されていなかった。

「行こう。きみが運転してくれ」マイクは一階へおりるなり、別れた妻を呼び寄せた。

「行くって、どこへ?」

「ロウアー・マンハッタンのホテルだ。今朝、そこの一室から、何者かがクラレンス・デイヤーに電話をかけている」

ふたりは車に乗りこんだ。ドナはアクセルを踏みこんで、街を横断する緩慢な車の流れに乗った。「さっきの二人組の身元は割りだせたのか?」助手席からマイクが訊いてきた。

「いまのところはまだ」ちらりと隣に目をやりながら、ドナは答えた。「何? 何か言いたそうね。あいにくだけど、前科者の顔写真や似顔絵師を相手に、また一日を棒に振るなんて、まっぴらご免よ。顔なんて、ほんの一瞬、見えたか見えなかったかってぐらいだもの……道が混んでるわね。ブロードウェイを通って行ったほうがいいかしら」

「サイレンを鳴らせばいい。せっかくあるものを使わないでどうする」

ドナは言われたとおりにした。無言のままスイッチを入れた。前を行く車に道を譲らせるためと、マイクを黙らせておくために。それにしても、あれはジョー・ブロディーだったと、どうしてマイクに打ちあけなかったのか。無意識にジョーをかばおうとしたのか。それとも、無意識にマイクに反発したのか。それとも、FBIの捜査官として、無意識にCIAに反発しただけなのか。いいえ、この事件をCIAに引き渡すには、そのまえに理解しておかなければならない点があまりに多すぎる。連中がそれを返してくれることは絶対にないと、わかりきっているのだから。だって、もしもジョーとあのブロンドの女がクラレンス・ディヤーの共犯であるなら、玄関の鍵をピッキングで開けたりするだろうか。鑑識チームの報告によれば、拡大鏡で確認したところ、鍵穴に小さな引っ掻き傷が残っていたらしい。だいいち、この件と国の極秘研究施設の強盗事件に、どんな関連があるというのか。それより何より、頭から離れてくれないことがひとつある。もし自分がジョーを捕まえたら、ためらいなく手錠をかけるだろうということに、いかなる疑いの余地もない。けれども、ジョーがほぼまちがいなく、わたしのみならずニュートン捜査官の命まで救ってくれたと知っていながら、あの男を射殺することができるだろうか。

ふたりはホテルに到着した。フロント係の若い女は、FBIのバッジと、目の前に威圧的に立ちはだかるマイクに少しうろたえたようすだったが、問題の部屋に宿泊していた夫婦のことは覚えていた。

「アイルランドから、新婚旅行でいらしたそうです。なんだかロマンチックですよね」

「アイルランドから？」マイクが顔をしかめつつ訊き

かえした。まさか、アイルランド人まで関わってくるのか？　近年ではＩＲＡの元戦士が大勢、傭兵に鞍替えしていっている。「宿泊者名簿を拝見できますか」

「ええ、もちろん」フロント係は長く伸ばした爪でキーボードをカタカタと叩いた。「こちらです」言いながら、パソコンの画面をドナとマイクのほうに向けた。「ゲール語のお名前だそうです。ｇの音は発音しないんだとか」

マイクが声に出して読みあげた。「ミスター・アンド・ミセス・ユーリック・マハナス……」

いかにもそれっぽくは聞こえるけれど、けっしてゲール語ではない名前。ドナは弾かれたように笑いだした。フロント係はきょとんとしている。

「くそみたいに笑えるジョークだ。いったいどんな逃亡犯が、こんなふざけたことを抜かすんだ？」

ドナは肩をすくめてみせたものの、自分がその答えを知っていることを、強く確信していた。

38

ジオのシャツの襟に口紅がついているのを見つけたとき、当然ながら、キャロルは真っ先に自分に腹が立った。わたしは何を考えていたの？　自分だけは、こんな月並みな事態には陥らないとでも思っていたの？　自分の夫だけは、愛人などつくらない唯一のギャングだと、本当に心から信じていたの？　心理学者としても、精神科医としても、その種の統計データは熟知していた。遅かれ早かれ浮気をする既婚男性の割合を。しかも、その確率は高い地位に就いているほど、権力を握る者であるほど高くなる。けれども実際のところ、ジオはけっして、そういうタイプには思えなかった。いいえ、いまだってそうは思えない。ジオははじめて出会ったときから、固い絆で結ばれたパートナーを、深い理解と愛情を、そして信頼を欲していた。ただし、倫理的な理由からではない。夫の一族が営む事業のなかには、売春宿やストリップクラブまで含まれるわけだから。ジオはただ、そうした一族から、そうした世界から逃避する手段として、そういうパートナーを渇望していたのだろう。恐れや、希望や、夢や、後悔といった感情——生まれてこのかた、一度たりともひとに語ったことがないという感情——について、腹を割って話せる相手を、共に人生を歩みたいと心から望んでくれる相手を、対等に向きあうことのできる相手を、ついに見つけたと知ったとき、ジオは喜びに震えていた。結婚後もジオはしばしば、自分の妻は亭主より遥かに頭がいいと、あちこちで誇らしげに語っていたくらいだ。だけど、キャロルはほかの誰よりもよく知っていた。あの漆黒に近いシチリアの瞳の奥に秘められた頭脳が、本当はいかに鋭いかを。ジオがジオであるために、どれほど鋭くならざるをえなかったかを。けれども、ジオは子供たちを溺愛している。妻を心から愛していることにも、疑問の余地はない。たしかに夜の営みのほうは、このところ少しずつ減ってきてはいるが、知りあいの既婚女性たちによれば、それでもおおかたの夫婦よりは多いほうだ。そして、ふたりの性的な交わりの底流には、かならずや、互いに共通する生々しい感情と、深い結びつきを求めてやまない渇望とが確固として存在していた。最も荒々しくまぐわったときでさえ。はじめてひとつに溶けあったときでさえ。だからこそキャロルは、精神科医として客観的に眺めたとしても、自分の夫がストリッパーと寝たがったり、売春婦を愛人にしたりするようなタイプだとは、とうてい思えなかったのだ。

いいえ、やっぱりわたしは、単に現実を受けいれまいとしているだけなのかもしれない。わたしたちが結婚生活を成り立たせるためには、ときに現実から目をそむけることも必要とされてきたのだから。もちろん、大学時代のジオはとても慎重だった。一族が所有するレストランや、夏にアイスクリームを売ってまわるワゴン車や、つましい労働者階級の一族がなした財産について語るときでさえ、曖昧に言葉を濁した。けれども、ふたりの交際が真剣なものになるやいなや、ジオは率直に打ちあけた。一族の歴史をおおまかになぞる一方で、自分の役目は一族がそこから脱却するのを手助けすることなのだと、現代社会に一族を適応させることなのだと、熱く語った。その言葉に偽りはなかった。ジオの母や、キャロルの母や、アルツハイマー病を患《わずら》う叔父や、フロリダに暮らす叔母の生活費。子供たちの大学進学資金。それらすべては、ジオが立ちあげた不動産管理会社や有価証券から得た、百パーセント合法な収益によってまかなわれている。でも、それ以外の収益は？　たぶん、わたしはこれまで、そうした事実について考えないようにしてきたのだろう。いいえ、もしかしたら、心の奥底ではそうした事実をすべてわかっていながら、みずから望んで目をそむけてきたのでは？　ジオがいかなる権力を握っているかを、まわりのみんなが恐れ、敬い、服従するほど、いかに危険な男であるかを、なのに、わたしといるときだけはいかに繊細で傷つきやすい人間であるかを、誰の言葉にも耳を貸す必要のない男が、わたしの言葉にだけいかに耳を傾けようとするかを、本当はすべて知りながら、自分に都合のいいように、目を向けたり、そむけたりしてきたのではないか。だけど、それがそんなにいけないことなの？　だったら、ロックフェラー家やヴァンダービルト家やケネディ家といった一族――強大な権力を有する非情な男たちによって、莫大な富を築きあげてきた一族――はどうなのか。あのまっとうで立派な一族の暮らす屋敷の下には、どれほど多くの死体が埋まっているのか。現実から目をそむけているのは、いったい誰なのか。

けれどもいまは、わたしにも打ち消しようのない事実がある。それになんらかの意味があるとはかぎらないけれど、何かを意味している可能性もある。あるいは、まったくの無意味である可能性も。あれは先週の日曜の晩のことだ。ボクシングジムから帰宅したジオは、眠っている妻を起こすまいとして、脱いだ服をバスルームの扉の脇に積みあげておいたまま、シャワーを浴びにいった。朝になって、ジオが子供たちを学校へ送りに出たあと、キャロルが脱ぎ捨てられていた服を拾いあげたところ、キャロルもジオの母親もつけたことのないような色あいの口紅の跡が、シャツの襟に付着していたのだ。

ブルックリンで地下鉄の駅を出たジョーとエレーナは、レンタカーの営業所を見つけて、いちばんまっとうに見えそうな黒のセダンを選び、ジュノの自宅があるベッドフォード＝スタイベサントをめざした。名刺の住所に建っていたのは、テラスハウスだった。煉瓦造りの洒落た外観の建物で、鉄格子のはめられた窓のプランターには花が植えられている。ノックをすると、ほとんど間を置かずに扉が開き、二十代後半とおぼしき長身の黒人の男が姿をあらわした。男はジーンズとタンクトップを着ていて、頭髪をきれいに剃りあげ、きちんと手入れをした山羊鬚を生やしており、硬く引き締まった筋肉が見てとれる。その容貌はまさしく、もっと歳をとって、もっと屈強になって、もっとオタクっぽさを抜いたジュノの姿だった。

「とつぜん失礼。ジュノはご在宅ですか」とジョーは訊いた。

男は二人組の来客をじろじろと値踏みしはじめた。白人のカップル。スーツを着た男に、合わせて二千ドルはしそうなブラックジーンズとブーツとブラウスに身を包んだ女。

「まずは名前を名乗ったらどうだ？」

ジョーは微笑んだ。エレーナも微笑んだ。「これは失礼」とジョーは詫びた。「わたしはフィリップ。こちらは妻のデヴォラだ」

「はじめまして」とエレーナは挨拶した。

「どうも」と男は返してきた。

「わたしどもは音楽プロデューサーでしてね。ロサンゼルスからやってきたばかりなんだが、ジュノに仕事を依頼したいと思って、伺ったしだいだ」

「仕事？」

「ああ、そうとも。ほら、例のＤＪと……」ジョーは言いよどみながら、必死に記憶を手探りした。

「ビートよ」エレーナがにっこり微笑みながら、助け船を出してきた。

「そうなんだ。彼のビートがひどく気にいってね」そう言ってジョーも微笑んだ。

「なるほど、そいつはすげえな」にやりとして男は言った。「なら、なかに入ってもらったほうがよさそうだな。おれはジュノの兄貴のエリックだ」

エリックは戸口から脇にどいてふたりを通し、扉を閉めた。玄関を抜けてすぐにある、居心地のよさそうな居間のなかでは、ニューヨーク・ニックスの袖なしのユニフォームとハーフパンツを着た巨体の男がソファの半分を占領して、細身の少年とテレビゲームをしていた。少年のほうはジーンズを穿き、野球帽を後ろ向きにかぶっていた。

「なあ、おい」背後から大声で呼びかけるエリックの声がした。「こいつら、ジュノを探してるらしい。あいつのビートを買いたいんだとさ」その瞬間、ジョーはにわかな動きを察知した。テレビゲームをしていた男たちの表情が変わるのを見てとるやいなや、銃に手を伸ばしつつ、ぱっと後ろを振りかえった。エリックがリボルバーの銃口をこちらに向けているのが見えた。エレーナは巨体の男に銃口を向け、その巨漢はジョーに向かって銃をかまえ、野球帽をかぶった少年は拳銃をエレーナに向けていた。戦力はまさに互角と言えた。

「おい、落ちつけ」まずはジョーが沈黙を破った。

「ばかなまねをするのはやめよう」

「ばかなまねなら、てめえらのほうが先にしたんじゃねえか」かまえたリボルバーの銃身の向こうから、エリックが言った。「こんなところまでのこのこやってきて、弟のビートを買いたいだなんて抜かしたやつは、これまでひとりとしていやしねえんだよ」

野球帽の少年が口を開いた。「たぶん、DJで金を稼いだことなんて一度もないんじゃない？　まだ始めたばっかだもんな」

「これでわかったろ」エリックが言った。「てめえらの話がすべて嘘っぱちだってことくらい、すでにお見通しなんだよ。それじゃあ今度は、ここへ来た本当の目的を話してもらおうじゃねえか」エリックはぐっと目をすがめて、ジョーを睨《ね》めつけた。ジョーは落ちつき払ったまま、その視線を受けとめていた。「スーツを着た白人の男がやってきたら、たいがいは刑事だと思ってまちがいねえ。だが、てめえからは刑事のにおいがしねえ」

「まちがいなく、ヒップホップのプロデューサーでもないしね」野球帽の少年が横槍を入れた。

一瞬たりとも視線を逸らすことなく、ジョーは軽く微笑んでみせた。するとエリックは、今度はエレーナのほうへ顎をしゃくってみせた。「しかも、女のほうに至っては……どう考えるべきかもわからねえ」

まるで小山のごとく、どっかりとソファにすわりこんだ巨体の男へ銃口を向けたまま、エレーナは嘲《あざけ》るようにくすりと笑うと、エリックに向かってこう言った。

「それを確かめる方法がひとつあるわよ」

「もういい、そこまでだ。全員、落ちつけ。ここへ来た目的を忘れたのか、デヴォラ？」ジョーはエレーナに釘をさしてから、エリックに向かって、こう続けた。「本当のことを知りたいなら、教えてやる。おれたちはきみの弟と一緒に、あるヤマに加わっていた。ところが、その最中、計画に狂いが生じた。いま、おれたちはほかのメンバーを捜していて、警察はおれたちを捜してる」

「弟がてめえらを裏切ったとでも言いてえのか？」

「いいや、そうは言ってない。誰かが裏切ったのはたしかだが」

エリックは仲間ふたりに視線を移した。野球帽の少年が肩をすくめて言った。「別にいいよ」巨体の男は、かすかにそれとわかる程度にうなずいた。

「弟とはいま、連絡がつかねえ」誰にともなくエリックは語りだした。「先週の土曜の晩に、〝九一一〟とだけ書かれたメールが送られてきて、それっきりだ。電話をかけても、留守電につながっちまう。だが、そこにいるチャールズは、ジュノとおんなじくらいにめちゃくちゃ頭がよくてな」

話を振られた少年は、照れくさそうににやりとした。

「ジュノには誰も敵わないさ。けど、そういうわけなんで、ぼくがちょこっと調べてみたんだ。そしたら、ジュノがGPS機能をオンにしてた」

「つまり、電話は通じないけれど、ジュノの居場所は突きとめられるってことね？」エレーナが訊いた。

「そういうことだ、デヴォラ」とエリックが応じた。

「そんでもって、まさにその追跡作戦に取りかかろうとしたとき、おたくらが玄関にあらわれたってわけさ。だが、おたくらの話は、おれたちの予想と一致する。おたくらの戦利品を持ち逃げした野郎が、おれの弟も連れ去ったんだ」

「エリック、おれたちもできたらその作戦に乗らせてもらえないだろうか」とジョーは切りだした。

「おれもそう考えていたところだよ、フィリップ。ただし、乗るのは後部座席にしてもらうぜ。それと、銃はなしだ」

ジョーはエレーナを見やった。エレーナは目の動きだけで返事を返してきたが、ジョーにはそれで充分だった。たとえ銃撃戦に勝利して、生き延びることができたとしても、ジュノの行方はつかめない。だから、ジョーもうなずきかえした。

「それでいいわ。交渉成立ね」エレーナは拳銃の握把《グリップ》を握っていた指をゆっくりと剝がし、トリガーガードに通したひとさし指に銃をぶらさげた。ジョーも同様の行動をとると、最年少のチャールズがそれを回収しに近づいてきた。チャールズはエレーナから銃を受けとる際に、「ありがと」と礼儀正しく礼まで言った。

「どういたしまして」とエレーナも返した。

かまえていたリボルバーをおろしながら、エリックが言った。「よし。そんじゃあ、おふくろがこの事態に気づくまえに、かわいい弟を取っ捕まえにいくとするか」

ドンとつるむのは、ちっとも楽しくなかった。たぶんぼくは囚人なんだと、ジュノは思った。いや、囚人というよりも、底抜けに退屈で、怒りっぽくて、ともすれば暴力をふるいだす親戚につかまってしまったときの状況に近いかもしれない。こういう感覚は、これまでにも何度か味わったことがある。ドンはまるで、大叔父のウィリーを白人にしたようなものだった。昼間っからテレビにかじりついては、悪態をついたり、いまに見てやがれとぶつくさつぶやいたり。油ぎった袋からじかに、ジャンクフードをむさぼり食ったり。ソファで眠りこむ寸前だろうが、会話の途中だろうがおかまいなしに、人前で平然と屁をこいたり。ただし、大叔父のウィリーはつねに酒を食らっていただけだけれど、ドンはステロイド注射で筋肉と血気を増強されてる。このちがいは格段に大きい。加えて、ドンはエゴと、怒りと、欲望に衝き動かされている。こいつはかなり危険なコンボだ。もしドンが、五人より二人で金を山分けするほうがいいと考えたのなら、すべてをひとり占めするほうがいいとの結論に達しないともかぎらないのでは？　その結果、長すぎて邪魔な紐の端を――つまりはジュノを――切り落とそうとしないともかぎらないではないか。

それでもいまのところは、それなりの配慮をしてくれていた。ドンが事前に借りてあったむさくるしい〝スイートルーム〟の寝室を使わせてもくれたし、ケーブルテレビを観せてもくれたし、近所のテイクアウト専門店から決まった時間に料理を取り寄せてもくれた。けれども、ジュノにはちゃんとわかっていた。

〝大きな悪どいオオカミ〟のドンが、どうしてジュノの寝るベッドと扉のあいだに置かれたソファで寝ているのかも。どうしてジュノにキーカードを渡してくれないのかも。どうして部屋の電話線を抜いているのかも。どうしてジュノの携帯電話まで没収したのかも。あのときジュノにできたのは、GPS機能をオンにして、兄にSOSのメールを送ることだけだった。ただし、ジュノの兄は救いようのないアナログ人間だから、森の小道に落としておいたパン屑をたどることができるかどうかはわからなかった。だから、ジュノはおとなしく待つしかなかった。ドンが取引の交渉を終えるまで、ムショ暮らしに耐えるしかなかった。ここは知能犯専用の監獄だけれど、監獄であることに変わりはない。だいいち、たまにはサラダくらい注文してくれたって死にゃあしないだろうに。なんなら野菜ジュースだってなんだってかまわないのに。いまジュノが望むのは、ブルックリンに生きて帰ることだけだった。

誰かに電話をもらって、こんなに嬉しかったことはない。ドンからの電話がかかってくるまで、クラレンスは二十四時間以上の時間を、エイドリアンとヘザーと共にすごしていた。あまりの緊張感で、いまにも神経が参ってしまいそうになっていた。表面上は、なごやかな時間が過ぎていた。ヘザーは階下のジムへ運動しにいったり、エイドリアンは読書をしたり、夫婦揃って買い物に出かけたり、ハイランドへ散歩に出かけたり。けれども、そのなめらかな表面こそが、窒息しそうなほどに喉を締めつけるシルクのスカーフのようになめらかな表面こそが、一分が経過するごとに、時計の針は刻々と進んでいるのだということを頭から離れなくさせた。もしもあのガラス容器を手に入れられなかったら、あれをかっさらった裏切り者どもを捕らえられなかったら、エイドリアンとヘザーはおれに腹いせをするだろう。あの憐れで愚かなくそ野郎のタレコミ屋、ノリスにしたのと、まったく同じことをするはずだ。

だから、月曜の朝に携帯電話が鳴ったとき、番号非通知で電話をかけてきたのがドンだとわかったとき、〝今日の午後、プロスペクト・パークの中央にある階段の上で、現金百万ドルとガラス容器を交換する〟との取引条件を呈示されたとき、クラレンスはすっかり安堵して、いそいそとエイドリアンへの報告に向かった。そのときエイドリアンはクロスワードパズルを解いていて、ヘザーはマニキュアを塗りながら、エイドリアンが読みあげるヒントに答えていた。ところが、報告を受けたエイドリアンが不気味な笑みと共にプランを語りだしたとき、クラレンスの安堵はふたたび緊張に取って代わられた。約束どおりに現金入りの鞄を持って出向くのではなく、鞄のなかには新聞紙を詰めこんでおいて、ドンとジュノを始末したうえで、ガラス容器を持ち帰れと命じられたからだ。

「あのふたりを殺してやりたいのはわかります」解き終えたクロスワードパズルまで含めて、新聞をせっせと切り裂いてはダッフルバッグに押しこんでいくエイドリアンに向かって、クラレンスは言った。「それに、あんな裏切りを働かれたあとともあっちゃあ、おれだって、あのくそったれどもを殺せるなら願ってもないことだ。しかし向こうは、一対一のサシでの受け渡しを要求してきている。どうやったら確実に、先手を打つことができるっていうんです？」

エイドリアンはそれを一笑に付して、身の毛がよだつほどに冷酷な、あの笑みを投げてよこした。「受け渡しの場所にひとりで行かせるほど、おれがおまえを信頼していると思うか？　ふたりばかし、仲間を手配しておくから心配するな。古いことわざにもあるだろう？　〝まだ見ぬ他人がどうたらこうたら〟ってやつだ」

「それはあべこべではないかと……〝見知らぬ他人はまだ見ぬ友〟ですよね」

「そう、それだ。おまえが二度にもわたっておれたちをがっかりさせないかぎりは、なんの心配もない。ただし、万が一そんなことになったら、そいつらはおまえも殺すことになる」

ヘザーが笑いだし、エイドリアンも忍び笑いを漏らしはじめた。クラレンスも引き攣った笑みを浮かべつつ、笑い声をあげようとした。

「そんなに怖がらせたらかわいそうよ」とヘザーが言った。「ねえ、ハニー、それよりもわたしが一緒に行ってくるわ。そのほうが、クラレンスも心強いでしょ」

エイドリアンは眉根を寄せた。「本気か？」

「もちろんよ。ここにいたって、死ぬほど退屈なだけだもの。あなたの顔は、あんまり人前にさらすわけにいかないでしょ。いまは特に。だったら、いまはまだ、ほかの人間もできるだけ関わらせないほうがいい。それより何より、わたし、プロスペクト・パークが大好きなんだもの」

39

CIAのマイク・パウエルを伴ってオフィスに戻ると、ドナ・ザモーラ捜査官は椅子にすわって、着信メールを確認しはじめた。マイクはデスクの向こうに突っ立ったまま、咳払いをした。

「どうぞおすわりになって、マイク。コーヒーでもいかが？」ドナのニューヨーク訛《なまり》を大袈裟にまねてみせてから、マイクは椅子の上にあったファイルをどけて、そこに腰をおろした。それから普段どおり、中西部特有の抑揚のない喋り方に戻して、こう続けた。「ああ、ありがとう、ドナ。それでは、一杯いただこうか」

「いい加減に白状したらどうなの？」パソコンの画面から視線だけをあげて、ドナは訊いた。

「白状するって、何をだ？」

「オフィスで一緒にコーヒーを飲みながら、次に打つべき手を考えあぐねている人間というのは、通例、一致団結して仕事にあたるものだわ。なのに、もしもあなたがFBIの捜査に協力しているふりを続けるつもりなら、自分たちが誰を追っているのかも、何を追っているのかも教えるつもりがないのなら、わたしはこう言わざるをえない。おととい来やがれと」

「そう言うきみはどうなんだ？」

「あら、わたしは何ひとつ隠しだてなんてしちゃいないわ。まさに、開かれた書物……いいえ、開かれたファイルと言うべきかしら。とにかく、お望みなら、なんでも目を通してもらってかまわない。でも、あなたにそれができる？」

「できないことはわかっているだろう？」

「それが答え？」

「わかったよ。ただし、先に、さっき言っていたコーヒーを飲ませてくれ」

　ドナがコーヒーを手にオフィスへ戻ると、マイクは何食わぬ顔でファイルをぱらぱらめくっていた。そこには、市民からの過去の通報を文字に起こした内容以外、何ひとつ記されていないというのに、マイクという人間は、なんであれ詮索せずにはいられないのだ。

「何か文句でも？」片眉をあげて、マイクは言った。

「なんでも自由に見ていいと言ったのはきみだろう？」

「そうは言ってない」ドナはデスクの椅子に腰をおろした。「まあ、いいわ。勝手にして。さあ、今度はあなたの番よ」

　マイクはコーヒーをひと口すすり、「きみの家で飲んだのよりは旨いな」とつぶやいてから、閉じたファイルの上にカップを置いた。「それでは、白状すると　しよう。まず、あの研究施設から盗みだされた品というのは、広範囲に殺人ウィルスを拡散することを可能

とした、破壊的な生物化学兵器用の薬剤だ。このウィルスは直接的な空気感染のみならず、感染者の呼気からも伝染する」

「なんてこと……」ドナの意識は、長年積み重ねてきた鍛錬を迂回して、瞬時にラリッサのもとへと向けられた。わたしの娘……いいえ、ラリッサはマイクの娘でもある。マイクもわたしと同じ心境なのだろうか。

「それで、そんなものをつくったのはこの国の誰が？　CIA？　それとも、あなたたちCIAと共謀するお仲間が？」

「善良なるアメリカが？　この国の誰が？　CIA？」

「実際には、あの研究施設はそのウィルスの効力を弱めようとしていた。さまざまな液剤に微量のウィルスを加える実験をしていたんだ。一個人や一集団を狙い撃ちできるようにするために。制御不能な大量破壊兵器なんぞ、この国がけっして使用するわけにいかないことは、きみもよくわかってるだろう」

「ええ、これまでのところはね。だけど、今後、どん

238

なぼんくらがトップに立つかはわかったものじゃない。だいいち、そんな危険な代物がいったいどうしてあんなところに？」

「あそこは国の極秘施設だ。警備をあずかっている会社も、実体はＣＩＡだ。施設内のセキュリティーシステムに用いられているテクノロジーは、民間には流通さえしていない。あの香水メーカーは実在するが、ＣＩＡがひそかな協力関係にあり、金庫室や扉の認証システムもＣＩＡが設計した。ただし、ひとつ言っておく」マイクは両手を差しだし、からっぽのてのひらを見せた。「そうしたあれこれを、おれが考案したわけではない。おれはただ、事件発生後に、いま話したような事実を突きとめただけのことだ。だが、うまいことを考えたものだな。要は、森に木を隠すようなものだ。ごくありふれた古い研究所など、誰も気にかけないか、気づきもしない」

「加えてこれは、けっして公にはされることのない極秘のブラック・オペレーションでもある……疑いようもなく」

「ああ。大失態に終わりはしたがね。しかし、いま重要なのは、連中があのウィルスを使おうとするまえに、こちらが奪還することだ」

「それで、その〝連中〟というのは何者なの？」

「テロリストだ。ＩＳＩＳか、それ以外の誰か」

「わたしはプロファイラーじゃないけど、クラレンス・デイヤーが聖戦《ジハード》に御身《おんみ》を捧げるタイプだとは思えないわ」

「ああ。デイヤーは断じて、いかなるイデオロギーにも染まっちゃいない。あれはただの、金で雇われた使い走りだろうな。それから、表に立って人手を動かす役目も果たしている。だが、黒幕のほうは大いに毛色がちがう」

「誰なの？」

「あれだ」マイクは壁に張られた手配書を見あげて、

いちばん左の写真を指差した。そこに写っているのは、青い目と、不穏なほどに端整な顔立ちをした男だった。髪をごく短く剃りあげ、頬にファッションモデルのような不精髯を生やしている。「エイドリアン・カーン。最も凶悪とされる、指名手配中のテロリスト。そいつがいま、ここニューヨークに潜伏している」

「そんな……」ドナは冷めきった苦いコーヒーを無意識に口に含んでから、それをゴミ箱に投げ捨てた。「どうしてそこまで確信できるの？」

「確信などしてない。証拠がそれを指し示しているだけのことだ。テロリスト関連のチャットサイトや電子掲示板は、このところカーンの話題で持ちきりでね。ニューヨークのどこそこでやつを見かけた、ってなふうに」

「電子掲示板？　あんなの、ポップスターについてあだこうだ喋りたてている、ガキんちょどもの集まりみたいなものでしょう？」

「そういう連中にとっては、カーンこそがポップスターなんだ。白髪まじりの年寄りには、存在するとすら赦せないようなテロリストが。エイドリアン・カーンはテロリスト養成のための訓練キャンプを修了したのち、とつぜんそこから離脱して、はみだし者の一匹狼となった。もともとイスラム教徒ですらない。ただ単に、骨の髄まで邪悪なだけだ。それはともかく、そうした電子掲示板に集う若きジハードの戦士どもは、カーンのやつに憧れ、崇拝している。するとそんな折、こんなものが出まわりだした。エイドリアン・カーンが以前に利用していた、インドネシアのサーバーを介してな」

マイクはそれだけ言うと、タブレット端末に保存された何かを開いてから、ドナに手渡してきた。


ハロー、アメリカ！

自分たちには苦痛を外部委託することなどできや

しないと、いつになったら学習するんだ？　国際化とは、単なる安物のTシャツではない。戦争だ。そしていまこそ、おまえたちがおれたちを差し遣わしてきた戦争が、おまえたちのもとへ帰還せんとしている。

ドナは大きく息を吐きだした。「これこそがイデオロギーだと、はっきり断言するわ」

「徹底した完全破壊主義をイデオロギーとみなすことができるならな」マイクは言って、冷めたコーヒーを口に含み、顔をしかめてから、同じくゴミ箱に投げ捨てた。「だが、あとひとつ、理解に苦しむ点がある」

「何？」

「あの短機関銃をぶっ放してきた中国人は、いったいどう関わってくるんだ？」

40

いま望むのはブルックリンに生きて帰ることだけだと述べた時点では、自分までもが仲介役として、危険な受け渡しの場に駆りだされることになろうとは思ってもいなかった。その時が来るのをじっと待っていれば、望むものが手に入るのだと思いこんでいたのだ。ジュノがこの界隈で暮らしだしてから、ずいぶんになる。けれども、何食わぬ顔をしたドンに背後から拳銃を突きつけられたまま、プロスペクト・パークのなかをずんずんと進み、コンクリートの階段を使って丘をのぼり、公園全体を眼下に見晴らすことのできる舗装された広場にたどりついた瞬間、ジュノの脳裡に、子供のころにこの場所を訪れたときの記憶がどっと押し寄せてきた。野球をしたり、サイクリングをしたり、バーベキューをしたり。こうしているいまも、自転車に乗っている者や、ソフトボールをしている者の姿が見える。草っぱらでピクニックをしている者や、日光浴をしている者もちらほら見える。一匹のオーストラリアン・シェパードが宙に跳びあがっては、飼い主の投げたボールをキャッチしている。もしも生きて帰ることができたなら、かならず近いうちにまたここへ来て、ぼくもあんなふうなひとときをすごそう。母ちゃんからよく言われていたように、お陽さまの光を浴びながら、新鮮な空気を味わおう。日がな一日、部屋にこもって、ゲームやハッキングにばかり明け暮れるのは、もうやめよう。ジュノは心にそう決めた。もちろん、そんな決意が長続きしないだろうことは、心の奥底でわかっていたけれど。

階段を上までのぼりきったところで、ドンはジュノの肩に手を置き、「とまれ」と命じた。手にした拳銃を腰の後ろに差し、上着の内側に隠し持っていたＡＫのストラップを肩にかけてから、ガラス容器をおさめたプラスチック製のケースを手渡してきた。ジュノがそれに手を触れるのは、これがまったくのはじめてだった。百万ドルの価値がある香水。いや、本当にこれはただの香水なんだろうか。クジラのウンコだかなんだか知らないが、単にいいにおいがするというだけの代物が、こんな大事《おおごと》を引き起こす原因になんかなるだろうか。前日の一昼夜にわたって、想像をめぐらせる時間はたんまりあった。あれはいったいなんなのだろう。エイズか癌の特効薬ならいいのに。そんなふうに思っていた。けれども、自分がいま関わりあいになっている連中は慈善家の集まりなんかじゃあけっしてないと、何かがジュノに告げていた。

やがて、広場の向こう端にクラレンスの姿が見えた。指示されたとおりに、ダッフルバッグを抱えている。「よし、やるとするか」ドンが言って、自動小銃の銃身でジュノの背中を小突いた。

ヘザーは受け渡し場所へひと足先に到着し、早くも配置についていた。ジョギングウェアを着て、狙撃用ライフルを分解しておさめた小型のバックパックを背負い、公園のなかを走りぬけて、丘の上の広場へと通じる階段をのぼった。木立のなかに分けいって、広場を見渡すことのできる地点を選び、地面に腹這いになった。ライフルを組み立て終えると、地面に伏せたまましっと待った。周囲をゆっくりと飛びまわる虫の羽音が聞こえる。真夏の太陽の光を受けて青々と茂った木々の上で、小枝から小枝へひっきりなしに飛び移っていく鳥のさえずりも。ヘザーはエイドリアンとすごす休暇のことを考えた。この任務が終わったら、すぐにも出発しよう。飛行機のチケットは、もちろん偽名を使って、すでに予約してある。ホテルも選んである。もっと青くて、もっと澄みわたった異国の空のもと、夫の隣に寝そべり、手と手を握りあってうたた寝をする。照りつける陽射しのまぶしさに目を閉じる。波音だけが耳にささやきかけてくる……

そのとき、階段をのぼりきって広場の隅に立つ、黒人の少年の姿が見えた。筋肉バカのドンが後ろから銃で小突いて、少年を前へ押しだそうとしている。ヘザーは引鉄に指をかけた。クラレンスが新聞紙を詰めこんだダッフルバッグを抱えて、広場の反対側にあらわれるのを確認してから、照準器を覗きこんだ。理想を言うなら、クラレンスがあのふたりを殺すなり、殺そうとするなりしたあとで、わたしがクラレンスを始末するのがいちばんいい。けれども、過程なんてものはどうだっていい。結果的に三人ともが死んでくれさえすれば。愛する夫のもとへ、わたしがウィルスを持ち帰ることさえできれば。

「やるとするか」と告げるドンの声に押されて、ジュノは両手を前に突きだした。自分が手にしているのはガラス容器だけで、武器は持っていないことを示しながら、そろそろと足を踏みだした。ドンの立てた計画はこうだった。ジュノが広場を突っ切ってクラレンスのもとへ向かい、ガラス容器と現金を交換してから、ドンのもとへ戻る。その間、ドンは自動小銃をかまえて、クラレンスがおかしなまねをしないよう掩護する。金を分けあうつもりがドンにないことくらいは、もちろんジュノにもわかっていた。だけど、これが済んだら、ぼくを殺すつもりなんだろうか。それとも、どこかに置き去りにするだけなんだろうか。それに、金をもらえようがもらえまいが、この難を逃れることができたところで、結局、真相は闇のなかだ。もし仮に、このままバスに乗って家に帰ることができたとしても、自分は何か恐ろしい罠にはめられたんじゃないかという疑念が、もっと恐ろしい悪夢に変わるだけじゃないのか。

ようやくクラレンスのもとにたどりついた。いささかの気まずさをおぼえて、ジュノは反射的に照れ笑いを浮かべた。「やあ、クラレンス。こんなことになっちまって、ごめんよ」言いながら、ガラス容器を差しだした。

クラレンスは小さく肩をすくめた。ガラス容器を受けとり、ダッフルバッグを手渡しながら言った。「気にすんな、ジュノ。よくあることだ」

その直後、背後から銃声が響きわたり、クラレンスの顔がパニックにゆがんだ。ジュノは慌てて振りかえった。ドンが宙に向けて、やみくもに銃を撃ちまくっているのが見えた。なんと、背後からドンにつかみかかっているのは、ほかならぬ兄のエリックだった。飛んでくる弾から逃れようと、ジュノは後ろを振りかえった。その瞬間、ジョーがクラレンスにつかみかかり、後ろに引き倒すのが見えた。そのうえ、そのすぐそばには、トレードマークのマイアミ・マーリンズのチームキャップをかぶった親友、チャールズの姿まで見えた。こんなの、まるでサプライズパーティーだ。ジュノはジョーとチャールズのもとへ向かおうと、ドンの銃から遠ざかろうと、地面を蹴って駆けだした。するとそのとき、別の誰かが、木立のなかから銃弾を放ち、ジュノの手にするダッフルバッグを吹き飛ばした。お菓子や玩具を詰めこんだくす玉人形《ピニャータ》のように、弾けたダッフルバッグのなかからこま切れの新聞紙があふれだし、ひらひらと宙を舞いはじめた。

「くそったれめ!」とジュノはわめいた。もう半分は、金を偽装したクラレンスに向かって。半分は、自分を撃とうとした木立のなかの何者かに向かって。その言葉は、くす玉人形を割った子供が〝やったぁ!〟と叫ぶのと同じ感覚で、自然と口を突いて出た。ジュノはそのまま全速力で、木立のなかへ駆けこんだ。

自分の携帯電話でジュノの携帯電話の位置を追跡しているチャールズの先導で、ジョー、エレーナ、エリック、なおも押し黙ったままの巨体の男の総勢五名は、プロスペクト・パークのなかをまっすぐ突っ切り、大きな丘の麓《ふもと》までたどりついた。丘の斜面には木々が生い茂り、麓から頂上に向かって、一本の石の階段が伸びている。

「GPSの信号によれば、ジュノはこの丘の上にいる」

「誰か、この場所に来たことはあるか? 上がどんなふうになっているか、知っている者は?」ジョーが訊いた。

「おれが知ってる」名乗りでたのはエリックだった。

「ここには赤ん坊のころから何度も来てるからな。まず、この階段をのぼりきった頂上は、地面が舗装されていて、軽く休憩をとることのできる広場になっている。そんでもって、そこから丘の反対側へおりる階段が、ちょうど真向かいにもう一本ある」

「もしおれの案を聞きいれてもらえるなら、きみとエレーナのふたりで、この階段をのぼるべきだと思う。そして、チャールズとおれとで、もう一本の階段をのぼる。そうすれば、銃を持つ人間を両方の退路に配置できる」

「こいつはどうすりゃいいんだ？」エリックが言って、巨体の男のほうに顎をしゃくった。巨体の男も、ジョーに顔を向けた。

「もしきみさえかまわなければ、そこから木立のなかを分け入って丘をのぼり、横手へまわりこんでもらいたい。そうすれば、おれたちがうっかり見落としたやつがいたとしても、そいつを取り押さえることができる」

「決まりだな」エリックが言うが早いか、巨体の男はこくりとうなずき、ただちに行動を開始した。驚くほどの軽やかな足どりで、小走りに駆けだした。まるで、冷蔵庫がとつぜん跳びあがって動きだすさまを眺めているかのようだった。

「そっちは一分待ってからのぼりはじめてくれ」ジョーはエリックに言って、エレーナに向きなおり、片目をつむってみせながら、こう告げた。「上で会おう」

エレーナはにっこりと微笑んだ。「ええ、待ってるわ」

ジョーとチャールズも駆けだした。ジョーが自然と先頭を切り、銃を携帯しているほうのチャールズは喜んであとに随《したが》った。そして言うまでもなく、頂上が近づくころには、ぜいぜいと息を切らしていた。ジョーがいきなりぴたりと足をとめ、〝とまれ〟と言うように片手を突きだしてきたので、チャールズもその場で立ちどまった。ジョーが残りの階段をそろそろとのぼり、首を伸ばして頂上のようすを窺《うかが》いはじめたので、チャールズもその後ろから、そっと広場を覗きこんだ。ジョーの見ているものが、チャールズにも見えた。後頭部の丸く禿げた白人の男が、ジュノと何かを話している。するとそのとき、銃声が響いた。ジュノが驚きに跳びあがった。そして、チャールズが何かをするより早く、ジョーが背後から白人の男に跳びかかり、地面に引き倒して喉に膝を載せ、完全に動きを封じてしまった。

「チャールズ、こいつに銃を向けろ」ジョーが言った。

「ああ、そっか。ごめん」チャールズは言って、指示に従った。じつを言うと、ほんの少し肝をつぶしていたのだ。

ジョーは男の喉から膝をおろしたが、男が起きあがろうとすると、今度は胸を膝で突いて、男を地面に押しもどした。そして、男が握りしめていたプラスチック製のケースを取りあげ、こう尋ねた。「こいつはいったいなんなんだ?」

「ジョー、聞いてくれ。あんたを裏切ったのはおれじゃない。ドンとあのガキが――」

「こいつはなんなんだ?」ジョーは質問を繰りかえしながら、男のみぞおちを締めつける力をさらに強めた。

「病原体だ……」痛みに喘ぎながら、男は言った。

「病原体?」ジョーとチャールズはふたり揃って、透明なプラスチックケースを見おろした。チャールズの目には、昔一度、マリファナの所持で捕まったときに採らされた検尿のようにしか見えなかった。

「要は、殺人ウィルスってやつだ」そう続ける男の声がした。「生物兵器用の……」

「クライアントはどこだ?」

「おれからの報告を待ってる。これを使え……」男がポケットに手を伸ばすのを見てとるなり、緊張でがちがちになっていたチャールズがとっさに引鉄を引きそうになると、それに気づいた男が大声で訴えた。「電話だ! 電話を出そうとしているだけだ!」そして、ポケットからゆっくりと、使い捨てのプリペイド携帯を引っぱりだした。

ジョーはそのプリペイド携帯を受けとると、男の胸から膝をどけた。男はやれやれと身体を起こし、てのひらでみぞおちをさすりはじめた。すると次の瞬間、そこからほんの数インチ上に、とつぜんぱっと赤い花が咲き、銃弾が心臓を撃ちぬいた。

「ちくしょう！」チャールズがわめくと同時に、ジョーが叫んだ。「伏せろ！」だが、チャールズはすでに、大慌てで階段を駆けおりはじめていた。一方のジョーは丘の反対側へ向かって走りだし、すぐに姿が見えなくなった。

ブツの受け渡し中にトラブルが発生したことを見てとるやいなや、ヘザーは一発めの銃弾を放った。だが、ジュノを狙った弾は的をはずれた。おそらくはたまたまだろうが、ジュノが賢明な行動をとったからだった。要するに、とにかく身を隠そうと、あっちへこっちへあたふた走りだしたために、正確に狙いをつけることが難しくなったのだ。ヘザーは射撃の名手だから、ジュノがどこかへ向かって一直線に走ってくれていたら、けっして狙いをはずすことはなかったはずだ。標的の走る速度を瞬時に目測し、弾丸の飛翔速度と照らしあわせたうえで、いともたやすく急所を撃ちぬいていただろう。ところが、このときはあいにく、ジュノが不規則な動きを見せたせいで、ヘザーは判断を鈍らされた。おかげで、ジュノはからくも命拾いをし、的をはずれた弾丸は、新聞紙を詰めこんだダッフルバッグを切り裂いた。そして、ヘザーが次の弾を放つより先に、ジュノは木立に駆けこんで、視界から消えてしまっていた。

そのうえ、今度はドンまで姿が見あたらなくなっていたが、左に向きを変えると、木々の隙間から、見知らぬ白人の男に組み伏せられているクラレンスの姿が見えた。こうなってしまっては、クラレンスはもはやお荷物だ。あまりに多くを知りすぎている。だから、白人の男が身体を離し、標的をはっきり視界に捉えられるようになった瞬間を逃さず、ヘザーはその心臓を撃ちぬいた。続いて、正体不明の白人の男もついでに片づけようとしたまさにそのとき、背後に茂る木立の奥から、何かが——熊か、一個小隊か何かが——こちらへ猛然と突き進んでくるような音が聞こえてきた。ヘザーはごろりと身体を転がし、仰向けになろうとした。ところが、カムフラージュには打ってつけであったはずの鬱蒼と茂る葉に邪魔されて、完全に仰向けになることも、銃を撃つこともできなかった。そのときヘザーにできたのは、アメフト選手ばりに図体のでかい黒人の大男が跳びかかってくるのを、ほんの一瞬、視界におさめることだけだった。

　大男はとんでもなく重たかった。着地の衝撃だけで、肺のなかからすべての酸素が押しだされ、危うく意識が飛びかけた。いまもいまで、身体を動かすことすらままならず、ライフルも自分の身体の下敷きになってしまっていた。ヘザーは必死にもがきはじめた。梃子《てこ》の力を利用して、どうにか小さな隙間をつくり、大男の睾丸なりなんなりにこぶしを食らわせようとした。けれども、鍛えぬかれたレスラーさながらに、大男はその都度、重心を変えて、ヘザーを地面に押さえこみつづけた。とはいえ、これはレスリングではない。てのひらでぱんぱんと地面を叩いて降参の意をあらわす代わりに、ヘザーは大男に嚙みついた。顎にめいっぱいの力を込めて、大男の耳を嚙みつぶした。血の味がした。大男はとっさに身体を引き離そうとした。だが、ヘザーの歯のあいだにがっちりと挟まれた耳への締めつけが、いっそう強まるだけだった。

　大男は絶叫した。耳を締めつけるものを振り払おうと、反射的に上半身を持ちあげた。ヘザーはその隙を見逃さなかった。束縛を逃れた腕をあげ、大男の首に巻きつけた。まるで木の幹のようだった。ヘザーのウエストくらいの太さがあった。けれども、ヘザーは大男に組みついたまま、静脈の位置を探りあて、そこを強く圧迫した。自分が何をされているのかに大男が気づき、巨大なてのひらをヘザーの横っ面に叩きつけだしたあとも、圧迫する力をゆるめなかった。やがて大男は、夢も見ることのない深い眠りに落ちていった。

大男の身体の下から抜けだすのには、貴重な時間を数分も割かねばならなかった。まるで生き埋めにでもされている気分だった。ヘザーは完全に息を吐きだすことで、ただでさえ小さい身体を小さくしては、少しずつ身をくねらせることを繰りかえした。ようやく片腕が自由になると、頑丈な木の根をつかんで、うめき声をあげつつ、大男の下からずるずると抜けだし、ふらつく足で立ちあがった。全身が痛み、すでに顔が腫れあがってきているのがわかった。ライフルは大男の身体の下の、どこかに埋もれてしまっていた。しかも、大男は早くも口をもごもごと動かしはじめている。しだいに意識を取りもどしかけている徴候だ。仕方なく、ライフルを回収することはあきらめて、ヘザーはその場から逃げだした。

丘の頂上にたどりつくやいなや、エリックはドンに跳びかかっていった。それが失策であることがエレーナにはわかっていたが、そのことを知らせようにも、もはや手遅れだったし、向こうも事前に訊いてはくれなかった。男というのは、女にものを尋ねるということをめったにしない生き物なのだ。それに、エリックは弟のことを心底案じていた。それはまあ、無理もない。ならば、身長六フィートを超える筋骨隆々たる大の男が、自分の肩にかろうじて背が届くかどうかの細身の若い女に、どう戦うべきかを教わる必要がどこにあるというのか。

だが、結果は散々だった。エリックはまず、左手でドンの左肩をつかみ、右の脇腹に銃口を押しつけた。すると、それに驚いたドンがとっさに腕をあげ、でたらめに銃を乱射しはじめた。それがそもそものまちがいだった。まずはドンの喉首をつかんで後ろに引き、バランスを崩させるべきだったのだ。もしくは、銃で後頭部を殴りつけ、気絶させてしまってもいい。さもなくば、いきなり撃ってしまえばよかったのだ。ところが実際はこのとおり、エリックはドンに、エレーナならとるであろう行動をとる機会を与えてしまった。なんらかの武器だとわかるものが脇腹に押しつけられるのを感じとるやいなや、ドンはくるりと右へ身をひるがえすと同時に、すばやく肘を突きだして、エリックの銃を木立のなかへ弾き飛ばした。そして、そのまま百八十度後ろへ向きなおると、左のこぶしを振りあげて、エリックのこめかみをしたたか殴りつけた。エリックは横ざまに倒れこんだ。まちがいなく、がんがんと耳鳴りがしているはずだった。続いてドンは、自分の武器をかまえようと、脇に垂らしていた自動小銃に手を伸ばした。だが、そのときにはすでに、エレーナが間近に迫っていた。

ドンが攻撃に打って出た時点で、次に何が起きるかを見越していたエレーナもまた、行動を開始していた。エリックが横ざまに倒れこむと同時に、エレーナはその身体をひょいと跳び越え、ドンの手から木立のなかへ、自動小銃を蹴り飛ばした。だが、次の攻撃にかかるまえに、ドンが熊のように両腕を広げて抱きついてきたため、ふたりは組みあったまま地面に倒れ、そのままごろごろと階段を転がり落ちていった。

階段の下まで落ちたあと、先に立ちあがったのはエレーナだった。エレーナは猫のような動きで、ぱっと後方へ跳びすさると、立ちあがりかけていたドンに向かって足を蹴りだし、顎に強烈な一撃をお見舞いした。階段の上に倒れこんだドンに向かって、エレーナが間合を詰めようとしたとき、ドンがさっと腕を伸ばし、こちらに銃口を向けてきた。手にしているのは自動小銃ではなく、フラットタイプのオートマチック拳銃だった。

「動くな！」ドンがわめいた。エレーナはそれに従った。その場でぴたりと動きをとめ、両手をあげて、後ずさりした。ドンに立ちあがるスペースを譲るために。階段を駆けおりてくるジョーが、背後からドンに跳びかかりやすくするために。

ジョーは失策を犯さなかった。ドンの首に左腕を巻きつけ、上腕二頭筋で喉を締めあげつつ、右腕をドンの顔の前にまわして、左の顎関節をつかんだ。そして、一連のなめらかな動きで、ドンの首の骨を折った。

第四部

41

巨体の男は千切れかけた耳を手当てしてもらうため、チャールズに付き添われて救急病院へ向かうことになった。怪我の理由は、犬に噛まれたのだと説明することにしたため、いまから狂犬病の注射に怯える羽目になったが、それを除けば、大事《だいじ》に至ることはないものと思われた。残りの四人は、ベッドフォード＝スタイベサントにあるエリックの自宅へ戻ることになった。その道中、運転席のエリックと助手席のジュノは、ずっと肩を組みあっていた。エレーナとジョーは後部座席から、そのようすを眺めていた。ほどなく家に帰りつくと、エリックはふたりに銃を返して、こう言った。「すまなかったな。いまさらだが、あんたたちにこそ銃を持たせておくべきだった」

「気にするな」ジョーは言って、差しだされた手を握りかえした。

「結局のところ、特に必要にはならなかったわけだし」エレーナも肩をすくめながら言って、エリックと握手を交わした。

「そんでもって、こいつはどうするつもりなんだ？」ガラス容器をおさめたプラスチックケースを指差しながら、エリックが訊いてきた。ケースはいま、コーヒーテーブルに山積みされた雑誌の上に、奇っ怪なモダンアートの文鎮さながら、ちょこんと載せられていた。

「ぼくはおりる」首を横に振りながら、ジュノが言った。「金持ちのおばさん向けの香水を盗めってんなら、別にかまわないよ。あんなの、もともとぼったくりだもん。けど、こんなものに関わるのはまっぴらご免だ。

絶対、警察か誰かに引き渡すべきだと思うな。防護服を着た連中にさ。ジョー、あんたはどう思う？」

「この週末はすこぶる刺激的な時間をすごすことができたが、これだけの働きをさせられておきながら、なんの収穫もないまま手ぶらで帰るわけにはいかない。クラレンスのクライアントとやらに連絡をとって、向こうがどう出るか、たしかめてみようと思う」

「そうしたいなら、勝手にやっていいよ。ぼくはもう何もいらない。こうして生きているだけで満足だ」

「いいや、きみの働きも大きかった。相応の取り分を受けとる権利はある」

「それはどうも。あんたって、ほんといいやつだな」ジュノは言って、エレーナに顔を振り向けた。「そっちはどうするの？」

「わたしはジョーに従うわ」とエレーナは答えた。

帰宅したヘザーから一部始終を聞かされたエイドリアンは、腫れあがった頬を目にするなり、激昂した。何より、自分に腹が立った。

「きみを行かせるべきじゃなかった」冷凍庫から氷嚢を取りだしながら、エイドリアンは言った。「あんな危険な場所に送りだすなんて、おれはいったい何を考えていたんだ」

「自分を責めないで。キックボクシングの練習のほうが、よっぽどひどい怪我をすることがあるわ。知ってるでしょう？」氷嚢を受けとりながら、ヘザーはソファに横になり、夫の手を握りしめた。「ありがとう、あなた。わたしの身を案じてくれるのは嬉しいわ。わたしもあなたに対しておんなじ気持ちだから。だけど、知ってのとおり、わたしは自分の面倒くらい自分で見られる」

「ああ、きみはたしかに強い。ほかのどんなやつよりも」エイドリアンはソファの傍らにひざまずき、ヘザーの着ているシャツをそっと持ちあげて、なめらかな腹に口づけた。「だが、きみの腹のなかにはいま、面倒を見てやらなきゃならないおれの息子もいるんでね」

ヘザーはくすくすと笑いながら、エイドリアンの髪を揉みくちゃにした。「あなたの娘にはまだ、肺も、目もないのよ。いまはまだ、ちっちゃな細胞の塊でしかない」

「だとしてもだ」エイドリアンは床に腰をおろし、ヘザーのこめかみにそっと額を押しあててささやいた。「きみたちふたりを失うなんて、とても耐えられない」

「そんなことにはならないわ」ヘザーは言って、エイドリアンの頭を優しく撫でた。それ以上、異議を唱えることはやめにした。エイドリアンにとって、家族を失うということがどれほどの恐怖であるのかを、充分に心得ていたから。

42

ジオが家を訪ねてきたのは、グラディスがお気にいりのクイズ番組を観ようと、テレビの前にすわりかけていたときのことだった。

「あら、いらっしゃい。何か飲みたかったら、キッチンから好きに取ってきてちょうだいな」腰を折って頬にキスをするジオにグラディスは言うと、さっさと椅子にすわりこんだ。

「ああ、そうか。ちょうど《ジェパディ!》が始まる時間帯でしたね。すみません。うっかりしていました」

ジオはキッチンに入り、冷蔵庫からシトラス炭酸水のフレスカを取りだした。居間に戻ると、静かにソファに腰かけて、コマーシャルが差し挟まれるのを待った。この番組中だけは邪魔をしないほうがいいことを、ちゃんと承知していたのだ。

「ミルトンって誰よ！」グラディスはテレビに向かってわめきたてていた。「ジンバブエなんて、どこにあるの！　鎖骨ってなんなの？　鎖骨ですって！　このばか！」不正解を知らせるブザーがビービー鳴るたびに、グラディスはあきらかに興奮の度合いを増していった。「ラジウム？　だから、ラジウムってなんなの！　地理の五百ポイント問題を選べばいいものを、このとんま！　ヒマラヤ山脈ですって？　何をばかなことを言ってるの！」

番組がコマーシャルに入ると、グラディスは背もたれに寄りかかってひと息ついた。そして、そのときはじめてジオの存在に気づいたとでもいうかのように、こう話しかけてきた。「あらま、よかった。フレスカを見つけたのね。あたしにも少し分けてちょうだいな」氷以外は何も残っていないグラスを差しだし、ジオにシトラス炭酸水をそそいでもらうと、そこにウイスキーを注ぎ足しながら、グラディスは言った。「それで、近況は？　ご家族はお元気？」

「ええ、元気にやってます。ノラの所属するサッカーチームは目下、負けなしで——」

「それはそれは、すばらしいこったねえ。昨今じゃあ、女だってなんでも好きなことをやれる。それで、お母さまもお元気なの？」

「ええ。変わらず元気にやってます」

「よろしくお伝えしてちょうだい」

「はい、かならず。それより、そちらはいかがおすごしですか」

グラディスは居間の端から端へ向けてぐるりと片手をめぐらせてみせた。「ごらんのとおり、なんの不満もありゃしないよ」

「最近、ジョーから連絡は？　なかなか連絡がとれなくて困っているんですが」

グラディスが酒をひと口すすると、グラスの縁にべったりと口紅の跡が残った。「あなただけじゃなく、誰も彼もがあの子を捜してるみたいだね。けど、あたしのところにも連絡はないよ。ずいぶんと多忙なようだねえ」

「おれのほかにも、誰か来たんですか？」

「FBIからやってきた、感じのいいお嬢さんよ。名前はたしか、スペイン系で……どこかに名刺があるはずなんだけど。いったいどこにやっちゃったのかしら」グラディスはあたりをきょろきょろと見まわしつつ、あちこちのものを動かしだした。

「名刺を捜せばいいんですね？」そう尋ねながら、ジオもコーヒーテーブルの上を見まわした。

「いいえ、捜してるのは眼鏡よ」

「それなら、額の上に載ってますよ」

「あらま。ふふっ……あたしったら、いやだねえ」グラディスは髪のなかを手探りし、眼鏡を引っぱりだしてから、鼻の上にちょこんと載せた。「さてと、それじゃ、どこにやったっけねえ……」励ますような笑みをたたえて、ジオは待った。「あれまあ、こんなところにあったわ。ほら、ポケットのなかに」グラディスは名刺を手に取り、じっと目をこらした。「……ドナ・ザモーラ。ご存じ？」

「ええ、ザモーラ捜査官のことなら存じあげています」

「かわいらしいお嬢さんよねえ。身体つきまで、小柄でかわいらしい」

「たしかに」

「すごく感じがよかったわ。刑事にしては」グラディスは言って、もうひと口、酒をすすった。

「ザモーラ捜査官に何を話したんです？」

「見損なってもらっちゃ困るわねえ。もちろん、何も話しちゃいないよ」

ジオはふっと微笑んで言った。「それなら、向こうは何を訊きたがっていたんだと思いますか」

「あたしが思うに、あのお嬢さん、うちのジョーにちょっと気があるにちがいないわ」

ジオは思わず、声をあげて笑った。「わかりましたよ、グラディス。フレスカをごちそうさまでした。もしジョーから連絡があったら、おれに電話を入れるよう伝えてください。あなたにご心配をおかけしたくはないんですが、少々厄介なことになってまして」ジオはそれだけ言うと、ソファから立ちあがって、グラディスの頬に別れのキスをした。

「あたしは心配なんてしちゃいないよ。あの子なら、自分の面倒くらい自分で見られる。それから、ときにはあたしの面倒も。それから、ジオ、あんたの面倒までね」言いながら、グラディスはジオの頬を軽くつねった。

ジオはにやりとして言った。「ええ、わかってます」

グラディスのアパートメントから出てきたジオは、キーを片手に車へ向かいながら、すでに電話をかけはじめていた。同時にいくつもの仕事をこなすやり手ビジネスマンさながらのその姿を、ドナは車のなかから眺めていた。ここへは、二時間ほどまえに自分の私用車でやってきた。通りの少し離れたところに目立たないよう車をとめて、ずっと張りこみを続けていた。逃げ足の速いジョーがどこかにひょっこりあらわれるとしたら、祖母の暮らすアパートメントではないかと踏んだから。〝ストリップクラブの奥のボックス席〟を住居の数に入れないとするなら、祖母の住まいは、唯一判明しているジョーの住処《すみか》でもある。ところが、そこへ姿をあらわしたのは、ジョーではなくジオ・カプリッシだったというわけだ。

ジオを呼びとめて尋問しようかとも考えた。だけど、そんなことをしてなんになる？　ジオがここへやってきたのは、ジョーへのメッセージを取り次いでもらおうとしているか、もっと可能性が高いのは、向こうもジョーを捜しているかのどちらかだろう。前者の場合には、何を訊いたところで、ジオは何も語らない。後者の場合には、向こうも何も知らない。もしかしたら、把握している情報はわたしより少ないかもしれない。だから、不意討ちをかけるのはやめておくことにした。

いや、むしろ、不意討ちを食らったのはドナのほうだった。外から見えないようシートを倒して、ジオの車をやりすごしていたとき、その車を尾行している者がいることに気がついたのだ。ジオがエンジンを始動するやいなや、そこから数台後ろにとまっていた車もエンジンをまわしだした。ジオが路肩から車を出すと、数台後ろの車も、すぐあとに続いた。運転席にすわっているのは、黒髪の女だった。車はボルボのワゴンで、マフィアが好んで乗りまわすものとは程遠い。そういう意味では、警察車両でもなさそうだ。としても、あの車がジオを尾行していることだけはまちがいない。しかも、どうにも素人臭い。そこで、プレートナンバーを照合してみると、案の定、車の所有者はキャロル・カプリッシ――なんと、ジオの妻だったのだ。

それにしても、犯罪組織のボスの妻が、いったいなんだって自分の夫を尾行したりするのだろう。ドナはやれやれと息を吐きだした。この事件は何もかもが混沌としていて、わけがわからない。ふと、別れた夫の姿が頭に思い浮かんだ。ＣＩＡのブレーンであるマイク・パウエルがホワイトボードの前に立って、この最新の登場人物を〝中国系マフィア〟、〝ＩＳＩＳ〟、さらには〝ＩＲＡ〟のいずれと結びつけるべきか考えあぐねている姿。蜘蛛の巣のように複雑に糸が交錯する関係図。あるいは、蜘蛛の巣どころの騒ぎではないのかもしれない。寝起きのラリッサの髪のように、いくら梳いてもほぐれない、ぎちぎちに絡まりあった塊のようなものなのかも。普通なら、ゴミ箱に投げ捨てるしかないものなのかもしれない。そんなもののもつれを解こうとしても、無駄なのかもしれない。そこまで考えたところで、ラリッサのことを思いだした。ラリッサはいま、祖母と夕食をとっている。そろそろ、あの子をお風呂に入れる時間が近づいている。寝るまえに髪も梳いてやらないと。ドナは車のエンジンをかけ、自宅に向けて走りだした。

スピーカー通話で母親に電話をかけ、これから帰るから夕食を温めておいてと伝えながら、路肩から車を出したときも、CIAエージェントのマイク・パウエルがそのようすを眺めていることに、ドナは気づいていなかった。マイクは別れた妻の尾行をひそかに続けていた。ドナのオフィスで話をした直後から。ドナはまちがいなく何かを隠していると、確信したときから。そこまで確信が持てなかったのは、どうしてそんなふうに感じたのか、そして、どうしてそれが問題だと思ったのかということだった。

スパイや逆スパイが入り乱れる胡乱《うろん》な世界に身を置いていた歳月を通じて、何においてもおのれの直感に耳を傾けるべきだということを、マイクは学ぶようになっていた。ただし、それにはひとつ問題点がある。人間の直感は、ときに誤作動を起こす場合がある。とりわけ、私生活のこととなると。そして、誤作動を起こして暴走した直感は、なんでもないことに病的な猜疑心を抱《いだ》かせようと、支離滅裂なことをささやきはじめる。さもなくば、自分自身と直感の両方が破滅への道をまっしぐらに突き進んでいるときに、なんら問題なしと伝えてくる。マイクもかつて、そうした状況に陥った。離婚の際に。妻の行動を調査する際、CIA局員としての職権を濫用していたことがあかるみに出されたときに。ただし、上からこっぴどく叱責されはしたものの、正式な処分を受けることはなかった。いついかなるときでも体裁にこだわるＣＩＡには、エージェントのひとりが禁を犯し、国の保安とはなんら関わりのない私的な調査に職権を濫用したなどというニュースを、世に出まわらせるわけにいかなかったのだ。よって、マイクの身上記録自体にはなんの傷も残らなかったが、出世の道は閉ざされた。同僚たちが海の向こうで華々しい任務に従事するなか、マイクはひとり置いてけぼりを食うようになった。要するにマイクは、越えてはならない一線を越えてしまったのだ。

ところがいまここで、マイクはまたもや、娘の待つ自宅へ向けて車を走らせる元妻にスパイ行為を働いていた。表向きは、事件の捜査を――ＣＩＡが強く介入を望んでいる、アメリカの国土内で起きた事件の捜査を――徹底して行なうために。ならば、その一線とやらはいまどこにあるというのか。

そして、マイクの直感は、あのジョー・ブロディーについて――マイクや妻の担当する事件に（いや、正しくは元妻の……人生に？）たびたび顔を覗かせる男について――何を伝えているか。それはマイクにもよくわからなかった。わかっているのは、あの男が脅威だということだけだった。そして、マイクとＣＩＡのどちらもが長けているのは、脅威を排除することだった。

キャロルはその日一日じゅう、夫を尾行していた。率直なところ、ジオの生活は想像していたほどドラマチックではなかった。自身の営むクリニックで患者を診て、子供たちをあちこちへ送り迎えして、といったキャロル自身の日常のほうが、よっぽどドラマがあるように思えた。一方のジオは、なんの変哲もない（おおかたはずいぶんとうらぶれた外観の）事務所や、酒場や、倉庫を車であちこちまわって、ハグか握手を交わしたり、会話をしたり、コーヒーを飲んだり、別れ際にもう一度ハグか握手を交わしたりしては、また次の場所へと向かっていった。ずっとそれの繰りかえしだった。やがて、そうした一日の最後にジオは、かつて暮らしていた地域へ向かい、どこか見覚えのある建物の前で車をとめた。その瞬間は、何か興味深いことが起こりそうな予感がした。ひょっとしたら、なんらかの手がかりが見つかるかもしれないとも思った。その建物が、ジオの子供のころからの親友ジョーが――PTSDと薬物依存症の問題を抱えているというジョーが――祖母と暮らしているアパートメントだということを思いだすまでは。キャロル自身も、結婚後に一度か二度、ケーキや贈り物をたずさえて、ここを訪ねたことがある。ジョーが祝日にうちへ来たことも。ジョーはチャーミングで、好感の持てる男だった。そして、ジオはジョーのことを、ひどく気の毒に思っていた。ジオはそういう部分で、驚くほど情が厚いのだ。キャロルはもちろん、ジョーにセラピーを受けさせてはどうかとジオに勧めた。一対一のセラピーを受けてもいいし、退役軍人のための支援団体もある。依存症専門の治療施設に入院するという手もある。病院に通えば、最近はいい薬もあると。けれども、ジオは聞く耳を持たなかった。ジョーを苦境に立たせたまま、ストリップクラブのドアマンといったふうな、瑣末な仕事をあてがうだけだった。国のために戦った退役軍人を、自分を含めたアメリカ社会がどのように扱っているかを思うと、悲しくてならなかった。

それはともかくとして、ジオはそこから車を出すと、あろうことかキャロルに電話をかけてきた。後ろめたさが邪魔をして、キャロルは電話をとることができなかった。すると、ジオは音声入力メールを残していった。〝今日は長い一日だったから、ジムに寄ってひと汗かいてくる。少しスパーリングもするかもしれない〟という内容だった。キャロルにはそれを咎めることができなかった。自分がジオでも、こんな日には、なんらかのストレス発散が必要だと思えたから。だとすると、こんなスパイのまねごとも、夫婦関係の健全化のためには役に立ったということかしら。結果として、夫への共感が増すことになったのだから。それとも、ただのこじつけにすぎないのかしら。医者としてなら、そういう患者をどう診るだろう。

きっと、わたしはこう助言する。愛する夫の行動をこそこそ詮索するのはやめて、相手のプライバシーを尊重し、いますぐ家に帰るべきだと。ところが、キャロルがそのとおりにしようとした直後、いまから帰ると家政婦に電話までかけ終えたまさにそのとき、ジオがボクシングジムのほうへ車を向ける代わりに、とつぜんその手前でハイウェイをおりて、安っぽいモーテルの駐車場に車を乗りいれた。ただし、車をおりたジオは、少なくともジム用のスポーツバッグを手にさげてはいたけれど。

43

ジオは車内から電話をかけて、ポールに渡すものがあると告げた。その日一日をかけて、各所で集めてまわったみかじめ料の詰まった鞄だった。いまからオフィスに出向くこともできるし、ジオの自宅まで取りにいってもいいとポールは言ったが、ジオはその申し出を退け、代わりに〈イージー・レスト・モーテル〉を受け渡し場所に指定した。そこなら、少しのあいだふたりきりになることもできるからと。自分もそのほうが嬉しいとポールは答えた。

そのあと、ジオは妻のキャロルにも電話をかけた。キャロルが電話に出ないことに、いくぶんほっとしている自分がいた。本人に向かって嘘をつくより、電話に向かってのほうが、少しだけ気が楽だから。ならば、なにゆえ自分自身にまで嘘をつくのか。キャロルと出会ったときから、ジオは何かにつけて嘘をつきつづけてきた。ただし、いずれも〝不作為〟の嘘だった。たとえば、深夜にかかってきた電話を〝仕事関係で問題が生じた〟と言うような。そうした言いわけは、まったくの嘘というわけでもない。その〝問題〟を解決する手段には、誰かの脚の骨を折るといった行為も含まれるという事実を、伏せておくだけのことだった。ふたりはそうした嘘を共同で守りとおしてきた。ジオはそういった細部をキャロルに知られたくなかったし、キャロルのほうも知りたがらなかった。キャロルは理解を示してくれていた。だが、そのキャロルでも、こんなことにまでは理解を示してくれないだろう。複数の学位や、分け隔てのない包容力や、その他諸々をもってしても。それは、まったく異なるふたつの世界のようなものだ。キャロルが以前、こんな質問をしてきたことがある。ジオのところでは、性同一性障害のひとが自分の望むほうのトイレを使うことが許されているのかと。その質問に、いったいなんと答えればよかったのか。こちらの世界には、トイレに〝なる〟ために金を払う人間もいるのだと？　どちらのトイレを使うべきか悩む必要などないのだと？

そう思うと、なんだかおかしくなってきた。早くも少し、ストレスがやわらいだような気もした。くつくつとひとり笑いまで漏れだした。ジオはモーテルの駐車場に車をとめ、金の入った鞄をつかむと、会計士の待つ部屋に向かって足を踏みだした。

キャロルがタイミングを見計らって車をUターンし、脇道の目立たない位置に車をとめてから、〈イージー・レスト・モーテル〉まで歩いて戻ったときには、ジオがどこへ行ってしまったのか、皆目わからなくなっていた。モーテルは二階建ての造りになっていて、一階にも二階にも客室の扉が並んでおり、二階の客室は、外階段をのぼった先のバルコニーでつながっている。建物の両脇からはそれぞれに小さな翼棟が伸びていて、一方にはフロントオフィスと、おそらくはランドリー室や備品室などがおさまっているものと思われた。そして、もう一方はこぢんまりとしたカクテルラウンジになっているらしいことが、〝イージーズ〟と書かれたネオンサインから読みとれた。ばかばかしさと恐怖がないまぜの気分に陥りながらも、キャロルは探偵になりきって、まずは一階の客室の前を歩いていってみることにした。それぞれの客室には、薄っぺらい扉と窓がひとつずつついていた。ベッドの上で子供が跳びはねているのが窓の向こうに見える一室を除いて、いずれの部屋にも明かりは灯っておらず、室内には誰もいないものと推察された。続いて、キャロルは外階段をのぼり、上の階も確かめてみることにした。こちらには、閉ざされたカーテンの向こうに明かりの灯る部屋がいくつかあった。なんとなくぶらついているふうをどうにか装いながら、さらに歩調をゆるめつつ、窓の前へさしかかるたびにガラスに顔を押しつけて、部屋のなかに目をこらした。心臓がどくどくと脈打っていた。腋の下と頭皮を汗が伝った。こんなのは正気の沙汰ではないと、自制心を取りもどせと、何度も自分に言い聞かせた。なのに、どうしてもやめることができなかった。

明かりの灯るひとつめの部屋では、バスタオルを腰に巻いた男がスーツケースのなかを覗きこんでいた。後ろ姿しか見えなかったけれど、ジオでないことはたしかだった。男はスーツケースのなかから靴下を引っぱりだした。キャロルはふたたび歩きだした。ふたつめの部屋には、キャロルよりも少し若いけれど、同じく子供をふたり持つ母親の姿が見えた。アフリカ系アメリカ人とおぼしきその母親は、幼い子供ふたりに何ごとかお説教をしていて、子供たちは至極神妙な面持ちでそれに耳を傾けている。次の扉の向こうからは、スペイン語で言い争う声が響いていた。次の部屋からは、スポーツ中継の音声が漏れ聞こえていた。テレビを観ている人間の姿は見えなかったけれど、そんなことのためにジオがここへ来たとは思えなかった。総合的に考えて、探偵の仕事はマフィアのドンよりもいっそう退屈であるようだと、キャロルは思った。ところが、明かりの灯る最後の部屋を覗きこんだとき、打って変わって興味深い光景が目に飛びこんできた。

室内にはひとりの女がいた。できればこんなことは言いたくない。女はつねに動きまわっていたし、後ろ姿の一部しか見えないうえに、部屋のなかはとても薄暗かったのだから。だとしても、そう、その女はどう見ても美しくなかった。優美だとはとうてい言えない、醜悪な容姿の持ち主だった。加えて、その服装もまた、目も当てられないありさまだった。裾にフリルのようなものがついた、身体にぴったりと張りつくレースの長袖のドレスを着て、黒いストッキングと、本革ではないことがひと目で見てとれる、どぎつい赤色のハイヒールを履いたいでたちは、ごてごてとしていて、いかにも安っぽい。ブロンドの長い髪は、櫛を入れていないのか、ぼさぼさに乱れている。率直に言って、二流どころの、いや、三流どころの売春婦にしか見えない。ところが、その女が歩きだしたとき、一瞬だけちらっと、その手に光るものが見えた。左の薬指にはめられた金色の指輪。結婚指輪。つまりは、既婚女性だということだ。女の動きはあきらかに、誰かの視線を意識していた。もしかしたら、その誰かのためにあの野暮ったいドレスを着てみせているのかもしれない。けれども、相手の男は部屋の隅に置かれた椅子にすわっていて、その顔を視界に捉えることはできなかった。見えるのは、スーツのスラックスだけ。ジオが今日、どんな色のスーツを着ていたか、必死に思いだそうとしていたキャロルは、次の瞬間、思わず固唾《かたず》を呑んだ。

女が男の膝の上に腹這いになると、男がドレスの裾をずりあげて、きらきらのいやらしいパンティーに包まれた尻に、平手を叩きつけはじめたのだ。そして、もっと叩きやすい体勢をとろうと、男が上半身を前に倒したとき、男の顔がちらっと見えた。その瞬間、キャロルははっと息を喘がせ、パニックになって駆けだした。部屋のなかのふたりに自分の声を聞かれていないことを、ひたすらに祈りながら。キャロルはあの男を知っていた。そう、あれはポールだ。夫が雇っている会計士のポールだった。

キャロルは呆気にとられていた。これこそ、探偵が――いいえ、むしろ探偵小説作家が――言うところの〝どんでん返し〟というやつだわ。ふらふらとよろめく足で、とめておいた車に戻りはしたものの、やっぱり今夜のうちにきちんと考えなければと思いなおした。家政婦にふたたび電話をかけて、ガソリンが切れてしまったからもう一時間だけ帰宅を待ってほしいと頼みこんだ。そのあとは、当てもなく漫然と歩きつづけた。通りの角に小さな商店を見つけて、そこに入った。アメリカンスピリットをひとパック買って、一本をくわえて火をつけ、残りは捨てた。ジオはキャロルが煙草を吸うのを嫌っていたし、キャロルのほうも、いままたいに大きなストレスにさらされたとき、こっそり煙草に手を出していることをジオにはあかしていなかった。煙草を吸ったあといつもしているようにミントガムを嚙みながら、キャロルはついに覚悟を決めた。いまからあのモーテルに引きかえして、もう一度だけ、ちらっとなかを覗いてみよう。

ところが、問題の部屋のなかが真っ暗になっていることは、駐車場からでも見てとれた。明かりが落とされたということは、ポールとあの謎の女――尻を叩かれるようなことをしでかしたらしい、あの三流どころの売春婦――がすでにひきあげてしまったか、ベッドに入ったかということだ。けれども、ジオの車はまだ駐車場の隅にとまっている。キャロルはふたたび、モーテルの敷地内をゆっくりと見てまわった。建物のいちばん端までたどりつくと、〝イージーズ〟というネオンサインの出されたカクテルラウンジのなかを覗きこんだ。すると、そこにジオがいた。ボックス席にすわって、スポーツバッグを脇に置き、ビールをちびちびやりながら、上方のテレビに映しだされているスポーツ中継を眺めていた。キャロルが入口のそばに立ったまま、店内に目をこらしつづけていると、客室に通じているらしい裏口の扉が開き、そこからポールが店内に入ってきた。ジオが名前を呼びながら手を振ると、ポールも手を振りかえし、カウンターで立ちどまって自分もビールを買ってから、ジオの待つボックス席へやってきた。ふたりでときおり笑い声をあげながら、しばらく会話を交わしたあと、ジオはポールにスポーツバッグを手渡した。

携帯電話が振動しはじめた。送られてきたのは家政婦からのメールで、夕食をつくっておくべきかと尋ねる内容だった。これが潮時だと判断して、キャロルはその場をあとにした。見るべきものはもう充分に見ていた。そして、充分に理解もしていた。

その晩、ジオが自宅に戻ると、夕食の時間がいつもより少し遅れており、子供たちが空腹を訴えていた。ガソリンが切れかけていたせいで帰宅が遅れたのだと、キャロルは言った。完全になくなる寸前で、かろうじてガソリンスタンドにたどりつくことができたのだと。ジオはやんわりとそれをたしなめた。子供たちが一緒に乗っていたら、どうするのかと。それから念のため、ロードサービスが必要となった場合のことを考えて、アメリカ自動車協会の会員資格がちゃんと更新されていることを確認しておいた。夕食後、夫婦で寝室に引っこんだあと、ぼんやりとした表情で服を脱いでいたキャロルが、ふと思いだしたように言いだした。「そういえば、今日、あるひとのことが不意に頭に浮かんだんだけど、誰だと思う？　ポールよ。あのハンサムな会計士の。もうずいぶん会ってないわ」

ジオはキャロルを鋭く一瞥して言った。「奇遇だな。おれは今夜、ポールに会って、一緒にビールを飲んできたところだ」

「本当に？」

「ああ、ちょっと、金を渡さなきゃならなかったから。ポールがおれの……いや、おれたちのために開設してくれた、あの口座のことは覚えてるだろう？」

「ええ……」とキャロルは答えた。たしかに、ケイマン諸島の銀行に口座を開いてくれたのはポールだった。キャロルに小さな紙切れを手渡し、暗証番号を書きこませてから、娘が大切にしている古ぼけた人形の頭のなかにそれを隠したのも。

「ポールの話だと、そこに預けてある金をそろそろばらけさせたほうがいいらしい。一部をヘブリディーズ諸島あたりに移したらどうかとさ。まったく、すべての金を回収しようと思ったら、世界一周旅行を組まないといけないな。だが、いずれにしても……」ジオはいったん言葉を切り、キャロルの頰にキスをして言った。「もしもおれが明日、とつぜん消されるようなことになったら、きみはとんでもなくリッチな未亡人となる」

キャロルは大きく目を剝いて言った。「たとえ冗談でも、そんなことは言わないで。でも、あなたがポールに会えてよかったわ。ポールは元気にやっているのかしら」

「ああ」

「デートするような相手はいるの？」

「たぶん、いるんじゃないか」ジオは無関心に肩をすくめながら、スラックスを脱いだ。

「でも、これといった相手はいないのね？」

「そんなこと、おれが知るもんか。なんだってそんなことを気にするんだ？」ジオは顔をしかめたまま、バスルームに向かった。

「別に理由なんてないわ」キャロルもジオのあとを追ってバスルームへ向かった。戸口に立って、歯ブラシに歯磨き粉を絞りだしているジオを眺めながら、こう続けた。「わたしはただ、今度ディナーにでもご招待したらどうかと思っただけ。それで、もしポールに恋人がいるなら、その方もご招待したほうがいいでしょう？　ポールはすてきな若者だから、恋人がいてもおかしくないもの」

「だったら、恒例のバーベキューパーティーに招待するとしよう」ジオはそう言うと、鏡に泡を飛び散らしながら、口から出した歯ブラシをぶんぶんと横に振った。「ただし、恋人も呼ぶのはなしだ。おれが仕事とプライベートを分ける主義だって、知ってるだろう？」

たしかにそのとおりだった。ジオは雇い人の私生活について、何も知らなかった。少なくとも、いっさい口にしなかった。誰かに子供が生まれたとか、離婚したとかいう情報すら、キャロルはいつも又聞きで知った。もしかしたらいまのキャロルは、ジオよりもよっぽどポールのことを知っているのかもしれない。じつは、まえまえからおかしいとは思っていた。もしかしたらポールは同性愛者なのではないかと、ジオが頭領を務めるタフガイの世界ではそのことを隠しとおしているのではないかと、ひそかに疑っていた。そして今夜、キャロルはついに真相を、ポールの秘密を知ることとなった。キャロルはすべてを理解した。どうしてポールがいつもパーティーにひとりでやってくるのかも。ジオと仕事の用件で会うことを、どうして恋人との密会の隠れ蓑にしているのかさえも。ポールは既婚の年増女と不倫をしているのだ。

44

できるだけ人前に顔をさらさないようにするため、ジョーとエレーナはルームサービスで夕食を注文した。食事が済むと、エレーナはバスタブに湯を張りながら、さっさと服を脱ぎはじめた。

「一緒にどう?」冷凍庫で冷やしておいたウォッカのボトルを持ちあげて、エレーナが訊いてきた。

「あとから行く。先に紅茶を淹れたいんだ」

ジョーはそう言うと、小さな調理台の前に立った。調理台の上には電子レンジのほかに、ペットボトル入りの水と、カップと、スプーンと、ホテルが無料で提供しているその他諸々の品――各種ティーバッグや、アロマキャンドルや、チョコレートなど――をおさめたバスケットが置かれていた。そして、ふざけ半分に、なおかつ用心のために、そのバスケットの真ん中にどんと据えられていたのは、技巧をこらしてデザインされた透明なプラスチックケースだった。そのケースに保護されているものは香水ではなく、致死性の病原体だということが、この日、判明したばかりだった。

カップに手を伸ばしかけたとき、横からエレーナが注文をつけてきた。「炭酸水は使わないで。せっかくの紅茶がまずくなるわ」

「まったくもって同感だ。これを淹れたら、おれもすぐに行く」ゆったりとした足どりでバスルームのほうへ歩いていくエレーナの背中に向かって、ジョーは言った。

バスルームの扉が閉まると、ジョーは小さな紙にくるんでだいじにしまっておいたジラウジッドの、最後の一錠を取りだした。それをスプーンの上で砕いて、炭酸入りではないほうの水を加えた。備えつけのマッチを擦って、スプーンを下から炙ったあと、においをごまかすため、アロマキャンドルにも火を灯した。ジャケットの裏地のなかに隠しておいた未使用の注射器を取りだし、スプーンの液体を吸いあげた。駆血帯の代わりにネクタイで腕を縛り、慎重に針を刺しいれてから、ゆっくりとプランジャーを押した。瞬時に、胃袋のもつれが解けはじめた。音量調節用のダイヤルを絞るかのように、頭蓋骨の内側をがんがんと叩いていた鼓動がやわらいでいった。快感が――温かな痺れと無音の闇が――全身の血管を駆けめぐり、忘却と眠けを行き渡らせてゆく。客室清掃員が怪我をすることのないよう針を折ってから、ジョーは注射器をゴミ箱に捨てた。

「ジョー、まだなの？　紅茶なんて、もうほっときなさいな！」バスルームの扉の向こうから、エレーナの声が響いた。ジョーはベッドの端にすわりこみ、身体の芯から沸きあがるぬくもりにひたりながら、百万ドルに値するガラス容器の扱いについて思案をめぐらせた。

熱い湯にじっくり浸かり、冷えたウォッカをたっぷり堪能し終えたエレーナが寝室に戻ってみると、ジョーはまたもやベッドで眠りこけていた。服も着たまま、紅茶もできあがっていない。水の入ったカップが電子レンジのなかで冷えきっているだけだった。

「ねえ、ジョー。あなた、本当にわたしには年寄りすぎるかもって思えてきたわ」エレーナはからかうように言いながら、濡れた髪を軽く梳かした。ブラシに絡まった抜け毛を指でつまんで、ゴミ箱に放りこもうとしたところ、抜け毛の塊は的をはずれて、はらりと床に落ちた。腰を折ってそれを拾いあげようとしたとき、ゴミ箱のなかに、きらりと輝く何かが見えた。針を折ってティッシュペーパーにくるんだ、使用済みの注射器だった。ジョーの左腕に目をこらすと、小さな針の痕が見つかった。注射器をゴミ箱に戻してから、エレーナもベッドに入った。ジョーはそれを感じとり、目を開けてもごもごと何ごとかをつぶやきながら、両腕を絡ませてきた。それからとろんと瞼《まぶた》が落ちて、ふたたび眠りに落ちていった。

「わかるわ、ジョー」泥のように眠りこむ人影に向かって、エレーナはささやいた。「ひとを殺すのはつらいわね。たとえそれが、殺してやりたい相手でも」

45

翌朝、目が覚めたときには、ずいぶん気分がよくなっていた。充分な休息がとれたジョーは、ブラックでコーヒーを飲み、シャワーを浴びて、髭まで剃った。それから、ジョーはスーツとネクタイを、エレーナはジーンズと黒のトップスをそれぞれ身につけたあとで、荷づくりも終えた。旅行鞄はペンシルヴェニア駅のコインロッカーに預け、それが可能になったら引きとりにいき、不可能であれば回収をあきらめるつもりだった。

「おれの予想じゃ、あちらさんはいいかげん痺れを切らしてるころだ」ジョーはエレーナに言いながら、クラレンスの携帯電話を取りだした。履歴のページには、同じ登録名と番号からの着信記録がずらりと並んでいる。ジョーはその番号の発信ボタンを押した。

「もしもし？」

「やあ、おはよう。おたくがエイドリアンだな？」

「そのとおりだ。で、こうして電話をかけてきてくれたことを、おれは誰に感謝すればいいいんだろうな？」

「ジョーと呼んでくれればいい」

「なら、そうさせてもらおう、ジョー。もう少し創意工夫に富んだ偽名を考えだしてもよさそうなものだとは思うが、徹底してシンプルなのも悪くない。おれたちの今後のつきあいも、それくらい簡潔に進むといいんだが。おれが買いたがってるものを、あんたが持ってるんだろう？」

「おっしゃるとおりだ」

「もちろん、商品の状態は良好なんだろうな？」

「もともとの容器とケースごと、新品同様だ」

「すばらしい。それで、いくらで譲ってくれるんだ？」

「クラレンスにはたしか、百万という額を呈示していたはずだが」

「ああ。だが、あれは五人ぶんの人件費と、多額の経費を含めた価格だった。けど、あんたはひとりなんだろう？　ちがうのか？」

「さっきおたくが言ったとおり、取引はシンプルに徹したほうがいい。価格はきっかり百万だ」

「いいだろう。ぐずぐず価格交渉をしている気分でもないし、もう金は用意できてる。受け渡しの日時と場所はどうする？」

「日時はいつでもかまわない。場所は、小ぎれいで人目の多いところにしてくれ」

「ハイラインは知っているか？」

「ああ」

「そのすぐ横に、ショッピングモールの入ったビルがある。そこの駐車フロアの三階なら、小ぎれいで人目も多い。時間は、そうだな、ランチを済ませたあとの午後二時でどうだ？」

「まったく問題ない」

エイドリアンが住所を読みあげはじめると、ジョーは聞き耳を立てるエレーナに向かってそれを復唱してから、最後に告げた。「会えるのを楽しみにしているよ、エイドリアン」

「こちらこそ。じゃあな、ジョー」


エイドリアンは断固として譲らなかった。自分も一緒に行くと言うヘザーを、決然と突っぱねた。

「今回の取引は、銃弾が飛び交うような事態にはならないさ、ベイビー。それに、きみがどれほど強いかも関係ない。おれの……いや、おれたちの赤ん坊を殺人ウィルスにさらすような危険だけは、絶対に冒すわけにいかないんだ。いまはまだ細胞の塊にすぎないとしても、あのウィルスからどんなダメージを受けることになるか、誰にもわかりはしないだろう？　実際に使われるのは、これがはじめてなんだからな」

ヘザーは夫にキスをして言った。「わたしが引きさがるしかなさそうね。だって、あなたがあんまりにも可愛らしいことを言うから」

そこで、ふたりはこう取り決めた。ヘザーは駐車フロアにおりて、長期契約者用のエリアから逃走用の車を盗みだし、エンジンをかけたまま通りにとめて、待機する。エイドリアンが戻ってきたら、その足で空港へ向かう。

そのあと、エイドリアンは〝三ばか大将〟に連絡を入れた。三人はそのとき、すぐ近くにある潜伏先のホテルで、有料チャンネルのポルノを鑑賞しているところだった。三人とも、ヨーロッパにいたころエイドリアンが所属していたチームのメンバーで、本当の名はアマル、トロイ、マイクというのだが、ヘザーはコメディーグループの三ばか大将になぞらえて、それぞれをラリー、カーリー、モーと呼んでいた。三人はつねに一緒に行動しているし、ヘザーが思うには、ただの太鼓持ちにすぎなかったから。けれども、今日ばかりはさすがのヘザーも三人を温かく出迎え、コーヒーまで出してやった。

三人がエイドリアンから必要な情報のみを与えられているあいだに、ヘザーは金の準備に取りかかった。百万ドルもの現金など持ちあわせてはいなかったし、誰に対してだろうと、そんな大金を払うつもりはもとよりない。だから、今回はその一部のみを、本物の百ドル札の皺ひとつない新札で用意した。同じサイズにカットしたまっさらな紙の束のいちばん上と下にそれを一枚ずつ重ね、帯封でくくった。さらには、北朝鮮で製造された偽ドル紙幣（かなり精巧にできてはいるが、この国で使う気にはなれない代物）もかなりの額を用意して、ジムのトレーナーがボールやら何やらを持ち運ぶときに使うような、ジッパー付きの大きな鞄の底に、レタスのベッドをつくるかのように敷きつめた。完成したものはかなりの出来映えだった。ざっと確認する程度なら、これで問題なく通用する。ふたりにとってはそれで充分だった。この時点では、状況がどう転ぼうと、札束の数など重要ではなかったから。枚数をきちんとかぞえるまえに、死人が出ているはずだったから。

作業を終えると、ヘザーはエイドリアンにキスをして、「あとで会いましょ」とひとこと告げてから、エレベーターに乗った。手には、今後も必要となる品々――偽造パスポートや、本物の現金や、ジュエリーや、歯ブラシや、替えの下着――を詰めこんだ小型の旅行鞄をさげていた。エレベーターで駐車フロアまでおりると、あらかじめ目をつけておいた銀色のメルセデスに乗りこんだ。ものの一分もかけずにアラームを解除し、車を出した。車の持ち主がダッシュボードに置きっぱなしにしていたカードキーを使って、監視カメラから顔をそむけつつ、ゲートを抜けた。通りに出ると、出入口のすぐ脇にある消火栓のそばに車をとめた。ギアはパーキングに入れたが、エンジンはかけっぱなしにしておいた。もし警官が近づいてきても、にっこりと微笑みながら、夫を待っているのだと告げればいい。これまでの経験から言って、十中八九、見逃してもらえるはずだ。

ほどなく、エイドリアンと三ばか大将も行動を開始した。アパートメントの扉に鍵をかけてから、エレベーターに乗って、駐車フロアの四階までおりた。ラリーはひとり、階下から伸びるスロープがカーブしている地点で立ちどまり、コンクリートの壁の陰に身をひそめて、ライフルを組み立てはじめた。そこからなら、じかに三階を見おろすことができる。カーリーとモーは、あらかじめ盗みだしておいた二台めの車に乗りこんだ。車種は、誰も気にすら留めないような、これといった特徴のない四ドアのカムリ。モーが運転席にすわってハンドルを握り、助手席にすわるカーリーの膝の上では、拳銃が握りしめられていた。

ひとり残されたエイドリアンは、駐車スペースに両側を挟まれたスロープを歩いてくだり、三階までおりていった。こちらに向かって歩いてくる男の姿が目に入ると、足をとめて呼びかけた。

「よう、あんたがジョーだな！」

46

ペンシルヴェニア駅からほんの数ブロック先にある約束の場所まで、ジョーとエレーナは徒歩で向かっていた。銀色のメルセデスのそばを通りすぎていくふたりに気づいたヘザーは、断言はできないけれど、なんとなくプロスペクト・パークで姿を見かけたような気がしていた。駐車場の係員がいる料金所ブースの前を通るとき、ジョーが何気ないふうを装って手を振ってみせると、向こうも手を振りかえしてきた。係員の目にふたりの姿——ダークスーツを着た男と、身なりのいい美女——は、巷《ちまた》にあふれる裕福なカップルのひと組としか映らなかった。とめてある車を取りにきたか、エレベーターで上階へ向かうものと決めてかかった。

ところが、実際はちがった。スロープをのぼってカーブを曲がり、係員の視界から抜けだすやいなや、エレーナは地面を蹴って駆けだした。壁すれすれを走ったり、とまっている車の陰に隠れたりしながら、ジョーを掩護することのできる位置を探しまわったすえ、三階のいちばん下層にあたる場所を選んで、バックパックからライフルを取りだした。

一方のジョーは、両手を脇に垂らしたまま、ゆっくりとした歩調で歩きつづけていた。スラックスのウエストにはシグの九ミリ拳銃が差してあり、左の脇ポケットにはプラスチックケースが、右の脇ポケットには予備の弾倉がおさめられていた。二階から三階へと通じるスロープをのぼるあいだも、どこかこのあたりの右手にエレーナがいることはわかっていたが、ジョーはまっすぐ前だけを見すえつづけた。やがて前方に、ひとりの男の姿が見えた。黒いTシャツと麻のスラックスをまとった男が、ジッパーで口を閉じた大型の鞄を抱えている。

「よう、あんたがジョーだな!」男が声を張りあげた。

「やあ、エイドリアン!」とジョーも返した。

エイドリアンがさらに数歩、前に進みでた。

「とまれ、エイドリアン! それ以上、近づくな!」

「こちらは銃を持っていない。見てみろ……」エイドリアンは鞄を地面に落とし、Tシャツの裾を持ちあげてみせた。「例のものは持ってきたか?」

ジョーはポケットからプラスチックケースを取りだし、高く掲げて見せた。「そちらも鞄を開けて、中身を見せてもらおうか」

エイドリアンはジッパーを開き、巨大なグリーンサラダのように敷きつめられた札束を覗かせた。

「よし、それじゃあ交換と行こう」とジョーは告げた。

エイドリアンは鞄のジッパーを閉じてから、ジョーの足もとへ投げてよこした。ジョーはそれをつかみあげてから、アンダースローでケースを投げた。高く大きな弧を描きながら飛んできたケースをエイドリアンがつかみとったその瞬間、ジョーの背後から銃声が轟いた。

「狙撃手がいるわ!」エレーナが引鉄を引きながら叫んでいた。ジョーはとっさに右へ跳んだ。上方のスロープでライフルをかまえていたラリーが、猟師に撃ち落された鳥のようにどさっと地面に落ちてきた。それと時を同じくして、四階からスロープをくだってきたカムリが、エイドリアンの傍《かたわ》らで停車した。カーリーが助手席のドアを開け放ち、それを楯にして発砲を始めた。エレーナの警告を受けてとっさに身を投げ、車の陰に跳びこんでいたジョーはかろうじて難を免れた。だが、狙撃手を撃ち落とすために立ちあがっていたエレーナは恰好の標的となり、腕を撃たれた。

「くそっ、やられたわ」エレーナが小さく毒づく声が聞こえた。ジョーは車のあいだを這い進みながら、銃を抜いて応戦した。エイドリアンとカーリーが身を隠そうと駆けだすのが見えた。

「ひどいのか？」

「いいえ《ニェット》。ただのかすり傷よ」エレーナは言って、痛みに顔をゆがめたまま微笑んでみせた。

だが、弾がかすめた箇所は肉が削りとられており、すでに血がにじみだしていた。

「腕をこっちへ」ジョーは言って、ネクタイをはずし、エレーナの腕にきつく巻きつけた。それからジャケットを脱いでエレーナの肩にかけ、傷が隠れるようにした。

「あのクスリを残しておいてくれればよかったのに」エレーナが言った。

ジョーはぷっと噴きだした。「本当だな。悪かった」それから、金の詰まった鞄をエレーナに渡し、「医者を探せ」とだけ告げると、返事も待たずにスロープを駆けあがりはじめた。エレーナはせめてもの掩護をしようと、装塡された弾をすべて撃ちつくしてから、スロープを駆けおりていった。

エレーナの放つ銃弾が頭上をかすめ飛んでいくなか、ジョーはスロープを駆けあがりつづけた。階段のほうへ逃げ去っていくエイドリアンの姿を前方に捉えて、引鉄を引いたが、弾はあいにく的をはずれた。カーリーは銃撃から身を隠そうと、カムリの助手席に戻っていた。ジョーがそちらへ向かってきていることに気がつくと、モーはアクセルを床までいっぱいに踏みこんだ。このまま前に突き進めば、ジョーも轢《ひ》き殺せるし、ここから脱出もできるし、エイドリアンの掩護にもなると考えたのだ。

さきほどのカムリがまっすぐ自分のほうへ向かってきていることに気づいたジョーは、さらに走る速度をあげた。三階の中央の、地面の傾斜がなくなる地点までたどりつくと、迫りくる車に向きなおり、銃をかまえて走りながら、立てつづけに引鉄を引いた。全速力で走りながら発砲するのは理想的とまではいかなかったため、一発めは少し上に逸れて、飛散防止加工をほどこしたフロントガラスの上のほうに当たった。次の弾は目標に命中した。削りとられたガラスの向こうから、ハンドルを握るモーがこちらを睨みかえしていたが、弾はそのまま跳ねかえって、地面に転がり落ちていった。三発めの弾は二発めがつけた傷の真上に当たり、ガラスに星形の痕をつくった。四発めでガラスが蜘蛛の巣状にひび割れた。五発めでフロントガラスが粉々に砕けて、ガラスの破片がダッシュボードやカーリーやモーの膝の上に降りそそいだ。六発めはモーの息の根をとめた。

　右腕をまっすぐ前に突きだして引鉄を引きながら、全速力で走っていたジョーが六発めの弾を放ったとき、迫りくる車との距離は残り数フィートに迫っていた。両側には駐車中の車がずらりと並んでおり、その合間を狙って横へ跳びのくことは、もはや不可能だった。六発めが命中し、モーの頭が弾けて鮮血が飛び散った瞬間、ジョーは考えうる唯一の行動に出た。車の上に跳び乗ったのだ。

　まるで陸上選手のように、ジョーは高く跳びあがった。右脚をぴんと伸ばし、迫りくる車のボンネットを右足で踏みつけた。猛スピードで走る車の上で、さらに次の一歩を踏みだし、今度は左足を屋根の上におろした。その瞬間に身体がよろめき、バランスを崩しながらも右足を前に突きだしたが、トランクの上に靴が触れると同時に、ハンドルを操る人間を失った車がとつぜん左へ進路を逸れた。ジョーはトランクの上から転がり落ちて、コンクリートの地面に落下した。モーとカーリーの乗る車は駐車中の車に正面から突っこんで、ようやく停止した。

　地面をごろごろと転がりながらも、銃を手放すまいときつく握りしめつづけていると、スロープが上向きに傾斜しはじめるところで、ようやくその動きがとまった。かすかな眩暈《めまい》をおぼえつつも、ジョーはすぐさま跳ね起きた。銃をかまえてあたりを見まわすと、駐車中の車に頭から突っこんでいるカムリが見えた。フロントシートのエアバッグがふくらんでいる。ジョーは銃をかまえたまま、そちらに向かって駆けだした。

運転席の男がすでに死んでいるのはわかっていたため、助手席側にまわりこんだ。助手席のカーリーは重傷を負っていたが、まだ息はあって、エアバッグとシートに挟まれたまま、シートベルトをはずそうと必死にもがいていた。

「シートベルトを締めていて正解だったな」ジョーは言って、カーリーの耳の後ろを撃ちぬいた。すばやく車内を見まわしたが、どこにも銃は見あたらなかった。衝突の際に跳ね飛ばされて、手の届かない場所に入りこんでしまったのにちがいない。ジョーは踵《きびす》を返して、ふたたび走りだした。今度は、エイドリアンが逃げていった階段のほうをめざして。残弾はわずか二発のみだった。

47

鳴り響く警報器の音を聞きながら、半開きになった非常口のドアをめざして、ジョーは階段を駆けのぼった。するとそのとき、そのドアの向こうから、ひとりの警備員が姿をあらわした。

「ああ、よかった、警備員さん。いま、助けを呼びにいこうとしていたところなんだ。駐車場で事故があって」

「どちらです？」警備員が訊いてきた。

「次の階だ」ジョーは言いながら、指を下に向けた。それを聞いた警備員が横をすりぬけようとした隙を狙って、腰のホルスターからテーザー銃を引きぬいた。

「おい！」驚きに声をあげ、こちらを振りかえろうとした警備員に向かって、ジョーは奪いとったテーザー銃の引鉄を引いた。電流の一撃を食らった警備員は、壁にどんと背中を打ちつけ、ずるずると床にへたりこんだ。ジョーは警備員の制帽――前面に〝セキュリティー〟とプリントされた野球帽――と、トランシーバーと、シャツに留められていた小さなピンバッジを失敬した。銃は携帯していないらしかった。

　非常口を抜けてドアを閉めると、警報器が鳴りやんだ。ジョーはトランシーバーを口もとに近づけた。

「四階の非常口、異常なし」

「ティム、おまえか？」トランシーバーから声が響いた。「こちら、警備本部。応答願います」

「警備本部、こちらはティム。すべて異常なし」てのひらで口を覆い、くぐもった声音をつくってジョーは言った。「すみません、トランシーバーの調子がおかしいようです」最後にそう言い足してから、トランシーバーをゴミ箱に放りこんだ。

　ピンバッジを白いワイシャツに留めながら、ショッピングモールのなかを進みはじめた。周囲にはさまざまな店舗や飲食店がずらりと並び、おびただしい数の観光客がひしめいている。ジョーは制帽に軽く手を触れながら、すぐそばにいた家族連れに微笑みかけた。

「やあ、どうも」

「どォーも？」強烈なドイツ訛《なまり》で、母親が挨拶を返してきた。

　ジョーは人込みを縫って進みながら、エイドリアンを捜しまわった。そのとき、目の端にちらっとそれが映った。黒いTシャツと麻のスラックスを着た男が、のぼりのエスカレーターに乗ろうとしている。ジョーは床を蹴って走りだした。

「警備の者だ！　失礼！　通してくれ！」叫びながら、観光客の肩やウエストポーチの隙間をすりぬけた。エスカレーターに跳び乗り、ステップに立つ人々を掻き分けたり、鞄やベビーカーを跳び越えたりしながら、ステップを駆けのぼった。するとそのとき、騒ぎに気づいたエイドリアンがこちらを振りかえった。

エイドリアンは周囲の人間を押しのけて走りだした。ハイヒールを履いた女が、前に押されてつんのめった。アイスコーヒーを手にしていた男が、ベビーカーに乗せられていた子供の上に紙コップを落とし、泣き叫ぶ声が響きだした。ジョーも必死にあとを追った。エイドリアンがエスカレーターの最上段に差しかかろうとしたちょうどそのとき、Tシャツとショートパンツを着て、腕に刺青を入れた筋骨逞《たくま》しい男が、後ろから押しのけようとしてくるエイドリアンを押しかえしつつ、こうわめいた。「なんだ、てめえ！」

エイドリアンは〝なんだてめえ〟の喉にこぶしを叩きつけ、げえげえと痛みに喘ぐ男を後ろに突き倒した。男はエスカレーターを転がり落ちて、下方のステップにいた人々を次々と将棋倒しにした。下敷きになった人々がステップの上に折り重なり、男の巨体の下から抜けだそうともがきだした。

行く手をふさがれたジョーは、エイドリアンがエスカレーターをのぼりきったことを見てとるなり、のぼりとくだりのあいだを隔てる細い仕切り部分に跳び乗った。「どいてくれ！　警備員だ！」手すりをつかむ手を踏まぬよう努めつつ、仕切りの上を駆けあがった。いまにも頂上にたどりつこうというとき、ステップに合わせて流れる手すりに誤って足を乗せてしまったが、サーファーのように身体をふらつかせつつも、くだりの側に乗っている数人の頭を代わる代わるにつかんで、どうにかバランスを取りもどした。フロアにおり立ったジョーは、周囲の人込みを見まわした。ダイニングエリアのほうから、怒声や、物がぶつかりあうような音が聞こえてくる。ウェイターを突き飛ばすエイドリアンの姿も見える。

ジョーはすぐさまあとを追った。床にしゃがみこんで、トレイからこぼれ落ちたものを拭きとっているウェイターを飛び越えた。テーブルのグラスに水を注ぎ足そうとしていたウェイターにぶつかると、走り去りながら「すまない！」と詫びた。ピッチャーからこぼれた氷と水がテーブルの上に広がり、客の膝の上に流れ落ちた。エイドリアンはちらりと後ろを振りかえると、テーブルのあいだを縫い進みながら、フロアの端にあるエレベーターホールへ向かった。そのうちの一台が直後に到着し、するするとドアが開いて、なかからひとがあふれだしてきた。

このままでは間に合わないと踏んだジョーは、長く連ねられたバンケットテーブルの手前に立った。そのテーブルでは、きれいに着飾った人々がワイングラスを掲げ、いままさに乾杯をしようとしているところだった。ジョーはその端にすわる女のむきだしの肩に一方の手を、向かいあってすわる男の禿げ頭にもう一方の手を置き、ぐっと弾みをつけて、テーブルの上に跳び乗った。

「失礼！」ジョーは叫びながら、テーブルの上を走りぬけた。可能なかぎりの努力はしつつも、いくつもの皿やグラスを蹴倒しながら。ドレスにワインの飛沫を浴びた女が悲鳴をあげた。男の前にあったサラダは膝の上に落ちた。ジョーはテーブルの端までたどりつくと、ワイングラスを宙に掲げたまま凍りついている老紳士の頭を跳び越えた。

ふたたび全速力で走りだしたとき、エレベーターに乗りこもうとしている人波のなかにエイドリアンの姿が見えた。先陣を切って突き進むアメフト選手のように両肘を脇に固めて、買い物客を押しのけつつ、ジョーも人垣に割りこんだ。ドアが閉まりかけていることに気づくと、ぱっと腕を伸ばして、細い隙間に手首をすべりこませた。

ぎゅう詰めのエレベーターのなかにいたエイドリアンは、閉まりかけたドアの隙間にジョーの手が押しこまれてきたことに気づくと、とっさにその指をつかんだ。周囲の人間から見えないよう、自分の身体を楯にして、ジョーの指を逆向きに曲げ、骨をへし折ろうとしながら、こう叫んだ。「誰か挟まってるぞ！」

がくんと弾むようにドアが開いた瞬間、もう一方のジョーのこぶしがエイドリアンの側頭部に叩きつけられた。エイドリアンがジョーの手首をつかんだまま、ひしめく人々にもたれかかると同時に、わずかにあいた隙間にジョーも身体を割りこませてきた。立錐の余地もない庫内で、ジョーとエイドリアンはその場に立ったまま、互いに身体を密着させていた。ジョーは、互いの顔をプリントしたTシャツに揃いのショートパンツを着た肥満体のカップルと、抱っこ紐で赤ん坊を抱いた女と、ヘッドフォンをつけた十代の少女と、流行りのファッションに身を包んで大量の買い物袋をさげた若い男のあいだに押しこめられていた。

エイドリアンがジョーの顎にアッパーカットを食らわすと、若い男のサングラスまでもが弾き飛ばされた。「おい、何するんだ」男はぶつくさ言いながら、消えたサングラスを手探りした。

お返しとばかりに、ジョーは頭突きを食らわせた。エイドリアンは十代の少女に倒れかかると、その反動を利用して、ジョーの股間を膝で蹴りあげた。ジョーはそれをよけようと身体をひねり、肥満体カップルにもたれかかった。カップルに押しもどされたジョーは、エイドリアンのつま先を踏みつけた。エイドリアンはジョーの向こう脛《ずね》に蹴りを入れ、肘鉄を食らわせようとした。ジョーがひょいとそれをかわすと、エイドリアンの肘が赤ん坊の頭をかすめ、驚いた赤ん坊が泣きわめきだした。赤ん坊に危害がおよぶことを恐れたジョーが顔をそむけると、その機に乗じて、エイドリアンが目つぶしを見舞ってきた。ジョーは思わずたじろいだ。視力を奪われて後ろによろめきかけたとき、エレベーターが上の階に到着し、ドアが開いた。利用客がぞろぞろと庫外へ吐きだされていった。何度も目をしばたたくうちに、ようやく視界が鮮明になった。前方に目をこらすと、細い廊下を走り去っていくエイドリアンの後ろ姿が見えた。どうやらここは居住フロアであるらしく、廊下の両側にアパートメントの玄関扉が並んでいる。アジア系の中年女性がひとつの扉の前に立って、いくつも抱えた買い物袋のバランスをとりながら、鍵を開けようと奮闘している。ジョーがなおもあとを追ってきていることに気づくと、エイドリアンは女を押しのけ、鍵を開け終えたばかりのアパートメントのなかへ逃げこんだ。

「警備の者です！」ジョーは叫びながら、あんぐりと口を開けている女の脇をすりぬけ、女の住まいに駆けこんだ。エイドリアンのあとを追って、細長の白いダイニングテーブルをまわりこみ、何もかもが真っ白な居間へ踏みこんだ。居間のなかでは、スウェットの上下を着たアジア系の中年男がゴルフクラブを握りしめ、真っ白い絨毯の上でパッティングの練習をしていた。エイドリアンは驚きの表情で顔をあげた男を突き飛ばし、ゴルフクラブを奪いとると、ジョーをめがけてぶんぶんと振りまわしはじめた。ジョーはその都度、上に跳びあがったり、ひょいと身を屈めたりして、巧みに攻撃をかわした。するとそのとき、バルコニーへと通じるガラスの引き戸にエイドリアンがゴルフクラブを叩きつけ、ガラスが粉々に砕け散った。エイドリアンはガラスの破片を跳び越えてバルコニーへ出るなり、ゴルフクラブをジョーに投げつけてきた。ジョーは平手でそれをはたき落とし、エイドリアンのあとを追ってバルコニーへ跳びだした。ほんの一瞬、仕切り板を乗り越えて隣のアパートメントに侵入するエイドリアンの姿がちらっと見えた。ジョーも同様に、仕切り板を乗り越えた。

隣室のバルコニーでは、パーティーが催されていた。三角のパーティーハットをかぶった子供たちが長テーブルを囲んで玩具の笛を吹き鳴らすなか、大人たちはビールを片手に、テーブルの周囲をうろうろしていた。父親のひとりがバーベキューコンロの前に立って、せっせとハンバーグを引っくりかえしており、母親のひとりが、大皿に盛ったハンバーガーを子供たちに配っていた。片隅にはプレゼントが山と積まれていて、テーブルの端にはケーキが置かれている。動く者はひとりもいなかった。大人たちは驚愕の表情で、子供たちは不思議そうに、とつぜんの闖入者を見つめていた。

エイドリアンはパーティーの真っ只中を走りぬけ、奥のアパートメントとのあいだに目隠し代わりに立てられている、竹の衝立を蹴破った。

「警備の者だ!」と叫びながら、ジョーもそのあとを追って、隣室のバルコニーへ跳びこんだ。だが、そこには、鉢植えやプランターが所狭しと飾られていた。ジョーはずらりと並んだ椰子の鉢植えに蹴つまずき、寝椅子の上に倒れこんだ。慌てて跳ね起きたとき、エイドリアンは開きっぱなしになっていた引き戸を抜けて、寝室に駆けこんでしまっていた。寝室のベッドでは、地中海人種の男女がセックスに励んでいた。テクノミュージックが鳴り響くなか、アクセサリーだけを身につけた曲線美の女が目を閉じたまま男の上にまたがって、激しく上下に腰を弾ませながら、毛むくじゃらの胸を打ちすえている。ジョーがその脇を走りぬけているとき、女が不意に目を開き、けたたましい悲鳴をあげた。その直後に、ひときわ大きな悲鳴がふたたびあがったのは、パーティーハットをかぶった子供たちがバルコニーから寝室を覗きこんでいることに気づいたからだった。なかには、ハンバーガーやフランクフルトソーセージを手にして、もぐもぐ食べつづけている子供もいた。

ジョーはエイドリアンを追って、モダンアートに埋めつくされた居間を突っ切り、玄関を抜けた。ふたたび廊下を走りぬけ、壁すれすれに角を曲がった瞬間、階段のほうへ向かっていくエイドリアンの姿を視界に捉えた。ようやく階段にたどりつくと、踏み板を叩く足音が頭上から聞こえてきた。エイドリアンは上へ向かっている。

48

エレーナはそこから逃げだした。銃傷を負った腕にネクタイを巻いてくれたジョーが、金の入った鞄をエレーナに託してから、エイドリアンを追って走りだしたあと、エレーナは自分にできる精一杯のことをした。ジョーを掩護するために、弾倉がからになるまで弾を撃ちつくした。踵《きびす》を返して走りだそうとした直後、その場で足をとめたのは、ジョーが迫りくる車に突進しながら、フロントガラスをめがけて発砲しはじめたからだった。てっきり、ジョーが死ぬところを目にするものと思った。ところが、最後に放たれた弾は、運転席の男を見事に仕留めた。ジョーはそのあとも、車に轢き殺される寸前でボンネットに跳びあがり、猛スピードで走る車の屋根を駆けぬけて、トランクの上から地面へ跳びおりてみせた。駐車中の車の列に、カムリが頭から突っこんでいった瞬間、エレーナははっと現実に引きもどされた。自分は銃傷を負っている。ほどなく警察が駆けつけてくる。そして、少なくともいまのところ、ジョーは生きている。だから、エレーナは走りだした。

スロープをくだって一階までたどりつくと、ごく普通のゆっくりとした歩調に変えて歩きだした。ジョーのジャケットを羽織って傷を隠し、金の詰まった鞄を肩からさげて、買い物客を装った。出入口に立つ警備員に微笑みかけると、向こうも笑みを返してきた。通りに出たエレーナは、道端にとめられた銀色のメルセデスの前を通りぬけ、車道の端を歩きながらタクシーを探しはじめた。ひとブロック進んだところでようやく一台見つけると、後部座席に乗りこんで、ブルックリンの住所を運転手に告げた。

傷の手当てを終えてひと息ついたあと、鞄に詰まった札束を人数ぶんに分けておこうと考えた。ところが、そのうち一部はただの紙切れだった。それから、偽札も含まれていた。おそらく北朝鮮で刷られたもので、かなり精巧にはできていたものの、すべて燃やすことにした。結局、残ったのは五万ドル。後払いにしてもらっていた偽造クレジットカード等の代金を差し引くと、ジュノと、自分と、もしも生き延びることができたならジョーを加えた三人で、それぞれ十五ドルの取り分という計算になった。

49

ジョーは屋上にたどりついた。エイドリアンに続いて十階ぶんの階段を駆けのぼり、金属製のドアを押し開けた。どことなく潮騒に似た、風の音と街の喧騒以外、耳に届く音はなかった。青空にのぼった真っ白な太陽から降りそそぐまばゆい光以外、目に見えるものもなかった。ジョーは銃を抜いて、建物の西側へまわりこんだ。エイドリアンはそこにいた。屋上のへりに立って、ガラス容器をつかんだ手を欄干の向こうへ突きだしていた。からのプラスチックケースが目の前に転がっている。

「まったく、おれとしたことが……あんた、ずいぶんと身体を鍛えているみたいだな」乱れた息を整えなが

ら、エイドリアンは言った。「もし五分後にも生きていられたら、おれもせっせとランニングマシーンに乗っかるとしよう」

ジョーはエイドリアンに銃口を向けたまま、じりじりと距離を詰めはじめた。

「それ以上動くな」エイドリアンに命じられて、ジョーは足をとめた。「先に言っとくことがある。これを知ったらあんたはショックを受けるかもしれんが、この容器の中身は、本当は香水なんかじゃない」

「そんな気はしていた」

「おれの聞いたところによると、この容器のなかのウィルスはこのうえなく質の悪い代物で、空気を介してたちどころに広範囲へ拡散していくらしい」エイドリアンはそう言うと、軽く首をまわして、眼下に伸びるハイラインをちらりと見やった。晴れ渡った空のもと、緑豊かな空中緑道には、大勢の行楽客があふれている。

「ただし、故意にせよ、撃たれたからにせよ、もしお

れがこれを落としたとしても、すぐさま大被害をもた
らすことはない。ひょっとすると、運の悪いやつがひ
とり、脳天に直撃を食らう程度のことだろう。だが、
ほんの二分もあれば、最低でも数十人がウィルスを吸
いこむ。いや、こんなふうによく晴れて風のある日な
ら、その数はもっと多くなるかもしれないな。だが、
計算を楽にするために、ひとまず五十人としておこう
か。その五十人が、散歩を終えてそれぞれの生活に戻
る。地下鉄に乗り、レストランで食事をし、映画館で
映画を観る。すると、今日一日で、それぞれが呼気を
介して、五十人にウィルスを伝染す。翌日までに、そ
の五十人もそれぞれ五十人にウィルスを伝染す。しか
も、あそこにいる人間の多くは観光客だ。つまりは飛
行機に乗って、国じゅうの、もしくは世界じゅうの空
港におり立つ。となると、その人数はどれくらいにふ
くれあがるだろうな?」

　ジョーは首を横に振った。「さあ、どうだろう。数

学は苦手でね」

「だろうな。あんたは考えるより行動するタイプの人
間だ」言いながら、エイドリアンはガラス容器を揺ら
した。「答えは、およそ十二万五千人だよ。この数を
どう思う?」

「過激な数だ」

「ああ、そうとも。なんたっておれは過激派だからな。
だが、この国が、世界じゅうのあらゆる場所で、どれ
ほど多くの命を奪ってきたかを、どれほど多くの人間
を死に至らしめてきたかを思えば、こんなものは手始
めにすぎない。こいつにしたって……」ガラス容器を
コインのように宙へ弾きあげ、エイドリアンはそれを
つかみとった。「そもそもが、善良にして賢明なるア
メリカの地で生みだされた。その理由というのが、こ
れまた救いようがない。この国の指導者どもには、肝
心なことがわかってなかったから、珍妙な響きの名前
を持つ連中の上にそいつを落としたらどういうことに

294

なるかを、想像する機会がなかったからだというんだからな」そう言うと、エイドリアンはまるでトロフィーのように、ガラス容器を高々と掲げてみせた。「さて、そうした事実を知らされたいま、親愛なる祖国に対して、あんたはどういう感情を抱《いだ》く？」

「相反する感情だ」ジョーは言って、引鉄を引いた。

ガラス容器が砕け散った。エイドリアンが驚愕の面持ちで立ちつくすなか、ガラスの破片と黄色い液体がてのひらをすりぬけ、眼下にいる人々の頭上に降りそそいでいった。「何をしやがる！」大声で毒づいてから、エイドリアンはジョーを睨《ね》めつけ、不敵な笑みを浮かべてみせた。「できれば認めたかねえが、こういう展開になるとは思ってもなかったぜ」

ジョーはなおもエイドリアンに銃口を向けつづけていた。残る弾はあと一発。

エイドリアンはさも愉快げに笑って言った。「どれだけの人間が死ぬことになるかって話を、ちゃんと聞いてたか？」

「おおよそのところは。ただ、そっちがずっとくっちゃべってたせいで、おれが口を挟む余地がなかったんだが、じつを言うと、ゆうべ、そうだな……たしか二十分ほど、あの容器を電子レンジにかけておいた。あの中身にいまできるのは、せいぜい、下にいる誰かのシャツに染みをつくることくらいだろう。もしも、あんたの運がよければの話だが」

ほんの一瞬、何ごとかを考えこむような表情を浮かべてから、エイドリアンは首を横に振りつつ、高らかに笑いだした。「なあ、ジョー。だとしたら、なんだっておれたちはこんなところまで追いかけっこをしてきたんだろうな？　あんたは金も手にいれたし、あのウィルスがすでに死滅してることも知っていた。なのに、どうしてわざわざこんなところまでおれを追ってきたんだ？　いったい何が望みなんだ？」

ジョーは銃をかまえたまま、痛みの残る左手で携帯電話を取りだし、カメラ機能を立ちあげた。「せっかくだから、笑ったらどうだ？」そう言って、シャッターを切った。

当惑の表情でエイドリアンが見守るなか、ジョーは受信履歴を開き、未返信のままたまりにたまったジオからのメールの一通を選んで、返信ボタンを押した。

ドナ・ザモーラ捜査官は、今日も地下のオフィスにいた。上層部の言うとおり、捜査はなおも続行中であるものの、巨大な捜査機関に属する一部の者が煩雑な手続きや地道な捜査をこつこつと続けていく一方で、なかには日常を取りもどしていく者もいた。そして、ドナにとっての日常とは、日がな一日デスクに向かって、何かを目にした誰かが何か気になることを言っていないかどうか、確認することにほかならなかった。当たりを引きあてることはめったにないが、このときばかりは、かりそめの平穏が快く感じられた。電話が鳴ったのは、そんなときだった。緊急通報用の回線ではなく、プライベート用の携帯電話。表示された番号に覚えはない。ドナは通話ボタンを押した。

「もしもし？」

「やあ、どうも。ザモーラ捜査官でいらっしゃいますか」

その声には聞き覚えがあった。高度な教育を受けたことを窺《うかが》わせる、よどみない口調。かすかに残る程度だというのに、やけに存在感を発揮する、劣性遺伝子のようなクイーンズ訛。「……ジオ？」

「ちょっとそのままお待ちいただけますか。お送りしたい写真がありまして」

「写真って、いったいなんの？」わけがわからず、ドナは尋ねた。

するとそのとき、液晶画面にひとつのアイコンが表示された。ドナがそこに指先を触れると、画面いっぱいに、ある男の顔が映しだされた。「この男でまちがいありませんね？」問いかけるジオの声が聞こえた。ドナがいま目にしているのは、エイドリアン・カーンの顔だった。FBIが、CIAが、ニューヨーク市警が、血眼《ちまなこ》になって捜しまわっている男。どこか屋外にいるらしく、背景に青空が写りこんでいる。顔はかすかに微笑んでいる。悲しげな笑みをたたえている。

「どこでこれを？」とドナは訊いた。

「この男でまちがいありませんね？　どうなんです？」ジオは重ねて訊いてきた。

ドナは液晶画面から顔をあげ、壁の手配書を見あげてから、ふたたび視線を戻して、こう答えた。「ええ、まちがいありません」

「ありがとう」ジオは言って、電話を切った。写真も画面から消え去った。

さきほど見かけたブロンドの女が、今度はひとりで姿をあらわし、金の詰まった鞄を肩からさげて目の前を通りすぎていくのを目にしたとき、ヘザーは落ちつきを失いはじめた。サイレンの音が聞こえてきたとき、計画に狂いが生じたことを悟った。何台ものパトカーと、一台の救急車が近づいてきて、警備員の誘導で駐車場のなかへ消えていくのを目にしたとき、確信した。二度と夫には会えないのだということを。ウインカーを左に出すと、あたふたとした警官がさっと腕を差しだして、車道へと促した。一台の消防車が角を曲がって通りに入ってくるのと同時に、ヘザーは警官に手を振りつつ、ありがとうと微笑みかけながら、車を出した。警官も手を振りかえしてきた。

空港へと車を走らせているあいだ、胸に込みあげてきたのは、悲しみと誇らしさの入りまじった奇妙な感情だった。あのひとはもういなくなってしまった。けれども、あのひとは天命をまっとうして死んだ。そして、わたしのおなかのなかには、あのひとの子供がいる。ヘザーはラジオのスイッチを入れ、事件が報じられるのを待った。けれども、いくら待っても、何ひとつ聞こえてはこなかった。

それから数日が経過しても、ウィルスが何千という命を奪っていておかしくない時期になっても、ラジオでも、テレビでも、新聞でも、何ひとつ報じられることはなかった。ショッピングモールで強盗事件が発生したものの、ひとりの勇敢な警備員によって、追跡のすえ犯人が取り押さえられたという小さな記事が、《ニューヨーク・ポスト》のウェブ版に掲載されているだけだった。しかも、その場に居合わせた一般市民のなかに、負傷者はひとりも出ていないという。やがて、サングラスをかけてビーチに寝そべっていたとき——いまはまだ真っ平らなおなかのなかで、豆粒のように小さな胎児が成長していくのを感じていたとき——心境に変化が生じた。そのとき込みあげてきたのは、燃えさかる怒りと、甘美にして冷え冷えとした復讐心だった。

50

次にジオからの連絡が入ったのは、翌日のことだった。今回はオフィスの回線に、交換台を経由して電話をかけてきた。会って話がしたいと、ジオは言った。昼休みのあいだに外の空気を吸ってこようとどのみち考えていたドナは、念のため、職場から充分に距離をとった臨海地区で会うことに同意した。ベンチにすわって、ちょうどサラダを食べ終えたとき、ジオが姿をあらわした。

「やあ、こんにちは。今日はすばらしく気持ちのいい日ですね」ジオは言いながら、ベンチの反対側の端に腰をおろした。

「ええ、これまでのところは」とドナは応じて、水を飲んだ。

「あなたと会って話がしたかったのは、たまたまこんなものを見つけて、あなたが興味を持つかもしれないと思ったからでしてね」ジオは言いながら、ペーパータオルでくるんだ何かを渡してきた。それは、技巧をこらしてデザインされた、細長い箱形のプラスチックケースだった。尖った箇所がひとつもないよう、角や縁《ふち》がすべて斜めにカットされていて、正面に番号が刻まれている。この形状の説明文は、そらで言えるほど記憶に焼きついていた。けれども、このケースは中身がからっぽだった。「わたしの聞いた話では、そのなかには香水がおさめられていたそうです」ジオの続ける声がした。「しかし、もはや使用不能にされてしまったとか……それはもう、完全に」

「これをどこで？　いいえ、誰から渡されたんです？」

「さあ、覚えていませんね。ただし、ハイラインを見晴らすアパートメントの一室で、清掃人が発見したとだけ聞いています」ジオはその場所の住所と部屋番号をドナに伝えた。そのアパートメントが入る建物のことは、ドナも知っていた。目下、徹底した捜索が行なわれていることも。けれどもそこには、百戸ものアパートメントのほかに、店舗やオフィス等々までもが備わっている。

「それにしても、奇遇だわ」

「何がです？」

「エイドリアン・カーン。壁に並ぶ手配書のなかで、最も凶悪なテロリスト。そのカーンが、同じビルの屋上で死体となって発見されたんです」

「ほう？　あなたがそいつを仕留めたので？」ジオはぐっと顔を近寄せ、屈託のない笑みを浮かべてみせた。

「いいえ、誰が殺したのかはわかっていません」ドナはいったん言葉を切って、額に指を触れた。「眉間のど真ん中に一発だけ、弾が撃ちこまれていました」

「腕がいいな」

「ええ、とても。そのうえ、その何者かは、ほかに三人ものテロリストの死体を、屋内駐車場に残していった。おかげで、わたしのオフィスの壁に、大きな空きスペースができたわ」

「それはすばらしい。その何者かというのは、じつに善き市民であるようだ」

「それはどうでしょう……少なくとも、とても危険な市民ではあります」

「善き市民と言えば……」ジオはポケットに手を突っこみ、シガーケースから葉巻を一本取りだしてから、ふと手をとめた。「ここで吸ってもかまいませんか。食事はお済みで?」

「ええ、どうぞ」とドナは答えた。

「善き市民と言えば……」ライターで葉巻の先端を炙りながら、ジオは続けた。「わたしがここへ足を運んだのは、ひとつ頼みごとをするためでもありましてね」

「それは心外だわ」

「いやいや、なんら法に触れるようなことではありませんよ」ジオは言いながら、葉巻を小さく振った。

「そうしたことをお願いするつもりは毛頭ない。あなたが誇り高き人物であることは、重々承知していますからね。頼みごとというのは、友人のためでして。ほら、デレク・チェンという名の、憐れな若者のことを覚えておいででしょう。あの若者はわたしと同じく、クイーンズで生まれ育っていましてね。そのデレクが、ある事件に巻きこまれて、不幸にも命を落とした。そして、その事件にはあなたも関わっていたはずだ。森のなかの販売会に出品予定の、違法な銃器が強奪された、あの事件ですよ。とにかく、デレクの家族とはわたしも親しくしていますから、なんとか力になりたいと思ったわけです。つまり、あの事件になんらかの決着をつけてあげられたらと。もしも、正式な検死報告書を目にすることができたなら、とりわけ、デレクを撃ち殺したのはあなたがたが拘留しているガンマニアのひとりだという内容の報告書を目にすることができたなら、遺族にとってはそれが何よりだと考えたわけなんですが」

「ご遺族が開示請求をなさればいいだけのことでは？　裁判が結審しさえすれば、どんな文書でも写しを請求することができるはずです」

「それでは何カ月もかかってしまう。加えて、法的手続きというやつは、じつに煩雑きわまりない。さきほども申しあげたとおり、その報告書をいますぐ、たとえば今日じゅうに読むことができれば、悲しみから立ちなおり、心の傷を癒しはじめることがずっと早くできるはずだ」

ドナはこくりとうなずいて言った。「そういうことでしたら、お役に立てるかと思います」

「ありがたい！　お心遣いに感謝いたします」ジオはベンチから立ちあがり、ドナと握手を交わした。「おっと、それからもうひとつ……今週、こうして、あれだけのテロリストがこの世から姿を消したわけですから、友人のミセス・グリーンブラットに、もう店を再開しても大丈夫だと伝えてかまいませんね？　この街に敷かれていた戒厳令は解除されたと考えてよろしいですね？」

「ええ。ご自由に商売をなさればいいわ」もう行けとばかりに手を振りつつ、ドナは言った。

「ありがとう。彼女の喜ぶ顔が目に浮かぶようだ」ジオは最後にそれだけ言うと、くるりと踵《きびす》を返して歩きだした。

「ちょっと待って……」ドナが呼びかけると、ジオはその場で振りかえった。「あなたのお友だちのジョーだけど……彼もあの店に戻ってくるのかしら？」

「ほかにどこで働けと？　ジョーはあの店の用心棒なんですから」

51

それは静かな午後だった。まだ時間が早いこともあり、ジョーは奥のボックス席でコーヒーを飲みながら、フランツ・カフカの『審判』を読んでいた。するとそこへ、FBIのドナ・ザモーラ捜査官がやってきた。

「こんにちは、ジョー」

「やあ、これは！」ジョーは顔をほころばせて、読みかけの本を置いた。左手の小指と薬指には、二本まとめて包帯が巻かれている。「どうぞすわってくれ」

「ありがとう」ドナは向かいあう席に腰をおろした。

「何か飲むかい。それとも、膝に乗って踊ろうか」

ドナが微笑むと、ジョーも微笑みかえしてきた。その瞳は、あの日と同じ輝きを宿していた。「いいえ」とドナは首を振った。「今日は車で来ているの。それに、胸の傷もまだ少し痛むから」

「それは気の毒に」

「ええ、どこかのろくでなしにビーンバッグ弾を撃たれたの。でも、いつかかならず、このお返しはさせてもらうわ」

「ああ、だろうな。コーヒーはどうだい」

「お味のほうは？」

「ストリップクラブが出すコーヒーだぞ。焼け焦げたくそみたいな味さ」

「それなら、また今度いただくわ。その指はどうしたの？」

「エレベーターのドアに挟まれた」

「あら、痛そう。意外とそそっかしいのね。それはさておき、じつを言うと、ここへは挨拶をしに寄っただけなの……」

「そいつはどうもご丁寧に」

「そのついでに、友好的なメッセージも届けておこうと思って」

ジョーは椅子に深くもたれかかり、コーヒーをすすりながら、笑みをたたえて続きを待った。ドナはテーブル越しに顔を近づけて、口を開いた。

「アメリカ合衆国は、あなたに大きな借りができた。未来永劫、けっして返すことのできないほど、大きな借りが」ドナはいったん口をつぐんだけれど、ジョーの笑顔は崩れることなく、目はまっすぐドナを見すえている。「……とはいえ、いまのあなたは民間人だわ。あなたのたぐい稀なる才能は高く評価するけれど、これだけは覚えておいて。もしも今後、なんらかの犯罪行為だの、犯罪計画だのについて、たまたま耳にするようなことがあったとしても、警察なりFBIなりに通報だけして、あとのことはプロに任せてちょうだい。いいわね？」ドナはジョーの目を見つめかえした。ドナの放った問いかけが宙をたゆたいつづけるなか、沈黙だけが続いた。

「だが、おれもプロなんだ」ジョーがにやりとして言いながら、着ているTシャツを指差した。「ほら、ここに書いてあるだろう。〝セキュリティー〟って」

ドナは声をあげて笑った。一瞬の間を置いて、椅子から立ちあがった。「それなら、またどこかで顔を合わせることになりそうね、ジョー・ブロディー」ドナが片手を差しだすと、ジョーはそれを握りかえした。

「ああ、そうなることを心から願ってるよ、ドナ・ザモーラ捜査官」

ふたたびふたりの目と目が合った。それからドナは、踵を返して歩きだした。店を出ていくドナの後ろ姿を、ジョーはしばらく見つめていた。そこからようやく視線を離し、読みかけの本を開こうとしたちょうどそのとき、ストリッパーのキンバリーが、きらきらのバタフライパンティーの上にローブだけを羽織ったいでたちのまま、気だるげな足どりで近寄ってきた。

「ちょっと、ジョー。支配人がお呼びよ」

「わかった。ありがとう、キンバリー」ジョーはふたたび本を置いて立ちあがった。

「……『審判』？」上下逆さまの文字を読もうと首をひねりながら、キンバリーは言った。「あたしには理解できないわ、ジョー。本物の弁護士にならお金を払ってもいいけど、そんな本を買ってまで読んで、自分でなんとかしようだなんて、どだい無理な話よ。ほら、あたしがまえにつきあってた恋人のこと、覚えてるでしょ？」

「何人かは」

「ひどい焼きもち焼きで、コカイン中毒だった、あのくそったれよ。あいつったら、自分の罪を軽くするために警察と取引しようとして、結局、ダンプスターのなかから発見されたわ。身体の一部は、まだ見つかってないんですって」

「ご忠告ありがとう。肝に銘じておくよ」ジョーは言って、バックヤードに入り、支配人室の扉をノックした。

「どうぞ」

ジョーは扉を開けてなかに入った。見た目はサンタクロースにそっくりだけれど、飲んだくれの証である〝真っ赤なお鼻〟をした元重罪犯の支配人は、部屋に入ってきたのがジョーであることを確認すると、無言のままこくりとうなずいただけで、ふたたび帳簿に視線を落とした。ジョーは扉を閉めて部屋を突っ切り、反対側の壁に取りつけられた扉を開けて、狭い路地に出た。路地といっても、実際には建物と建物のあいだに開いた細い隙間でしかなく、両端は行きどまりになっていて、地面は吸い殻や干からびた鳥の糞に覆われている。ジョーはその路地を渡って、隣接する建物の錆びついた金属扉をノックした。内側に引き開けられた扉の先には、地下へと通じる階段が伸びていた。

「やあ、ジョー。入ってくれ。みなさんお待ちかねだ」扉を支えたまま、ネロが言った。

「ありがとう、ネロ」ジョーは言って、階段をおりた。

背後で扉の閉まる音がした。階段をおりきった先は、コンクリートブロックを積みあげた壁に囲まれた、天井が低くて窓のない空間になっていた。ひび割れたコンクリートの床は、そこかしこから雑草が飛びだしている。円形に並べられた折りたたみ椅子には、先週、塩と砂の倉庫にジオが招集したときと同じ顔ぶれがすわっている。そのなかにただひとり、新顔がいた。鼻の真ん中に輪っかをぶらさげた、超肥満体の白人の男で、頭をきれいに剃りあげ、あちこちに大量のピアスをつけている。片手に小型のトーチランプを、分厚い革手袋をはめたもう一方の手には細長い金属棒のようなものを持っていて、トーチランプの火でその先端を炙っている。そのとき、ジョーの登場に気づいたジオが椅子から立ちあがった。

「おっと、主賓のおでましだ。覚悟はいいか、ジョー？」

「ああ」ジョーは言って、Tシャツを脱ぎ、椅子の上に放り投げた。ジオが右腕をつかんできた。黒人ギャング団のボスであるアロンゾが進みでて、筋骨逞《たくま》しい腕を伸ばし、左腕をぐっとつかんできた。

「ひとまず、礼だけ言わせてくれ。ジュノの家族になりかわって」アロンゾがジョーに小声で耳打ちしてきた。

ジョーはこくりとうなずいた。だが、何か答えようとするより先に、ジオが口に鉛筆を押しこんできた。

「ほら、これを嚙んでいろ」

つるつる頭のピアス男が近づいてきた。革手袋をはめた手にはいま、真っ赤に熱せられた焼き印が握られている。全員が無言で見守るなか、ジオとアロンゾに押さえこまれたジョーの胸に——左胸の上のほう、大胸筋のふくらみの隅に——焼き印が押しつけられた。ジョーは身をよじりながらうめき声をあげ、鉛筆を吐きだした。ジオとアロンゾは腕をつかむ手にぐっと力を込めた。痛みに喘ぐジョーの火傷に、ピアス男は手当てをほどこし、包帯を巻いた。

ジオがジョーを抱きしめ、両頬にキスをして言った。

「おめでとう」

アロンゾもジョーを抱きしめた。アンクル・チェンがそれに続いた。

「甥御さんの死に、お悔やみ申しあげます。ですが、デレクは最期まであきらめずに戦いぬきました」ジョーが言うと、アンクル・チェンは深々とうなずいてから、ジョーの両手を両手で握りしめた。

すると今度は、メナヘム・〝ラビ〟・ストーンが頬の肉をつまみ、「ようやったな、坊主。おまえさんはわしらの誇りじゃ」と語りかけてから、もう一方の頬にキスをしてきた。

「ありがとう、ラビ」ジョーは軽く頭をさげた。

「それから、おまえさんもな！　坊主、おまえさんは天才じゃ」メナヘムはジオの頬までつまんでそう言うと、アロンゾに向かって片目をつむってみせた。「おまえさんもそう思うじゃろう？」

アロンゾはにやりとして、ジオの胸をぽんと叩いた。

「ああ、こいつには、くそ忌々しいほど先見の明がある」

ほかの者たちもみな列をなして、次々とジョーをねぎらった。めいめいの血の命じるところに従って、ジョーと握手を交わす者もいれば、こぶしを突きだしてきて、ジョーのこぶしに打ちあわせる者や、ハグとキスを贈る者もいた。なかには、にっこりと微笑みつつ、「保安官《シェリフ》」と呼びかけてくる者もいた。胸の火傷の炎症がとれれば、そこには、小さな星形の痕が残る。五芒星の形をした、焼き印の痕。それは、ジョーがこの地下室に集う者たちの仲間であることを意味する。そしてまた、裏社会の住人たちにとっての目印——見る者が見ればわかる暗号札——となる。つまりは、ジョーが暗黒街の〝保安官〟であることを示すバッジなのだった。

謝　辞

まずは、世界最高のエージェントであるダグ・スチュアートに感謝したい。ダグは、良いときも悪いときも、つねにぼくの味方でいてくれた。それから、スターリング・ロード・リタリスティック社の比類なきみなさんと、とりわけ、恐れと疲れとを知らぬシルヴィア・モルナールにも、心からありがとうと伝えよう。原稿に目を通してくれたリヴカ・ガルチェンとウィリアム・フィッチにも、変わらぬ友情に感謝する。また、鋭い眼識と洞察力を駆使して編集にあたってくださったことや、目もくらむばかりに高くそびえる憧れの本棚にぼくの本を加えてくださったことに対して、オットー・ペンズラーにも謹んでお礼を申しあげる。もちろん、ミステリアスプレス社とグローヴ・アトランティック社のみなさんにも、大いなる感謝を。そして最後は、いつものごとく、愛する家族に。尽きせぬ愛と支えに対して、尽きせぬ感謝を伝えたい。

解説

書評家　杉江松恋

ジョーのモデルは三船敏郎。これ、絶対間違いなし！

と、なんの裏付けもなく書いてしまったが、それほど的外れな推測ではあるまい。レンタルビデオ店に入り浸っていた時期があるという映画中毒者であり「座頭市」シリーズの大ファンでもあるという日本映画好きである。自身のデビュー作が本国ではなく日本で映画化されることになり、その発表時に「波飛沫の中に三角の東映マークが映し出されるあのオープニングから始まるのを楽しみにしている」とのコメントを発した作者である。

黒澤明作品を、その代表作の一つ「用心棒」を、観ていないはずがないではないか。「長身で、痩せぎすで、むさくるしい身なり」と描写される主人公（むさくるしいのは素浪人だから）、ジョーことジョーゼフ・ブロディーはストリップクラブの用心棒だ。彼の勤務する〈クラブ・

ランデブー〉でアメフト選手が泥酔し、ストリッパーの一人を文字通りお持ち帰りしようと肩に引っかついでのし歩き始める。そこにジョーが現れ、自分の四倍もの厚みがある胸板の大男を瞬時のうちに取り押さえてしまうのである。アメフト男は独身最後の夜のお楽しみ中だった。我に返って蛮行を悔いた男が最後にはジョーを結婚パーティーに招待するという落ちがついて最初のシークエンスはひと段落する。

これだけでも登場人物の魅力を引き出すには十分な始まり方だが、その間にストリップクラブにニューヨーク市警とFBIの強制捜査が入るという椿事が挟み込まれる。捜査の指揮を執ったのはFBIのドナ・ザモーラ捜査官だ。十把一絡《じっぱひとから》げに逮捕されたジョーは、釈放される際にドナと偶然再会し、さりげなく彼女を口説く。

「なあ、そうだ。和解の印に……一緒に結婚式に出席しないか？」

FBI捜査官のガードをも突き崩す見事な口説き文句である。しかも、嘘じゃないし。これによってジョーとドナの間には見えない紐帯《ちゅうたい》が生まれ、二人はつかず離れずの距離を保ちつつ最後まで駆け抜けることになる。ここまでわずか十数ページ、完璧な導入部と言っていいだろう。巧い。デイヴィッド・ゴードン、確実に巧くなっている。

おっと、紹介に夢中で作者の名前を書かずに書き進めていたことに今気づいた。デイヴィッド・ゴードン、一九六七年、ニューヨーク市クイーンズ地区出身で、サラ・ローレンス・カレッジを卒業後、コロンビア大学大学院で英米比較文学とクリエイティブ・ライティングの修士号を取得、以降はさまざまな職を経て二〇一〇年に長篇『二流小説家』（ハヤカワ・ミステリ→ハヤカワ・ミステリ文庫）で作家デビューを果たした。原題の*Serialist*とは連続物の通俗小説を書いて口に糊する主人公の職業を指した言葉で、彼はそういった「紙吹雪を世に飛ばす」ような書き手ではなく、本物の作家になりたいと願っている。連続殺人犯を取材して告白本を執筆するという好機に飛びついたことにより、その運命は大きく揺れ動くのである。

主人公の造形には、間違いなくゴードン自身が投影されている。苦労人の作者は〈ハスラー〉や〈ベアリー・リーガル〉といったポルノ雑誌で編集者兼ライターとして働いていた時期がある。『二流小説家』の主人公も〈ラウンチー〉なる雑誌で筆名〈アバズレ調教師〉として活動したのが作家業の始まりであり、そこから書き飛ばし屋になってしまったことへの悔恨が行動の原動力になっている。実は詩を書いたことがあると告白してみたり、本棚に並ぶ文学作品の書名を羅列してみたりといった屈折した自我のありようが語りと結びついて読者を物語に引き込む。そうやって主人公に共感させておいて、作者は後半の起伏ある展開をぶつけてくるのだ。話が動き出すまで長いが、主人公が書いている小説の作中作を入れるなどして退屈させない。ジェットコースターの助走部分がビックリハウスになっているようなものである。最初に書いたように、同作は二〇一三年に日本で映画化されている（猪崎宣昭監督、上川隆也主演）。その宣伝コピーは「必ず貴方もダマされる！」で後半の展開に焦点を当てたものだったが、実は前半部からの、これでもかこれでもかといった過剰な詰め込みぶりこそが『二流小説家』最大の武器であった。

続く第二作『ミステリガール』（二〇一三年。ハヤカワ・ミステリ）は、私立探偵助手になった男が事件に巻き込まれるというスリラーで、謎の女の尾行という定石から始まるから私立探偵小説になっていくかと思いきや、すぐに話の幅は拡がり、伝説の映画監督を巡る壮大な都市伝説小説へと変貌する。レンタルビデオで棚ざらしにされているB級作品のプロットを切り貼りしたかのような無定型さが作品の最大の魅力だ。主人公が小説家志望であったり、不甲斐なさゆえに妻に別居されてしまったりと『二流小説家』と重なる部分もあるが、第一作を作者の文学マニア要素の発露とすれば、『ミステリガール』はもう一つの偏愛対象である映画に捧げたものと考えられる。つまりこの二作で、デイヴィッド・ゴードンは自分自身を総括したのである。

二〇一四年に発表した第三作『雪山の白い虎』（早川書房）は短篇集で、前作まではだいぶ毛色が異なる。大学の創作講座で卒業制作として提出されたものを集めたようなというか（ゴードンは本当に先生をしている）、別の意味で詰め込み過剰な作品だ。SFやミニマリズム小説などさまざまなジャンルのパロディが試みられており、小説を書くという行為についての自己言及が各篇に緩く共通してある。これはこれで雰囲気のある作品集であり、そうか、ゴードンはこういう方向に行きたかったのか、ミステリーファンとしては気の毒だが創作者を一ジャンルで縛るのも気の毒だ、と読んで思ったものだった。

なのに四年ぶりの新作は『用心棒』である。これは直球の犯罪小説ではないか。しかも男の中の男が死線をかいくぐって大活躍するという、正統派のヒーロー小説でもある。三船敏郎だし。主人公は男が惚れる本物の男である。いや、男だけじゃなくて女も惚れる。愛読書がドストエフスキーというのがいい。ドナ・ザモーラ捜査官だけじゃなくてみんな惚れる。子供も老人も惚れる。動物は出てこないけど出てきたら確実に惚れられていた。また、彼は完璧ではない。忌まわしい過去についての悪夢にうなされるような弱い部分もある。そこに親近感を覚えてしまうのである。一口で言えば快男子の物語だ。

あらすじを知らずに、展開に一喜一憂しながら読んだほうが絶対におもしろい。だから書かないが、ちょっとだけ明かしてしまうと、華々しく登場したジョー・ブロディーはリチャード・スターク〈悪党パーカー〉で描かれるような緊迫した犯罪計画に巻きこまれることになる。それで第一部が終わるので、おおっ、そういう話なのか、と身構えていると、第二部で転調してドナルド・E・ウェストレイクの〈ドートマンダー〉ぽい展開になる。つまり腕利きだが悪運にとりつかれた男が降りかかる火の粉を払うために頑張るお話である。連想したのは「ホワイ・ミー?」の題名で映画化された『逃げ出した秘宝』（一九八三年。ミステリアス・プレス文庫）だ。ドートマンダーがとんでもないものを盗んでしまったため、泥棒仲間の賞金首になってしまうという、あれ。本国では「ウェストレイクっぽい」という内容の書評が出ているらしいが、納得である。

しかしそれで終わりではない。さっきから何べんも書いているようにゴードンはサービス精神旺盛、詰め込み過剰の作家だから、さらに大風呂敷を広げてくる。第三部以降を読んで思ったのは、意外なほどに正義感が溢れていることで、ここで連想したのはカール・ハイアセンの諸作だった。ハイアセンはオフビート、つまり読者の意表を突くような展開で愛される作家だが、実はその中心にはいじらしいほどに真っ直ぐな正義感がある。曲がったことを許さないという勧善懲悪の精神が作品を貫いているのである。本書の後半はまさしくそれで、犯罪小説ではあるが、この世に起きた重大な間違いをどう修正するのか、という責務をジョーが背負い込む物語になる。中盤からはジョーに対抗する存在感の敵役も現れる。男女コンビの殺人鬼で、彼らとの対決が描かれるのである。

『二流小説家』『ミステリガール』で自身の中にあるものと向き合い、『雪山の白い虎』で可能性の実験をやり尽くした。そうやって作家としての第一期を終えたデイヴィッド・ゴードンが満を持して放ったのが『用心棒』であり、彼の第二期がここから始まる。本書で印象的なのは視点移動で、特に活劇場面では手持ちカメラで飛びこんでいくような躍動感のあるショットが続く。乱闘になるとクレーンアクトで全体を舐めるように、焦点の当たる登場人物が次々に変わっていく。コンテで切ったらさぞコマ数が要るだろうなというような、細かい動きが表現されている点にも注意されたい。特に二八七ページのジャンプ、二九〇ページの背景の描き込みは絶品だ。動く動く動く動く。俺は映画マニアだったからな、動きにはうるさいぞ、と自慢するかのように、ゴードンが乗りに乗って書いている。

岡惚れするような主人公、ピンチの連続、悪いやつとの対決に個性豊かな脇役たちと、娯楽作品に欲しいものが全部入り。カーテンコールのような幕切れまであって最後まで本当に賑やかである。これ以上何を望むのか、と考えてみたら、あとはこの続篇だけ、という結論に達したが、聞けば作者はすでにその準備に入っているそうである。

なんだよもう。言うことなしじゃんか。

二〇一八年九月

HAYAKAWA POCKET MYSTERY BOOKS No. 1936

青木千鶴《あおきちづる》

白百合女子大学文学部卒
英米文学翻訳家
訳書
『二流小説家』『ミステリガール』『雪山の白い虎』
デイヴィッド・ゴードン
『三人目のわたし』ティナ・セスキス
（以上早川書房刊）他多数

この本の型は，縦18.4センチ，横10.6センチのポケット・ブック判です．

〔用《よう》心《じん》棒《ぼう》〕

2018年10月10日印刷　2018年10月15日発行

著者	デイヴィッド・ゴードン
訳者	青木千鶴
発行者	早川浩
印刷所	星野精版印刷株式会社
表紙印刷	株式会社文化カラー印刷
製本所	株式会社川島製本所

発行所 株式会社 **早川書房**

東京都千代田区神田多町2－2
電話　03-3252-3111（大代表）
振替　00160-3-47799
http://www.hayakawa-online.co.jp

（乱丁・落丁本は小社制作部宛お送り下さい
送料小社負担にてお取りかえいたします）

ISBN978-4-15-001936-5 C0297
Printed and bound in Japan